中等职业教育国家规划教材

计算机应用基础
（第4版）
（Windows Vista ＋ Office 2007）

武马群　赵丽艳　主编

電子工業出版社.

Publishing House of Electronics Industry

北京·BEIJING

内容简介

本书是根据教育部制定的《中等职业学校计算机应用基础教学大纲》编写而成的。按照大纲规定的教学内容和教学要求，重点介绍了计算机基础知识、Windows Vista 操作系统、文字处理软件 Word 2007、电子表格软件 Excel 2007、演示文稿软件 PowerPoint 2007、计算机网络的基本操作与使用，以及常用工具软件。

此外，本书从读者的认知规律出发，由浅入深地安排教学内容，先介绍计算机基础知识和基本概念，再讲解常用软件的功能和操作方法。同时，每章后均附有练习题。

本书可作为中等职业学校计算机应用基础课程教材，也可作为全国计算机等级考试的培训教材，或其他学习计算机应用基础知识人员的参考书。

图书在版编目（CIP）数据

计算机应用基础：Windows Vista + Office 2007：第 4 版/武马群，赵丽艳主编.
—北京：电子工业出版社，2009.1
中等职业教育国家规划教材
ISBN 978-7-121-05263-7

Ⅰ. 计…　Ⅱ. ①武…②赵…　Ⅲ. 电子计算机 – 专业学校 – 教材　Ⅳ. TP3

中国版本图书馆 CIP 数据核字（2008）第 156697 号

策划编辑：施玉新
特约编辑：李新承
责任编辑：施玉新　牛旭东
印　　刷：北京丰源印刷厂
装　　订：涿州市桃园装订有限公司
出版发行：电子工业出版社
　　　　　北京市海淀区万寿路 173 信箱　邮编 100036
开　　本：787×1092　1/16　印张：15.75　字数：469.2 千字
印　　次：2009 年 1 月第 1 次印刷
定　　价：23.00 元

凡所购买电子工业出版社图书，如有缺损问题，请向购买书店调换。若书店售缺，请与本社发行部联系。
联系及邮购电话：(010) 88254888。
质量投诉请发邮件至 zlts@ phei.com.cn，盗版侵权举报请发邮件至 dbqq@ phei.com.cn。
服务热线：(010) 88258888。

中等职业教育国家规划教材出版说明

为了贯彻《中共中央国务院关于深化教育改革全面推进素质教育的决定》精神，落实《面向 21 世纪教育振兴行动计划》中提出的职业教育课程改革和教材建设规划，根据《中等职业教育国家规划教材申报、立项及管理意见》（教职成［2001］1 号）的精神，教育部组织力量对实现中等职业教育培养目标和保证基本教学规格起保障作用的德育课程、文化基础课程、专业技术基础课程和 80 个重点建设专业主干课程的教材进行了规划和编写，从 2001 年秋季开学起，国家规划教材将陆续提供给各类中等职业学校选用。

国家规划教材是根据教育部最新颁发的德育课程、文化基础课程、专业技术基础课程和 80 个重点建设专业主干课程的教学大纲（课程教学基本要求）编写的，并且经全国中等职业教育教材审定委员会审定。新教材全面贯彻素质教育思想，从社会发展对高素质劳动者和中初级专门人才需要的实际出发，注重对学生的创新精神和实践能力的培养。新教材在理论体系、组织结构和阐述方法等方面均进行了一些新的尝试。新教材实行一纲多本，努力为学校选用教材提供比较和选择，满足不同学制、不同专业和不同办学条件的学校的教学需要。

希望各地、各部门积极推广和选用国家规划教材，并且在使用过程中，注意总结经验，及时提出修改意见和建议，使之不断完善和提高。

教育部职业教育与成人教育司
2001 年 10 月

前　言

本书是根据教育部制定的《中等职业学校计算机应用基础教学大纲》编写的教材。本书充分体现了大纲规定的教学目标，严格按照大纲规定的教学内容和教学要求选取材料，主要介绍了计算机基础知识、Windows Vista 操作系统、文字处理软件 Word 2007、电子表格软件 Excel 2007、演示文稿软件 PowerPoint 2007、计算机网络的基本操作与使用，以及常用工具软件。

全书共 7 章，具体内容如下。

第 1 章　计算机的基础知识，介绍了计算机的发展、计算机中信息的表示形式、计算机的基本结构与工作原理、计算机系统的组成、微型计算机的基本操作等。

第 2 章　Windows Vista 操作系统，介绍了 Windows Vista 操作系统的基本操作方法，文件、程序、磁盘管理功能和多媒体功能，以及其他常用工具的使用。

第 3 章　文字处理软件 Word 2007，介绍了 Word 2007 的基本操作方法、基本编辑功能、格式化文本的排版功能，还有表格制作功能、图文混排功能和打印预览功能，以及汉字的输入方法等。

第 4 章　电子表格软件 Excel 2007，介绍了 Excel 2007 的基本操作方法、基本编辑功能、格式化工作表的设置方法、数学公式与常用函数的使用、图表的应用、数据管理，以及打印工作表等功能。

第 5 章　演示文稿软件 PowerPoint 2007，介绍了 PowerPoint 2007 的基本操作方法、幻灯片的创建和编辑、图形的创建和处理、图表和组织结构图的制作、演示文稿的放映控制和打印等。

第 6 章　计算机网络基础，介绍了计算机网络的基础知识和 Internet 的使用基础（包括浏览器的基本使用方法，收发电子邮件的方法等）。

第 7 章　常用工具软件，介绍了压缩软件、杀病毒软件、音乐播放软件、刻录软件等的下载、安装和使用。

本书由浅入深地安排教学内容，使用通俗易懂的语言介绍计算机基础知识和基本概念，使用实际操作的结果介绍常用软件的功能和操作方法。

本书由武马群、赵丽艳主编。其中，第 1 章由武马群编写，第 2、3、5 章由赵丽艳编写，第 4 章由郭亚东编写，第 6 ~ 7 章由孙丹编写。

由于作者编写水平有限，书中难免有疏漏和不妥之处，敬请广大读者特别是专家给予批评指正。

为了方便教师教学，本书还配有教学指南、电子教案及习题答案（电子版）。请有此需要的教师登录华信教育资源网（www. huaxin. edu. cn 或 www. hxedu. com. cn）免费注册后再进行下载，有问题时请在网站留言板留言或与电子工业出版社联系（E-mail：hxedu@ phei. com. cn）。

编　者
2008 年 12 月

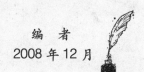

目　录

第1章 计算机的基础知识

计算机（Computer）是一种能够按照指令对各种数据和信息进行自动加工和处理的电子设备。

计算机又称电脑，它们都是电子计算机的简称。电子计算机诞生于 20 世纪中叶，是人类最伟大的技术发明之一，是科学技术发展史上的里程碑。它的出现和广泛应用把人类从繁重的脑力劳动中解放出来，提高了社会各个领域中信息的收集、处理和传播的速度与准确性，直接促进了人类向信息化社会的迈进。

经过短短几十年的发展，计算机技术的应用已经十分普及。从国民经济的各个领域到个人生活、工作的各个方面，可谓无所不在。因此，计算机知识是每一个现代人所必须掌握的，而使用计算机也应该是人们必备的基本能力。

【本章学习目标】
- 了解计算机的基本概念
- 掌握计算机的五大功能部件
- 理解计算机系统的层次结构
- 掌握各种进位计数制，以及十、二、八、十六进制数的相互转换
- 掌握定点整数和定点小数的编码
- 掌握浮点数的编码原理和规格化方法
- 掌握微型计算机的外部设备功能和特点
- 掌握调制解调器的概念和功能

1.1 概述

1.1.1 计算机的发展过程

世界上公认的第一台电子计算机 ENIAC（Electronic Numerical Integrator And Computer，电子数值积分计算机）诞生于 1946 年的美国宾夕法尼亚大学的摩尔学院。ENIAC 的问世，标志着人类计算工具的历史性变革。

20 世纪中叶，随着电子技术的发展出现了电子计算机。在后来的半个多世纪中，随着电子器件和软件水平的提高，电子计算机经历了 4 个发展阶段。

第一阶段（1946—1958 年）是电子管计算机时代。这一代计算机的逻辑元件采用电子管，并且使用机器语言编程，而后又产生了汇编语言。

第二阶段（1959—1964 年）是晶体管计算机时代。这一代计算机的逻辑元件采用晶体管，并出现了管理程序和 COBOL、FORTRAN 等高级编程语言。

第三阶段（1965—1970 年）是集成电路计算机时代。这一代计算机的逻辑元件采用中、小规模集成

电路，出现了操作系统和诊断程序，同时，高级编程语言也更加流行，如 BASIC、Pascal、APL 等。

第四阶段（1971 年—至今）是超大规模集成电路计算机时代。这一代计算机采用的元件是微处理器和其他芯片。计算机的运行速度快、存储容量大、外部设备种类多、用户使用方便、操作系统和数据库技术进一步发展。计算机技术与通信技术相结合使计算机技术进入了网络时代，而多媒体技术的兴起又扩大了计算机的应用领域。

1.1.2　计算机的特点

计算机具有速度快、精度高、能记忆、会判断和自动化等特点。

1. 运算速度快

运算速度快是计算机最显著的特点之一，其运算速度已经从最初的每秒几千次发展到现在的每秒上万亿次。一台每秒能够运算 1 亿次的计算机 1 分钟所完成的计算量，需要一个人花费十几万年才能完成。在数学、化学、天文学、物理学、工程设计、气象预报、地质勘探等领域，具有惊人计算量的问题很多。过去，这类问题成为科技深入发展的障碍，现在依靠计算机的快速运算，不但在短时间内能够得出问题的计算结果，还能进行多种输入条件的定量分析。

2. 计算精度高

计算机的计算精度可以根据人们的需要来设定，在理论上不受任何限制。一般的计算机均能达到 15 位有效数字的精度，这足以应付一般的科技问题和日常工作的需求。在特殊需要时，可以通过技术手段提高有效数字的位数，从而实现任何精度的计算。

3. 具有记忆功能

计算机能够记忆（存储）数据、程序和计算结果，并能对记忆的内容进行随机存取。计算机的记忆功能是由它的存储器部件实现的。目前，一般的微型计算机都能存储几百万字的信息，并可以在极短的时间内调出任何所需的内容。

4. 具有逻辑判断功能

计算机不仅具有计算和记忆存储能力，还能够进行逻辑判断。例如，对"如果情况是 A，就选择 B 处理方案；如果情况不是 A，就选择 C 处理方案"这样的问题，计算机能够根据输入情况快速准确地做出判断。通过许多简单的逻辑判断，计算机可以完成复杂问题的分析。

5. 高度自动化

计算机采取存储程序控制方式工作，将设计好的程序输入计算机，在得到命令后计算机自动按程序规定的步骤完成计算任务。

1.1.3　计算机的分类

通常，人们为从不同的侧面来反映计算机的特征而采用 3 种不同的标准对其进行分类：功能用途、工作原理和性能规模。

按功能和用途，可以将计算机分为通用计算机（General Purpose Computer）和专用计算机（Special purpose Computer）两大类。其中，通用计算机可用于多种用途，只要配备适当的软件和硬件接口，便可胜任各种工作。专用计算机是为某种特殊用途而设计的，在这种特殊的用途下它显得高效、经济。

按工作原理，可以将计算机分为数字计算机（Digital Computer）、模拟计算机（Analog Computer）和混合计算机（Hybrid Computer）这 3 大类。"数字"和"模拟"指计算机内部所采用的运算量的形式，不同运算量的形式决定了计算机内部运算电路的不同。数字计算机采用不连续的数字量进行运算，模拟计算机用连续的电压或电流模拟物理量进行运算，混合计算机将数字计算机和模拟计算机的优点结合起来，混合运用上述两种运算量。

按性能和规模，可以将计算机分为巨型计算机、大型计算机、中型计算机、小型计算机、微型计算机（microcomputer）和单片机（Computer On-Slice）6 大类。它们的区别在于体积、复杂性、运算速度、数据存储容量、指令系统规模和机器价格等方面。一般说来，巨型计算机主要用于科学计算，其运算速度在每秒几亿至千亿次以上，存储容量大、结构复杂、价格昂贵。其他各档计算机的结构规模和性能指标依次递减。最小的单片机则把计算机做在了一块半导体芯片上，使它可以直接装在其他机器设备上进行数据处理和过程控制。

我们接触最多、最常见的计算机是通用数字微型计算机。目前，微型计算机又有台式和便携式（笔记本计算机）等多种款式。

1.1.4　计算机的应用领域

计算机之所以能够迅速发展，是因为它得到了广泛的应用。目前，计算机的应用已经渗透到人类社会的各个方面，从国民经济各部门到家庭生活，从生产领域到消费娱乐，到处都可见计算机应用的成果。总结起来，计算机的应用领域可以归纳为 5 大类：科学计算、信息处理、过程控制、计算机辅助设计/辅助教学、人工智能。

1. 科学计算（Scientific Calculation）

科学计算是指计算机用于数学问题的计算，该领域也是计算机应用最早的领域。在科学研究和工程设计中，经常会遇到各种各样的数学问题，例如：求解具有几十个变量的方程组、解复杂的微分方程等，这些问题计算量很大。计算机速度快、精度高的特点及自动化准确无误的运算能力，可以高效率地解决这类问题。因此，科学计算又称为数值计算。

2. 信息处理（Information Processing）

信息处理又称为信息管理，它是指用计算机对信息进行收集、加工、存储和传递等工作，其目的是为有各种需求的人们提供有价值的信息以作为管理和决策的依据。例如：人口普查资料的分类、汇总，股市行情的实时管理等都是信息处理的例子。目前，计算机信息处理已广泛应用于办公室自动化、企业管理、情报检索等诸多领域中。

3. 过程控制（Process control）

计算机过程控制是指用计算机对工业生产过程或某种装置的运行过程进行状态检测，并实施自动控制。用计算机进行过程控制可以改进设备性能，提高生产效率，降低人的劳动强度。将计算机信息处理与过程控制结合起来，甚至能够产生出计算机管理下的"无人工厂"。

4. 计算机辅助设计/辅助教学

计算机辅助设计（Computer-Aided Design，CAD）是指利用计算机来帮助设计人员进行工程设计。辅助设计系统配有专门的计算程序用来帮助设计人员完成复杂的计算，专业的绘图软件用来协助设计人员绘制设计图纸，设计人员可以在系统上随时修改方案而不必重画整个图纸。用计算机进行辅助设计不但速度快，而且质量高，可以缩短产品开发周期，提高产品质量。目前，计算机辅助设计的产品，可以直接通过专门的加工制造设备自动生产出来。这一过程称为计算机辅助制造（Computer-Aided Manufacturing，CAM）。

计算机辅助教学（Computer-Aided Instruction，CAI）是指利用计算机辅助教学和学习。利用计算机的记忆功能和自动化能力，将学习资料、测试题目等存入计算机，通过程序将这些学习材料组织起来，并实现与学生的人机交互，构成一个学习系统。

学习者可以根据自己的情况确定学习计划和进度，既灵活又方便。计算机辅助教学系统还可以模拟机器设备的运行过程对人员进行操作训练，这种教学既经济又安全。

5. 人工智能（Artificial Intelligence）

人工智能是利用计算机对人进行智能模拟。它包括用计算机模仿人的感知能力、思维能力和行为能力等。例如，使计算机具有识别语言、文字、图形，以及学习、推理和适应环境的能力等。随着人工智能研究的不断深入，与人类更加接近的"智能机器人"将出现在我们身边。

1.1.5　计算机的发展趋势

计算机有 4 个发展趋向，即巨型化、微型化、网络化和智能化，具体内容介绍如下。

- 巨型化是指为满足尖端科学领域的需要，发展高运算速度、大存储容量和功能更加强大的巨型计算机。
- 微型化是指采用更高集成度的超大规模集成电路（Very Large Scale Integration，VLSI）技术将微型计算机的体积做得更小，以使其应用领域更加广泛。
- 网络化是对传统独立式计算机概念的挑战，网络技术将分布在不同地点的计算机互连起来，从而使计算机上工作的人们可以共享资源。网络的大小可以根据需要建立，最大的网络是国际因特网（Internet）。Internet 将遍布在世界各地的计算机连接在一起，形成一个巨大无比的"网络计算机"，所有的人都在这台"大计算机"上工作，他们共享软件、硬件和数据资源。
- 智能化是指发展能够模拟人类智能的计算机，这种计算机应该具有类似人的感觉、思维和自学习能力。智能计算机就是我们期待已久的第五代计算机。

在当今社会中，计算机是科学研究、现代国防、工业技术和家庭生活必不可少的工具，是把人类带入信息化社会的火车头。计算机技术的发展和应用水平已经成为衡量国家科技水平的要素之一。从 20 世纪 50 年代开始到现在，我国已研制出每秒运算 1 000 亿次的银河巨型计算机，以及长城、联想等微型计算机系列。计算机的应用更是深入千家万户，大大促进了我国四个现代化的实现进程。

1.2　计算机中信息的表示

计算机的基本功能是对数据进行运算和加工处理。计算机中的数据有两类：一类是数值数据，另一类是非数值数据。但无论是数值数据还是非数值数据，在计算机中都是用二进制代码表示的。

1.2.1　数制

数制是指计数的方法。在计算机中，常用的数制有十进制、二进制、八进制和十六进制。

1. 十进制数（Decimal number）

在日常生活中，人们常用的是十进制数。十进制数的数值部分是用 0 ~ 9 这 10 个不同的数字符号来表示这个数的，我们把这些数字符号称为数码。在数中，每一个数码所代表的意义与它所处的位置有关。例如，78.42，小数点左边的第一位代表个位，表示它本身的数值是 8；左边的第二位是十位，表示 7×10^1；而小数点右边第一位上的 4 表示 4×10^{-1}；第二位是 2，表示 2×10^{-2}。因此这个数可以写成：

$$78.42 = 7 \times 10^1 + 8 \times 10^0 + 4 \times 10^{-1} + 2 \times 10^{-2}$$

一般地，对任意一个正的十进制数 S，可以表示为

$$S = K_{n-1} \times (10)^{n-1} + K_{n-2} \times (10)^{n-2} + \cdots + K_0 \times (10)^0 + K_{-1} \times (10)^{-1} +$$
$$K_{-2} \times (10)^{-2} + \cdots + K_{-m} \times (10)^{-m}$$

或 $S = \sum\limits_{j=-m}^{n-1} K_j \times (10)^j$

其中，K_j 可以是 0，1，…，9 这 10 个数码中的任意一个，它由 S 决定；m，n 为正整数；括号内的 10 称为计数制的基数，表示"逢十进一"。K_j 为权系数，$K_j(10)^j$ 为本位的值。

一般地说，若 P 是大于 1 的整数，则任一数 N 总可以用下式表示：

$$N = K_{n-1} \times (P)^{n-1} + K_{n-2} \times (P)^{n-2} + \cdots + K_0 \times (P)^0 + K_{-1} \times (P)^{-1} +$$
$$K_{-2} \times (P)^{-2} + \cdots + K_{-m} \times (P)^{-m}$$

或 $S = \sum\limits_{j=-m}^{n-1} K_j \times (P)^j$

其中，K_j 可以是（$P-1$）中的任意一个数码；m，n 为正整数，P 为基数。当 P 取不同的数值时，N 为不同进制的数。例如，下面的各种情况所示。

* $P=10$ 是十进制的表示形式，N 称为十进制数。
* $P=8$ 是八进制的表示形式，N 称为八进制数。
* $P=2$ 是二进制的表示形式，N 称为二进制数。

为区别不同进制的数，十进制数用后缀 D 表示，或无后缀；二进制数用后缀 B 表示；八进制数用后缀 O 表示。这些后缀均为该进制的第一个英文字母，又因 O（Zero）与 O（Octal）容易相混，所以常用形状相近的 Q 作为八进制数的后缀，十六进制数的后缀为 H。

2. 二进制数（Binary number）

二进制数的主要特点如下。

（1）它只有两个不同的数码，即"0"和"1"。

（2）它是逢"2"进位的。如十进制数中 $1+1=2$，而二进制数中 $1+1=10B$。二进制数可以通过按权相加法转化为十进制数。

例如：

$$1111.11B = 1 \times 2^3 + 1 \times 2^2 + 1 \times 2^1 + 1 \times 2^0 + 1 \times 2^{-1} + 1 \times 2^{-2}$$
$$= 8 + 4 + 2 + 1 + 0.5 + 0.25$$
$$= 15.75D$$

一般地说，任意一个二进制数 N（正的，或负的），可以表示为

$$N = \pm (K_{n-1} \times 2^{n-1} + K_{n-2} \times 2^{n-2} + \cdots + K_0 \times 2^0 + K_{-1} \times 2^{-1} +$$
$$K_{-2} \times 2^{-2} + \cdots + K_{-m} \times 2^{-m})$$
$$= \pm \sum_{j=-m}^{n-1} K_j \times (2)^j$$

其中，K_j 只能取 1 或 0，由具体的数 N 确定；m，n 为正整数；"2"是二进制数的基数，表示"逢 2 进 1"，故称为二进制数（见表 1—1）。

3. 八进制数（Octal number）

八进制数的主要特点如下。

（1）它有 8 个不同的数码，即 0~7。

（2）它是逢"8"进位的。

如上所述，任意一个八进制数 N，可以表示为

$$N = \pm (K_{n-1} \times 8^{n-1} + K_{n-2} \times 8^{n-2} + \cdots + K_0 \times 8^0 + K_{-1} \times 8^{-1} +$$
$$K_{-2} \times 8^{-2} + \cdots + K_{-m} \times 8^{-m})$$
$$= \pm \sum_{j=-m}^{n-1} K_j \times (8)^j$$

其中，K_j 可以是 0~7 中的任何一个，取决于数 N；m，n 为正整数；"8"为基数，故称为八进制数。

由于数 8 与数 2 有关系：$8^1 = 2^3$，因此 1 位八进制数相当于 3 位二进制数，它们之间的关系如表 1—1 所示。

根据这种对应关系，二进制数与八进制数之间的转换十分简单。若要将二进制数转换为八进制数，只需从小数点向左向右每 3 位分为一组，每组用 1 位八进制数表示即可。注意不足 3 位者应补 0，凑成 3 位一组。

例如：

二进制数	010	100	101	·	010	111	010
八进制数	2	4	5	·	2	7	2

故 10100101.01011101B ＝ 245.272Q。

若要将八进制数转换为二进制数，只需将 1 位八进制数用 3 位二进制数代替即可。例如：

$$
\begin{array}{ccccccc}
\text{八进制数} & 3 & 6 & 7 & \cdot & 5 & 0 & 5 \\
\text{二进制数} & 011 & 110 & 111 & \cdot & 101 & 000 & 101
\end{array}
$$

故 367.505Q ＝ 11110111.101000101B。

4. 十六进制数（Hexadecimal number）

十六进制数的主要特点如下。

（1）它有 16 个不同的数码，即 0～9，A～F。它与十、二、八进制数之间的关系如表 1－1 所示。

（2）它是逢"16"进位的。

如上所述，任意一个十六进制数 N，可以表示为

$$
N = \pm (K_{n-1} \times 16^{n-1} + K_{n-2} \times 16^{n-2} + \cdots + K_0 \times 16^0 + K_{-1} \times 16^{-1} +
$$
$$
K_{-2} \times 16^{-2} + \cdots + K_{-m} \times 16^{-m})
$$
$$
= \pm \sum_{j=-m}^{n-1} K_j \times (16)^j
$$

其中，K_j 可以是 0～9，A～F 之间的任意一个，取决于数 N；m，n 为正整数；"16"为基数，故称为十六进制数。

由于数 16 与数 2 之间的关系为 $16^1 = 2^4$，因此 1 位十六进制数相当于 4 位二进制数。只要我们了解这种关系，十六进制数与二进制数之间的转换也十分简单。

二进制数（1111111000111.100101011B）转换为十六进制数的方法，即二进制数以小数点为界向左、向右每 4 位数为一组，不足 4 位者用 0 补齐 4 位，然后每组的 4 位二进制数用 1 位十六进制数表示即可。

例如：

$$
\begin{array}{ccccccc}
\text{二进制数} & 1111 & 1100 & 0111 & \cdot & 0100 & 1011 & 0101 \\
& | & | & | & \cdot & | & | & | \\
\text{十六进制数} & F & C & 7 & \cdot & 4 & B & 5
\end{array}
$$

故 111111000111.010010110101B ＝ FC7.4B5H。

例如：

$$
\begin{array}{ccccccc}
\text{十六进制数} & 3 & A & E & \cdot & 4 & B & 6 \\
& | & | & | & \cdot & | & | & | \\
\text{二进制数} & 0011 & 1010 & 1110 & \cdot & 0100 & 1011 & 0110
\end{array}
$$

故 3AE.4B6H ＝ 1110101110.01001011011B。

在计算机中，二进制数是计算机内部直接使用的数据形式。

表 1－1　各种数制的对应表

十进制数	十六进制数	八进制数	二进制数	十进制数	十六进制数	八进制数	二进制数
0	0	0	0000	8	8	10	1000
1	1	1	0001	9	9	11	1001
2	2	2	0010	10	A	12	1010
3	3	3	0011	11	B	13	1011
4	4	4	0100	12	C	14	1100
5	5	5	0101	13	D	15	1101
6	6	6	0110	14	E	16	1110
7	7	7	0111	15	F	17	1111

5. 二进制数与其他数制的比较

由上面可知，同一个数用二进制数表示比用十进制数表示位数多。既然人们习惯于用十进制

数，书写又方便，而二进制数书写起来位数长，又不便于阅读，为什么在计算机中要采用二进制数呢？这是由二进制数本身的特点决定的。

二进制数与其他数制相比有以下特点。

（1）数的状态简单，容易表示。二进制数只有"0"、"1"两种状态，可以用具有两个稳态的元件表示，如晶体管导通或截止，电平的高与低，脉冲的有和无等，均可分别用来表示"1"和"0"。这种简单的状态工作性能可靠，抗干扰能力强。

（2）运算规则简单。二进制数运算的规则极为简单，使得计算机中实现二进制数运算的线路也大大简化了。

（3）可以节省设备。如果采用十进制数表示 0~9 之间的数，需要 1 位，这一位共需 10 个设备状态。若采用二进制数制表示，需 4 位，每位只需两个状态，总共 8 个设备状态。而且这 8 个设备状态所能表示的数的范围可达 0000~1111，即 0~15，这说明二进制数可以节省设备。

（4）可以选用逻辑代数对计算机逻辑线路进行分析和综合，便于机器结构的简化。

1.2.2　数制间的转换

1. 二进制数与十进制数之间的相互转换

（1）二进制数转换为十进制数。这种转换十分简单，只要将二进制数按"权"展开相加即可。例如：11001.1001B

$$= 1 \times 2^4 + 1 \times 2^3 + 0 \times 2^2 + 0 \times 2^1 + 1 \times 2^0 + 1 \times 2^{-1} + 0 \times 2^{-2} + 0 \times 2^{-3} + 1 \times 2^{-4}$$

$$= 16 + 8 + 1 + 0.5 + 0.0625 = 25.5625D$$

转换的规则是要算出二进制数某一位为"1"时，该位权重所对应的十进制数，然后将这些数相加，即按"权"相加。

（2）十进制数转换为二进制数。十进制数转换为二进制数，要把整数部分和小数部分别转换，然后再相加即可。

① 整数转换。

【例 1-1】将十进制数 215 转换为对应的二进制数。

```
2 | 215           …余1（最低位）
  2 | 107          …余1
    2 | 53         …余1
      2 | 26       …余0
        2 | 13     …余1
          2 | 6    …余0
            2 | 3  …余1
              2 | 1 …余1（最高位）
                0
```

所以 215D = 11010111B。

② 小数转换。

采用乘 2 取整法，即用 2 不断地去乘要转换的十进制数，直到小数部分为 0 或满足所要求的精度为止。把每次乘积的整数部分（不参加下次乘），以初整数为最高位（没有整数的取 0），依次排列，即得所转换的二进制小数。

【例 1-2】将十进制小数 0.6875 转换为对应的二进制数。

$$0.6875$$
$$\underline{\times \quad 2}$$
$$1.3750 \qquad \cdots 整数部分为1，相当于 K_{-1}=1（最高位）$$
$$0.3750$$
$$\underline{\times \quad 2}$$
$$0.7500 \qquad \cdots 整数部分为0，相当于 K_{-2}=0$$
$$\underline{\times \quad 2}$$
$$1.5000 \qquad \cdots 整数部分为1，相当于 K_{-3}=1$$
$$0.5000$$
$$\underline{\times \quad 2}$$
$$1.0000 \qquad \cdots 整数部分为1，相当于 K_{-4}=1（最低位）$$

所以 $0.6875D = 0.1011B$。

有的数在十进制数转换为二进制数时，整个计算过程会无限制地进行下去，这时可以根据精度的要求，选取适当的位数。

2. 八进制数和十进制数之间的相互转换

一般地说，任意进制数和十进制数之间的转换原理和方法，同二进制数与十进制数之间的转换相似，区别仅在于基数 2 换成相应的基数（如 8，16 等）。

（1）八进制数转换为十进制数。与二进制数转换为十进制数相类似，即将八进制数按"权"相加即可。

例如：$51.6Q = 5 \times 8^1 + 1 \times 8^0 + 6 \times 8^{-1}$

$$= 40 + 1 + 0.75$$
$$= 41.75D$$

（2）十进制数转换为八进制数。

【例 1-3】 将十进制数 75.6875D 转换为八进制数。

① 整数部分采用除 2 取余法。

$$
\begin{array}{r|l}
8 & 75 \\
\hline
8 & 9 \\
\hline
8 & 1 \\
\hline
 & 0
\end{array}
\qquad
\begin{array}{l}
\cdots 余3（K_0=3） \\
\cdots 余1（K_1=1） \\
\cdots 余1（K_2=1）
\end{array}
$$

所以 $75D = 113Q$。

② 小数部分采用乘 8 取整法。

$$0.6875$$
$$\underline{\times \quad 8}$$
$$5.5000 \qquad \cdots 整数部分为5，相当于 K_{-1}=5$$
$$0.5000$$
$$\underline{\times \quad 8}$$
$$4.0000 \qquad \cdots 整数部分为4，相当于 K_{-2}=4$$

所以 $0.6875 = 0.54Q$。

最后结果为 $75.6875D = 113.54Q$。

3. 十六进制数与十进制数之间的相互转换

（1）十六进制数转换为十进制数。同二进制数转换为十进制数、八进制数转换为十进制数相类似，即将十六进制数按"权"展开相加即可。

例如：$F3DH = 15 \times 16^2 + 3 \times 16^1 + 13 \times 16^0$

$$= 3840 + 48 + 13$$
$$= 3901D$$

（2）十进制数转换为十六进制数。

① 整数的十进制数转换为十六进制数（除 16 取余法）。

【例 1-4】求 3901D 的十六进制数。

```
16 | 3901              …余13（K_0=D）
   16 | 243            …余3 （K_1=3）
      16 | 15          …余15（K_2=F）
            0
```

所以 3901D = F3DH。

② 小数的十进制数转换为十六进制数（乘 16 取整法）。

【例 1-5】求 0.9032D 的十六进制数。

```
   0.9032
 ×    16
 14.4512      …整数部分为14，相当于 K_{-1}=E
   0.4512
 ×    16
  7.2192      …整数部分为7，相当于 K_{-2}=7
   0.2192
 ×    16
  3.5072      …整数部分为3，相当于 K_{-3}=3
   0.5072
 ×    16
  8.1152      …整数部分为8，相当于 K_{-4}=8
```

所以 0.9032D = 0. E738H。

1.2.3 二进制数的运算规则

二进制数只有 0、1 两个数码，它的加、减、乘、除等运算规则要比十进制数的运算规则简单得多。

1. 加法规则

$$0 + 0 = 0 \qquad 0 + 1 = 1$$
$$1 + 0 = 1 \qquad 1 + 1 = 10$$

例如：将两个二进制数 1111 与 1011 相加，其过程如下。

```
   1111        被加数
 + 1011        加数
 -------
  11010        和
```

2. 减法规则

$$0 - 0 = 0 \qquad 0 - 1 = 1 \text{（向相邻高位借位 1 当做 2）}$$
$$1 - 0 = 1 \qquad 1 - 1 = 0$$

例如：求二进制数 10100 减去 1001 的结果。

$$
\begin{array}{r}
10100 \quad \text{被减数} \\
-\ 1001 \quad \text{减数} \\
\hline
1011 \quad \text{差}
\end{array}
$$

3. 乘法规则

$$0 \times 0 = 0 \qquad\qquad 0 \times 1 = 0$$
$$1 \times 0 = 0 \qquad\qquad 1 \times 1 = 1$$

除了 1×1 外，其他情况乘积均为 0，不需像十进制数乘法运算时那样背"九九"乘法口诀。例如：

$$
\begin{array}{r}
1101 \quad \text{被乘数} \\
\times\ 1010 \quad \text{乘数} \\
\hline
0000 \\
1101 \\
0000 \\
1101 \\
\hline
10000010 \quad \text{乘积}
\end{array}
$$

部分积

从上例可知，在乘法运算时，若乘数为 1，则把被乘数照抄一遍，只是它的最后一位与相应的乘数位对齐；若乘数为 0，则无作用。当所有的乘数位都乘过以后，再把各部分积相加，便得到最后乘积。因而二进制数乘法实质上是由"加"（加被乘数）和"移位"两种操作实现的。

4. 除法规则

除法是乘法的逆运算。与十进制数除法相类似，可以从被除数的最高位检查，并定出需要超过除数的位数。找到这个位数时，商记作 1，并且将选定的被除数去减除数。然后，将被除数的下一位下移位到余数上；若余数够减，则商为 1，余数减去除数，这样反复进行，直至全部的被除数的位都下移完为止。

$$
\begin{array}{r}
0001101 \quad \text{商} \\
\text{除数110}\overline{)1001110} \quad \text{被除数} \\
-110 \\
\hline
111 \\
-\ 110 \\
\hline
110 \\
-\ 110 \\
\hline
0
\end{array}
$$

综上所述，二进制数的加、减、乘、除运算，可归结为加、减、移位 3 种操作。实际上，在计算机中为了简化设备，往往只需设加法器，而无减法器。此时，需将减法运算转化为加法运算，这将在下面的补码一节中讨论。这样，计算机中二进制数的四则运算就可以归结为加法和移位两种操作。

1.2.4 原码、补码和反码

1. 机器数与真值

通常，数的正负是用"＋"、"－"来表示的。在计算机中难以表示正负号，常将符号数字化，即用 0 表示正，1 表示负。如此规定后，8 位字长的数 $N_1 = +1001100$，可以表示成 01001100，$N_2 = -1001100$ 则表示成 11001100。我们通常把符号数字化了的数，称为机器数。而把原来带有正负号的数，称为真值，如 $N_1 = +1001100$，$N_2 = -1001100$。

机器数常用 3 种方法表示，即原码、补码和反码，下面对这 3 种码制进行讨论。

2. 原码（true form）

在用二进制原码表示的数中，符号位为 0 表示正数，符号位为 1 表示负数，其余各位表示尾数本身，这种表示法称为原码表示法。

原码的定义如下（n 位字长）：

$$[X]_{原} = \begin{cases} X & (0 \leqslant X < 2^{n-1}) \\ 2^{n-1} - X & (-2^{n-1} < X \leqslant 0) \end{cases}$$

式中，$[X]_{原}$ 为机器数，X 为真值；2^{n-1} 代表负数原码的符号。

采用原码表示法可以方便地实现乘除运算。运算方法是对尾数进行乘除运算，积或商的符号为两个数的符号异或（即 $0 \oplus 0 = 0$，$0 \oplus 1 = 1$，$1 \oplus 1 = 0$），其中 $\oplus$ 为异或运算。但遇到两个数相加时，如果是同号，则数值相加，符号不变；如果是异号，数值部分实际上是相减，符号取绝对值大者的符号。如此就要比较出两数绝对值的大小，取绝对值大者的符号为结果符号，这意味着计算机控制电路要变复杂。人们在实践中找到了补码表示法，可以方便地解决这个问题。

原码小结：

- 原码的符号位后面的代码为真值的绝对值。
- $+0$ 的原码为 00000000，-0 的原码为 10000000（以 1 字节长表示的）。
- 正数的原码等于它本身，即 $[X]_{原} = X$。
- 原码的表示范围为 $+(2^{n-1} - 1) \sim -(2^{n-1} - 1)$，对 $n = 8$，则为 $+127 \sim -127$。

3. 补码（two's complement）

补码表示法可以把负数转化为正数，使减法转换为加法，从而可使正、负数的加减运算转化为单纯的正数相加运算，而得到正确的结果。

（1）模为 12 的补码。为了理解补码的意义，现以一个钟表对时的例子来说明，如图 1-1 所示。

假定：现在标准时间是 3 点整，而一个时钟却指在 6 点整。为了校对时钟，可以把时针从 6 倒拨 3 格，即 $6-3=3$，表明时针最后停在 3 点上。但是；有的钟表不允许倒拨时钟，只允许顺时针转动，这时可以把时针从 6 顺拨 9 格到达3 点整。这是由于时针顺拨时，当到达 12 点就从 0 开始相当于自动丢失一个数字 12。因此，把时针从 6 点顺拨 9 格时有 $6+9=12$（自动丢失）$+3=3$，这个自动丢失的数（12）称为模（简写为 mod）。

图 1-1 钟表
对时示意图

上述加法可以称为"按模 12 的加法"，用数字符号可表示为

$$6 + 9 = 3 (\text{mod}12)$$

由于时针转一圈会自动丢失一个数 12，因此我们可以把"$6-3=3$"这一减法运算转化为加法运算，首先把模与减数（-3）相加，即 $12+(-3)=9$，然后再把 6 和 9 相加，可得

$$6 + [12 + (-3)] = 6 + 9 = 12 + 3 = 3 (\text{mod}12)$$

由以上可知，当以 12 为模时，$6-3$ 与 $6+9$ 是等价的。我们把"9"称为 -3 对 12 的补数或补码，即 $[X]_{补} = 模 + X$，（$X < 0$）。求 -3 补码时，仍然 $12-3=9$，在计算机中可以不用做减法，而用简便的方法求得补码。值得说明的是，计算机中求补码时模是与字长密切相关的。比如，字长为 8 位的计数器，当计到 255 时再计 1 就从 0 又开始计数（也就是模为 256，即 2^8），2^8 中的 8 即为字长。如果字长是 16 位呢？很显然模就是 2^{16}。

（2）模为 2 的补码（定点整数）。

n 位字长的补码定义如下：

$$[X]_{补} = \begin{cases} X & (0 \leqslant X < 2^{n-1}) \\ 2^n + X & (-2^{n-1} \leqslant X < 0) \end{cases}$$

① 当 X 为正数时，$[X]_{补} = X$，可见这时 $[X]_{补}$ 等于它本身。

例如：已知 $X = +1101001B$（$+105$），求 $[X]_{补}$。

$$[X]_{补} = 模 + X = 2^8 + 01101001 = 01101001B$$

自动丢失

② 当 X 为负数时，$[X]_{补} = 模 + X = 2^n + X$。

例如：已知 $X = -1101001B$（-105），求 $[X]_{补}$。

$$[X]_{补} = 模 + X = 2^8 - 1101001$$
$$= 100000000 - 1101001$$
$$= 10010111B$$

③ 当 $X = +0$（或 -0）时，$[+0]_{补} = 000\cdots0$，$[-0]_{补} = 000\cdots0$，即 $+0$ 和 -0 的补码只有一种形式。

④ 当 $X = -2^{n-1}$ 时，$[X]_{补} = 模 + X = 2^8 - 2^7 = 2^7 = 10000000B$。

⑤ 补码的表示范围为 $-2^{n-1} \sim +2^{n-1} - 1$，当 $n = 8$ 时，则其范围为 $-128 \sim +127$。

4. 反码（one's complement）

反码作为求补码的中间手段是非常有用的。反码的定义如下：

$$[X]_{反} = \begin{cases} X & (0 \leqslant X < 2^{n-1}) \\ (2^n - 1) + X & (-2^{n-1} < X \leqslant 0) \end{cases}$$

从上述求反码的表达式可知

（1）对于正数，$[X]_{反} = [X]_{原} = [X]_{补}$。

例如：已知 $X = +1101001$（$+105$），求 $[X]_{反}$。

$$[X]_{反} = [X]_{补} = 01101001B$$

（2）对于负数，除符号位仍为 1 外，其余各位"1"换成"0"，"0"换成"1"，即得 $[X]_{反}$。也就是说，$[X]_{原}$ 除符号外，其后各位分别变反。

例如：已知 $X = -1101001B$（-105），求 $[X]_{反}$。

$$[X]_{原} = 11101001B，则 [X]_{反} = 10010110B$$

（3）对于 $+0$、-0 有两种表示法，即

$$[+0]_{反} = 000\cdots0 \qquad [-0]_{反} = 111\cdots1$$

（4）反码数的表示范围为 $+(2^{n-1} - 1) \sim -(2^{n-1} - 1)$，对 8 位字长而言，则其范围为 $+127 \sim -127$。

原码、补码、反码的总结如下。

① 正数的原码、反码、补码相同，即 $[X]_{原} = [X]_{反} = [X]_{补} = X$（$X$ 字符表示的范围内）。

② 无论原码、反码或补码，负的符号位用 1 表示，正数符号位用 0 表示。

③ 在负数的原码、反码、补码形式中，只有原码除符号位外的其余部分为原数值部分，反码、补码均不是数值部分。

④ 利用原码的符号位不动，其后各位分别求反可以求出反码，在反码最后低位上 +1 可求得其补码，但不适用于字长范围内的最小负数。

⑤ 负数的补码再求补码可得其原码，原码的数值部分再加上负号，即为负数补码的真值。

⑥ 当 $X < 0$ 时，$[X]_{补} = 模 + X$，对表示范围内的数均适用。

利用模的概念可直接对字长表示范围内的八、十六进制数的负数直接求补码。对这类数求补时，如果是正数，当然等于它本身。对于负数，则可用模 + X 求，但因为这时的 X 是八、十六进制数形式，所以应将模化为相应的形式。

例如，$X = -16H$，则 $[X]_{补} = 2^8 - X = FF + 1 - 16 = E9H$，又如 $X = -55Q$，$[X]_{补} = 2^8 - X = 377 + 1 - 55 = 323Q$。

1.3 常用编码

计算机中不仅能够对数值数据进行处理，还能够对文本和其他非数值数据信息进行处理。非数值数据表现为信息的编码有很多种形式，这里只介绍常用到的一些编码。

1.3.1 二一十进制码（BCD 码）

这种编码方式的特点是保留了十进制数的权，而数字则用二进制数码 0 和 1 的组合来表示。常见的 BCD 码（8421 码）如表 1-2 所示。

表 1-2 8421 BCD 编码表

十进制数	8421 BCD 码	十进制数	8421 BCD 码
0	0000	10	0001 0000
1	0001	11	0001 0001
2	0010	12	0001 0010
3	0011	13	0001 0011
4	0100	14	0001 0100
5	0101	15	0001 0101
6	0110	16	0001 0110
7	0111	17	0001 0111
8	1000	18	0001 1000
9	1001	19	0001 1001

从上表可见，所谓的 8421 BCD 码是用 4 位二进制数表示 1 位十进制数。例如，9502D 表示成 BCD 码为 1001010100000010。在十进制数运算时，常用于表示十进制数。

1.3.2 ASCII 码

ASCII 码是美国信息交换标准委员会制定的 7 位字符编码，它是目前常用的一种编码，如表 1-3 所示。ASCII 码用 7 位二进制代码表示一个字符。计算机中常用 1 字节（8 位二进制数）来存放一个字符的 ASCII 码，其中 7 位是 ASCII 码本身，最高位可用来设校验码。

从表 1-3 中可以查出某一字符的 ASCII 码值，例如 A = 41H。

表 1-3 7 位 ASCII 码表

字符 $b_3 b_2 b_1 b_0$ ＼ $b_6 b_5 b_4$	000	001	010	011	100	101	110	111
0000	NUL	DLE	SP	0	@	P	`	p
0001	SOH	DC1	!	1	A	Q	a	q
0010	STX	DC2	"	2	B	R	b	r
0011	ETX	DC3	#	3	C	S	c	s
0100	EOF	DC4	$	4	D	T	d	t
0101	ENQ	NAK	%	5	E	U	e	u
0110	ACK	SYN	&	6	F	V	f	v
0111	BEL	ETB	,	7	G	W	g	w
1000	BS	CAN	(	8	H	X	h	x
1001	HT	EM	)	9	I	Y	i	y
1010	LF	SUB	*	:	J	Z	j	z
1011	VT	ESC	+	;	K	[	k	{
1100	FF	FS	,	<	L	\	l		
1101	CR	GS	-	=	M	]	m	}
1110	SO	RS	.	>	N		n	~
1111	SI	US	/	?	O	-	o	DEL

1.3.3　逻辑数据

逻辑数据是用一位二进制数来表示的，因为该进制数只具有两种可能的值，即0或1，可以直接表示事物相对立的两个方面。例如，一个事件的"真"和"假"、"成立"和"不成立"、"是"和"否"都可以看成为逻辑数据。

在计算机中，逻辑数据虽然也具有0或1的形式，但是0和1代表的是逻辑概念，完全没有0和1的数值概念，而且与数值不同的是逻辑数据的取值只有0和1两个值，不可能再有其他值。逻辑数据表达的是事物的逻辑关系，而数值数据表达的是事物的数量关系。

1.3.4　汉字编码

为了能直接使用英文标准键盘把汉字输入到计算机中，必须为汉字设计相应的输入编码方法。当前采用的方法主要有以下3类。

1. 汉字输入编码

（1）数字编码。直接利用一串数字表示一个汉字，如国标码、区位码、机内码等属于这一类。这种码的优点是无重码，只需数字键盘即可输入，缺点是代码难以记忆。

（2）拼音码。拼音码是以汉语拼音为基础的输入方法。凡掌握汉语拼音的人，不需训练和记忆即可使用。但汉字同音字太多，输入重码率很高，当遇到同音文字时屏幕显示出若干同音汉字，再输入一个序号，用于选定一个汉字并送到计算机中。这样就影响了输入速度，所以以输入速度慢是拼音码的主要缺点。

（3）字型编码。字型编码是用汉字的形状进行编码的。汉字总数虽多，但均由一笔一画组成，全部汉字的部件和笔画是有限的。因此，把汉字的笔画部件用字母或数字进行编码，按笔画的顺序依次输入就能表示一个汉字，其中，五笔字型编码是最有影响的一种字型编码方法。例如，"望"的五笔字型编码为"YNEG"，"字"的五笔字型编码为"PB"。

2. 汉字内码

汉字内码是用于汉字信息的存储、交换、检索等操作的信息代码，一般采用两字节表示一个汉字。例如，英文字母的机内代码是7位ASCII码，当用1字节表示时，最高位为"0"。为了与英文字母能相互区别，汉字机内代码中两字节的最高位均规定为"1"。汉字内码大多采用两字节长的代码，也有3字节长、4字节长的汉字内码。例如，"啊"的汉字内码为"B0A1H"，"文"的汉字内码为"CEC4H"。

3. 汉字字模码

字模码是用点阵表示的汉字字型代码，它是汉字的输出形式。为了将汉字的字型显示输出，汉字信息处理系统还需要配有汉字字模库，也称为字型库。汉字字模就是用0、1表示汉字的字型，将汉字放入n行n列的正方形内，该正方形共有n^2个小方格，每个小方格用一位二进制数表示，凡是笔画经过的方格值为1，未经过的值为0。汉字点阵字模有16×16点、24×24点、32×32点、48×48点几种，每个汉字字模分别需要32、72、128、288字节存放，显然点数越多，输出的汉字越美观。图1－2所示为"次"字的汉字字模码。

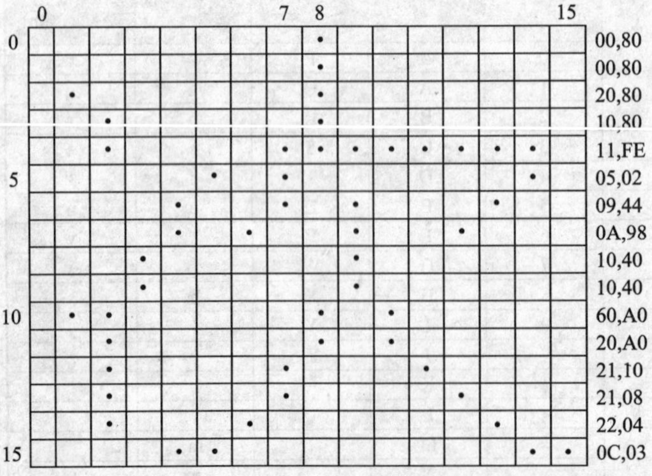

图1－2　"次"字的汉字字模码

1.4　计算机系统的组成

一台完整的计算机应包括硬件部分和软件部分。硬件和软件的结合才能使计算机正常运行、发挥作用，因此，对计算机的理解不能仅局限于硬件部件，而应该将整个计算机看成是一个系统。在计算机系统中，硬件和软件都有各自的组成体系，分别为硬件系统和软件系统。

计算机的硬件是指计算机中的电子线路和物理装置。它们是看得见摸得着的实体，如采用集成电路芯片、印制线路板、接插件、电子元件和导线等所装配成的 CPU、存储器及外部设备等。它们组成了计算机的硬件系统，是计算机的物质基础。

计算机有巨型、大型、中型、小型和微型之分，每种规模的计算机又有很多种机型和型号，它们在硬件配置上差别很大，但是绝大多数都是根据冯·诺依曼计算机体系结构来设计的。

1.4.1　计算机硬件系统

计算机硬件（hardware）是指由电子元器件和机械装置组成的"硬"设备，如键盘、显示器、主板等，它们是计算机能够工作的物质基础。计算机软件（software）是指那些能在硬件设备上运行的各种程序、数据和有关的技术资料，如 Windows 系统、数据库管理系统等。

在计算机系统中，硬件和软件相互支持、协同工作。没有软件的计算机硬件系统根本无法工作，没有完整的硬件系统或硬件的性能不够，软件也发挥不了良好的作用。

计算机的硬件系统至少包含 5 个基本部分，即运算器、控制器、存储器、输入设备和输出设备，如图 1 - 3 所示。按照功能组合，运算器和控制器构成计算机的中央处理器（CPU，Central Processing Unit），中央处理器与内存储器构成计算机的主机，其他外存储器、输入输出设备统称为外部设备。

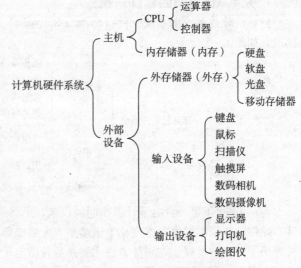

图 1 - 3　计算机硬件系统

1. 运算器（Arithmetic Unit）

运算器又称为算术逻辑单元（ALU），用来进行加、减、乘、除等算术运算和"与"、"或"、"非"等逻辑运算。

2. 控制器（Control Unit）

控制器是计算机的指挥中心，计算机的各部件在它的指挥下协调工作。控制器通过执行程序使计算机完成规定的处理任务。

3. 存储器（Memory）

存储器是计算机的记忆部件，用来存放数据、程序和计算结果。存储器分为内存储器和外存储器两类。

内存储器简称内存，又称为主存储器或主存。内存容量小，存取速度快，它是计算机运算过程中主要使用的存储器，成为计算机主机的一个组成部分。

内存包括只读存储器（ROM）和随机存储器（RAM）两部分。其中，ROM（Read Only Memory）中存放着计算机运行必要的程序，关机后不会丢失；RAM（Read Access Memory）提供系统程序和用户程序的运行空间，关机后内容消失。

外存储器简称外存，也称为辅助存储器。外存容量大，价格低，存取速度慢，它用于存放暂时不用的程序和数据，可以作为主存储器的后援存储器。常用的有软盘、硬盘和光盘等。

4．输入设备（Input Equipment）

输入设备用于向计算机输入程序和数据，它将数据从人类习惯的形式转换成计算机的内部二进制代码放在内存中。常见的输入设备有键盘、鼠标、扫描仪等。

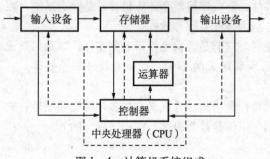

图 1－4　计算机系统组成

5．输出设备（Output Equipment）

输出设备是将计算机处理结果从内存中输出，将计算机内的二进制代码形式的数据转换成人类习惯的文字、图形和声音等形式。常见的输出设备有显示器、打印机、绘图仪等。

上述 5 个基本部分构成一个计算机系统，如图 1－4 所示。原始数据和处理程序由输入设备进入计算机存放于存储器中，再由控制器执行程序指挥运算器从内存中取出数据，进行加工后将结果放入存储器中，然后由输出设备把存储器中的结果输出。这就是计算机工作过程的简单描述。

1.4.2　计算机的软件系统

计算机软件系统由系统软件（System Software）和应用软件（Application Software）两个部分构成，如图 1－5 所示。

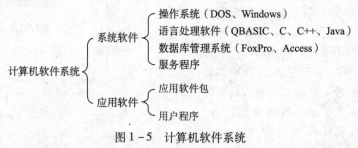

图 1－5　计算机软件系统

自从 1946 年第一台电子计算机问世以来，虽然经历了 50 多年的发展，但到目前为止计算机的基本硬件结构没有发生根本变化，仍然是 5 大组成部分、二进制数运算和存储程序工作方式。计算机经历了四代的发展，在硬件方面主要是随着微电子技术的发展而不断地提高运算速度、减小体积重量、降低成本、增加可靠性的。

在计算机速度和存储容量不断提高的同时，计算机软件也得到了迅速发展。从最初用手工方式输入二进制数形式的指令和数据进行运算，到现在只需点击鼠标就可以编制色彩丰富的多媒体应用软件，真可谓天壤之别。经过 50 多年的发展，已经形成了庞大的计算机软件系统，它们是人类智慧的结晶。

软件是指计算机运行所需的程序及其有关的文档资料。软件系统是指各种软件的集合。按软件在计算机运行中所起的作用，可以将它们划分成几个层面，如图 1－6 所示。

系统软件是计算机生产厂提供的，为高效使用和管理计算机而编制的软件。在计算机运行过程中的作用是控制和管理各种硬件装置，对运行在计算机上的其他软件及数据资料进行调度管理，为用户提供良好的界面和各种服务，为用户提供与计算机交换信息的手段和方式等。总之，系统软件运行在计算机基本硬件上，通过对计算机各种资源的控制和管理，为用户提供各种可能的计算机应用手段和方式。

图 1－6　计算机系统层次结构

应用软件是指为解决计算机用户的特定问题而编制的软件。它运行在系统软件上，运用系统软件提供的手段和方法完成我们实际要做的工作，如财务管理、文字处理、绘图等。

对于图 1-6 所示的计算机层次结构，我们从计算机的组装过程中可以很明显地体会到。首先，从市场上选定各个部件按要求组装起来，此时形成了还未安装软件的计算机，称为"裸机"；下一步是安装操作系统，如 Windows 2000 和其他系统软件，此时就形成了一台可以使用的计算机系统；再下一步，要根据我们使用的目的选择安装应用软件，如 Office 2000 等，或者是为特殊用途而编制的某种应用软件。此时，启动应用软件，它可以调动系统软件的相关部分控制和管理计算机中的各种硬件设备和其他软件资源，从而为完成用户的应用目的协同工作。

1.5　微型计算机的外部设备

1.5.1　外存储器

外存储器简称外存，它是计算机的辅助存储器。目前，计算机中常用的外存有磁带（Magnetic Tape）、磁盘（Disk）和光盘（Optical Disk）等，微型机常用的外存是软盘、硬盘和光盘。

1. 硬盘存储器

（1）硬盘。硬盘的容量大，可达几十 GB 甚至上百 GB，存取信息的速度也快得多，是计算机上主要使用的存储器。

硬盘是由若干硬盘片组成的盘片组，每一个硬盘片是在铝合金圆盘表面涂上磁性物质制成的。组成硬盘组的每个盘面都可以存储信息。与软盘一样，盘面又分为若干个磁道，磁道又分为若干个扇区。硬盘存储信息的格式是按照柱面号、盘面号和扇区号来存储的。其中，柱面是指所有盘面的同一个磁道纵向形成的同心圆柱，如图 1-7 所示；盘面号是从 $0 \sim 2n-1$，其中 n 指盘片个数；扇区号的概念与软盘的类似。其存储容量的计算公式为：

硬盘存储容量 = 柱面数 × 磁头数（即盘面数）× 每面扇区数 × 扇区字节数

硬盘片和磁头传动装置等被完全封闭在一个超净的盒子中，并安装在微型机的主机箱内，因此不便于随意拆除和随身携带。

（2）硬盘驱动器。硬盘驱动器主要由磁盘控制器（HAD）、印制线路板（PCBA）两大部分组成，如图 1-8 所示。

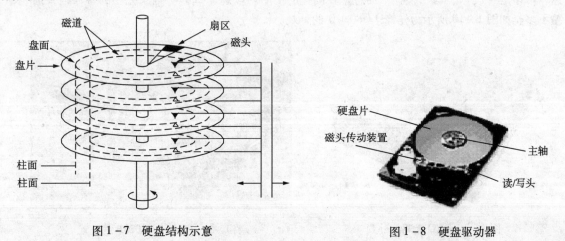

图 1-7　硬盘结构示意　　　　　　　　　　　图 1-8　硬盘驱动器

3.5 英寸硬盘驱动器的控制器与硬盘驱动器的 PCBA 做成一体，于是从硬盘驱动器上输出的不是 MFM 或 2.7RLL 脉冲，而是分离好的数据。

在读/写电路中，当写入时由硬盘驱动器控制器送来的数据，以 MFM 码或其他编码方式经写电路和读/写头电路送入磁头线圈，从而写入盘中。读出时，被读/写头电路的线圈感应出的信号经前放、中放、滤波、数字化处理，变成 MFM 或其他制式的数据脉冲，并经控制器进行数据分离处理后送到主机。

2. 光盘存储器

（1）光盘。光盘即光盘存储器，它是一种利用激光束在盘片上记录高密度信息的外存储器。光盘记录密度高，存储容量大，一张直径为 12cm 的光盘可存储 650MB 的数据，相当于 1.2MB 软盘的 600 倍。光盘保存信息的寿命长，对环境要求较低，常用于存储各种程序、数据及音频、视频等信息。

光盘可以分为只读型光盘 CD-ROM、一次写入型光盘 WORM 和可擦写光盘 3 种。CD-ROM 是一种只能从中读出数据，不能往上写数据的光盘，盘上的存储内容是在制作光盘时写入的，这种光盘价格低，目前多用于销售方面的软件。WORM 是只能写一次的光盘，一次写入信息后只能读出不能再更改信息，这种光盘可用于保存重要的文档和信息。可擦写光盘的存储特点类似于软盘，使用方便，但是目前其价格昂贵，因此，应用的还比较少。

光盘读写工作要在光盘驱动器上进行，CD-ROM 驱动器有单速（即普通 CD 唱机的读出速度，150KBps）、2 速（即 2×150KBps，简写为 2X）、50 速（50X）等。

（2）目前流行的光盘驱动器。

① DVD 光驱。DVD 是数字视盘（Digital Video Disc）和数字万用盘（Digital Versatile Disc）的缩写。相对于传统的 CD-ROM 来说，它是一种容量更大，技术更先进的产品。由于采取了增加发射光头的精确度，同时提高对盘面的利用率、减少纠错码位数、修改信号调制方式及减少每个扇区字节数等措施，DVD 光盘的容量大大增加，一般都达到了 4.7GB 左右的大容量，是传统 CD-ROM 光盘的 7 倍左右。而随着半导体激光的短波化、格式效率的提高和双层盘技术的采用，DVD 容量将进一步增加到 8.5GB 以上，逐渐成为未来个人计算机中的主流部件。DVD 光驱的外观如图 1－9 所示。

② CDRW 刻录光驱。CDRW 的主要功能是刻录，其被推出的初衷是将大量的数据使用一张直径为 12cm 的盘片（容量大约为 650MB）记录下来。因此，早期的 CDRW 刻录光驱比较注重"写"方面的功能，在"读"这方面所做的工作相对较少。但随着 CDRW 技术的逐渐成熟，各大著名品牌在"读"这方面倾注了极大的心血，近期推出的一些 16X CDRW 产品，其读盘已经达到了 40 倍速，可谓是"读"、"写"俱佳。而且，在同样的使用环境下，CDRW 刻录光驱的寿命与普通光驱差不多。如图 1－10 所示为先锋-LG8080B 的外观。

图 1－9　DVD 光驱的外观

图 1－10　先锋-LG8080B 的外观

3. 移动存储器

（1）活动硬盘。一般活动硬盘采用 Winchester 硬盘技术，所以具有固定硬盘的基本技术特征，速度快，平均寻道时间为 12ms，数据传输率可达 10MBps，存储容量为 230MB ～ 4.7GB，如图 1－11 所示。活动硬盘的盘片和软盘的一样是可以从驱动器中取出和更换的，存储介质是盘片中的磁合金碟片。根据容量不同，活动硬盘的盘片结构分为单片单面、单片双面和双片双面 3 种，相应的驱动器有单磁头、双磁头和四磁头。活动硬盘接口方式现有内置 SCSI、内置 EIDE、外置 SCSI 和外置并口等几种方式。用户可以根据自己的需求和计算机的配置情况选择不同的接口方式。

（2）闪存（FlashRAM）。闪存是 EPROM（电可擦除程序存储器）的一种，它使用浮动栅晶体管作为基本存储单元实现非易失存储，不需要特殊设备和方式即可实现实时擦写，如图 1 - 12 所示。随着集成电路工艺技术的发展，闪存内部电路密度越来越大，每个晶体管的存储字节数也越来越多，从而使闪存的容量不断增大。近几年，各种形式的基于闪存的存储设备如雨后春笋般诞生，它们的外形结构丰富多彩，尺寸越来越小，容量越来越大，接口方式越来越灵活。

图 1 - 11　活动硬盘

图 1 - 12　闪存（优盘）

（3）其他移动存储器，如 PD、MO、ZIP 及 LS-120 软盘、ZIP、MP3、CDR/CDRW、磁带机等。

1.5.2　输入设备

输入设备是把程序、数据和命令输入到计算机中的设备。输入设备在把信息输入计算机以前，先将信息转换成计算机能识别的代码。根据输入信息标准接口类型形式的不同，可分为图形输入、图像输入、声音输入和其他输入设备。

1. 键盘

键盘是计算机中最基本的输入设备，通常用来输入字符和数字。在图形界面的操作中，可以通过键盘上指定的字符与屏幕上的光标结合，用来移动光标、获取图形坐标、制定绘图命令等。

键盘上通常安排几十个或近百个按键，每个按键起一个开关的作用，故称为键开关。键开关分为有触点式和无触点式两大类。其中，有触点式键开关又分为机械触点式、簧片式、薄片式、薄膜式及导电橡胶式等；无触点式键盘开关分为电容式、磁电变换式（包括霍尔效应式和磁阻式）、压电式、铁氧体磁心式、磁敏式、压敏式及光电式等 7 种。

目前，微型计算机使用的键盘有标准 101 键盘、104 键盘、108 键盘，以及多媒体键盘这几种。其中，101 键盘已经基本淘汰，104 键盘和 108 键盘分别在标准 101 键盘的基础上增加了几个 Windows 操作系统的快捷键和功能键，如图 1 - 13 所示。随着多媒体电脑应用范围的普及和应用领域的广泛，多媒体键盘提供的功能更加丰富，如在因特网应用上一键拨号、一键收信等；有的还可以和多媒体播放软件配合使用，提供类似于播放软件遥控器的作用，如播放和音量调控等。除此以外，还有无线键盘、可折叠的键盘及带手写板的键盘等，功能越来越多，也越来越方便。

图 1 - 13　键盘

2. 鼠标

鼠标的外形一般是一个小盒子，通过一根电线与主机连接起来就像一只拖着尾巴的"老鼠"，所以它的英文名称为 MOUSE，中文译名为鼠标器（如图1－14所示），使用鼠标可在屏幕上更快速、更准确地移动和定位光标。目前，无线鼠标也是比较流行的产品，它去掉了鼠标的连线，使用起来更灵活和自由，如图1－15所示。

图1－14　有线鼠标

图1－15　无线鼠标

从鼠标的结构上看，可分为机械鼠标、光电鼠标和无线鼠标。机械鼠标采用机械球和滚动摩擦技术，将机械位移转换成光标移动。这种鼠标器可以在任何平面上使用，方便灵活。老式光电鼠标通常是指采用了光栅板技术的鼠标器，这种鼠标器必须在专配的光栅板上使用，它将机械移动引起的光栅发射变化转换成光标的移动。新型光电式鼠标是利用光线照射所在的物体表面，再用透镜将反射的光线聚焦投影到鼠标内部的光学传感器上，然后通过扫描分析来确定移动方位及数值。这种电鼠标可以工作在除了镜面外的任何平面，移动精度高、灵活，不需清洁。无线鼠标主要是利用红外线和无线电技术进行通信，使用距离大约是 1～3m。这种鼠标存在需要电池，响应时间稍缓的缺点。

鼠标的接口类型有 COM1、PS/2、USB。图1－16所示为鼠标的 PS/2 接口及 PS/2—USB 接口转接头。

3. 其他输入设备

（1）手写板。又称为"电脑笔"，是由手写笔与基板两部分组成的，如图1－17所示。它可以分为电阻压力式、电磁压感式和电容触控式3种，用笔与基板的相互作用来完成写字、画画和控制的功能。其中，电阻式压力手写板技术落后，几乎已被淘汰；电磁式感应手写板是目前市场上的主流产品；电容式触控手写板由于具有耐磨损、使用简便、敏感度高等优点，它是未来手写板的发展趋势。

图1－16　PS/2、USB 接口

图1－17　手写板

（2）扫描仪。如果想把纸上的图像输入到计算机中，通常使用图文扫描仪。扫描仪是一种图形、图像输入设备，它根据光学原理，通过逐行扫描将纸面上的字符、图形、图像转换成为相应的数字信息，送入到计算机中进行处理。图文扫描仪的扫描分辨率可以调节，最高分辨率可达几千点/英寸（dpi）以上，采集信息的质量优于摄像机。扫描仪的品种有平板式和手持式两种，如图1－18所示。平板扫描仪是一种重要的图像扫描工具，可以适应各种尺寸的原始图像，所产生的图像质量高，广泛应用于印刷出版业、多媒体和光学字符识别等。目前，各种最新的平板扫描仪已具有较高的光学分辨率、较高的色深度和较宽的动态范围，而且能较好地支持多种介质格式。它分为低档、中档和高档 3 个档次。手持式扫描仪价格便宜，使用方便，但得到的图像质量一般。

图 1-18　平板式和手持式扫描仪

（3）条码、磁卡、IC 卡阅读器。条形码是由黑白宽窄不同的条形来组成的编码。条形码阅读器则使用光电技术扫描条形码，将条形码记录的信息输入到计算机中。磁卡是通过卡中的磁条存放一定的信息，利用磁卡阅读器读出内容，如图 1-19 所示。IC 卡是通过封存在卡中的集成电路芯片来存储信息。应用时使用特殊设备将信息写入，再使用 IC 卡阅读器读出信息。IC 卡具有较好的安全保密性能。

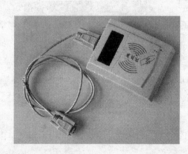

图 1-19　磁卡和 IC 卡阅读器

目前，条形码、磁卡和 IC 卡已被广泛使用，如在商场、银行、电信及学校机关等企事业单位中。可见，它们已进入日常生活的各个领域。

（4）摄像机、视频采集卡。摄像机是最直接的图像输入设备，它与视频采集卡配合可以摄取移动或静止的景色和物体，并转变成数字图像存入计算机中，如图 1-20 所示。目前，常用的摄像机有数码摄像机和模拟信号摄像机两种。视频采集卡将视频模拟信号高速转换成数字帧，然后传送到计算机处理或存储。

图 1-20　数码摄像机和视频采集卡

另外，还有一种数字摄像头，不需要视频采集卡即可将图形图像信息输入到计算机中，如图 1-21 所示。

（5）数码相机。数码相机是近几年得到迅速发展的一种新型图像输入设备，如图 1-22 所示。它与扫描仪一样，其核心部件是电荷耦合其间（CCD）。

图 1 - 21　摄像头

图 1 - 22　数码照相机

（6）语音输入设备。语音输入设备是新一代多媒体计算机的重要组成部件，它通过语音识别器将人的声音转变为计算机所能识别的信息送入计算机中，再通过语音合成器将计算机处理的结果变成声音输出，以实现真正的"人 - 机对话"。

（7）触摸屏。触摸屏作为一种最新的电脑输入设备，它是目前最简单、方便、自然的一种人机交互方式，如图 1 - 23 所示。触摸屏由触摸检测部件和触摸屏控制器组成，按触摸屏的工作原理和传输信息的介质，我们把触摸屏分为电阻式、电容感应式、红外线式，以及表面声波式 4 种。利用这种技术，用户只要用手指轻轻地碰计算机显示屏上的图符或文字就能实现对主机操作。

图 1 - 23　触摸屏

触摸屏在我国的应用范围非常广阔，主要是公共信息的查询，如电信局、税务局、银行、电力等部门的业务查询，城市街头的信息查询。此外，还应用于领导办公、工业控制、军事指挥、电子游戏、点歌、点菜、多媒体教学、房地产预售等。将来，触摸屏还要走入我们的家庭生活中。

1.5.3　输出设备

1. 显示设备

显示器是实现人机对话的重要装置之一，是计算机系统不可缺少的输出设备。目前，主要有阴极显像管（CRT）显示器和液晶（LCD）显示器两种，如图 1 - 24 所示。其中，以显像管显示器使用最为普遍，平常所说的显示器就是指显像管显示器。

图 1 - 24　CRT 和 LCD 显示器

按显示屏的发光颜色，可以分为单色显示器（简称"单显"）和彩色显示器（简称"彩显"）两大类。

按显示屏幕大小分，以英寸为单位（1 英寸 = 2.54cm），通常有 15 英寸、17 英寸和 20 英寸，或者更大。

2. 打印机

目前，计算机系统中常用的打印机种类有针式打印机、喷墨打印机和激光打印机 3 大类，如图 1 - 25 所示。

图 1 - 25　针式打印机、喷墨打印机和激光打印机

（1）针式打印机。击打式针式打印机具有结构简单、使用灵活、技术成熟和速度适中的优点，同时还具有高速跳行能力、多份复制和大幅面打印的独特功能，特别是性能价格比高，所以目前国内所使用的针式打印机仍占有较大份额。

（2）喷墨打印机。由于喷墨打印机具有体积小、重量轻、工作噪声低的特点，而且推广应用和批量生产后成本和售价也正在逐年下降，所以它的应用范围正在不断地扩大。

（3）激光打印机。激光打印机具有高速高印字质量的特点，而且在技术上成熟。随着推广应用和工业化批量生产，其成本及售价正在不断下降，因此它具有较好的性能价格比，在市场上具有一定的竞争力。但激光打印机的印字原理是采用单束激光进行串行扫描的，进一步提高印字速度受到了机械传动部件的限制。

1.5.4　调制解调器

调制解调器（MODEM，Modulator-demodulator 的缩写）是使计算机通过电话线与其他计算机连接的设备。由于普通的电话线不能传输计算机的数字信号，所以 MODEM 承担了信号转换的任务，即调制、解调。这就是 MODEM 的基本功能，如图 1 - 26 所示。一旦安装了 MODEM，计算机就具有了利用电话线进行远程通信的能力。通过拨号入网，还可以进入 Internet 五彩斑斓的网上世界，足不出户就可以了解全世界各方面的最新动态和信息。

图 1 - 26　ADSL USB 口
调制解调器

为使全世界的计算机都能通过 MODEM 连接，MODEM 的生产厂家都必须采取一致的通信协议。国际电信联盟（ITU）为此颁布了一系列的建议，如 V. 32、V. 32bis、V. 34、V. 90 等，全向 QXCOMM 极光系列 MODEM 完全支持这些协议标准。

除了基本的数据通信功能外，MODEM 还具有其他功能。

1. 传真功能

MODEM 在计算机通信软件（例如全向传真软件）的配合下，可以完成与传真机的收发操作，计算机内的各种文字、表格、图形都可以发送到任意一台传真机上，并且也可以接收各种传真文件。在这种情况下，MODEM 完全可以替代传真机。

2. 语音功能

MODEM 加上相应的语音通信软件（例如全向通信软件），就是一台完整的电话留言答录机。而且有的（如全向"极光"系列）具有比留言答录机更强的功能和更大的存储量。

注意

MODEM 的传真、语音及电话答录功能只能应用于计算机的点对点通信，而且要用相应的软件（如全向通信软件）才能实现。网上打电话同样需要其他相应的软件支持，例如 Net2phone、MediaRingTalk、NetMeeting 等。

1.6　微型计算机的基本操作

1.6.1　计算机系统各部分的连接

计算机系统是由几个彼此分离的部分组成的，在使用前应将它们正确地连接起来。对于采用基本配置的计算机系统连接较为简单，只需将键盘、鼠标、显示器与主机正确连接并接好电源线就可以了。对于配备了较多外设的计算机连接略为复杂一些，要安装有关功能扩展卡并将设备与功能扩展卡正确连接。

1.　连接显示器

显示器通过一根 15 针的 D 型连接线与安装在主机主板上的显示卡连接。显示卡通常是一块扩展卡，但也有的是集成在主板上的，这时只要将连接线插到主板上的显示器输出口上即可。在连接时，应分别将连接线的两端接到显示卡和显示器的对应插槽内。D 型连接头具有方向性，接反了插不进去，连接时应小心对准，无误后再稍稍用劲直至将插头插紧，然后上紧两边的两颗用于固定的螺钉。显示器的电源线可以直接插入到电源接线盒，也可以插入到主机显示器电源的输入端上。

2.　键盘和鼠标

键盘的接口是一个 5 针的插头，插头还带有一个导向片，用于确保插入时方向正确。主板上的键盘插孔有大、小两种规格，应确保插孔与插头的规格一致。如果不一致，需要用一个小转大或大转小的转接线来转接一下。连接时应将键盘插头对准主板上的键盘插座，轻轻推入并稍稍地转动一下，待导向片对准导向槽后再稍用力插紧。

鼠标接口也有两种类型，一种是串行口的，连接时将它接在主板的任一个空闲串行口上，上紧两边的螺钉即可；另一种是称为 PS/2 接口，它的外观和连接方法同键盘是一样的。安装 PS/2 接口的鼠标时容易将它的插座与键盘的弄混，安装前应仔细辨认，如果主板上没有标明，则通常靠外一点的是键盘插座。实在辨认不清也没有关系，可以先试插一下，如果开机后鼠标和键盘不能工作，再换回来就行了。

3.　连接打印机

打印机通常是通过并行口连接到主机上的。并行口是由主板上提供的，不需要扩展插卡。它是一个 25 针的扁平接口，连接电缆两端的接口并不一样，其中一端较小并带有螺钉，用来连接主机的并行口；另一端则较大且两边有卡口槽，用来连接打印机。连接时，先将小的一端连接到主机上，上紧固定螺钉，再将另一端连至打印机上，并扣紧卡口。最后将打印机的电源线一端插入打印机电源插座，另一端插入电源接线板。

4.　连接调制解调器

随着 Internet 应用的普及，很多个人计算机现在都配备了调制解调器用来上网。调制解调器分为内置式与外置式两种。内置式调制解调器是一块插卡，安装时需要打开机箱，将它插到一个合适的 ISA 或 PCI 插槽内（视它的接口方式而定）。安装外置式的调制解调器时不需要开机箱，它是通过一根串行传输线与主机相连，安装时将该串行传输线一端接至调制解调器，另一端接至主机主板上的一个串行口（COM1 或 COM2），再将调制解调器的电源适配器（一个小型稳压电源）接至电源插座，将其输出端接至调制解调器电源输入端。

调制解调器与主机连接好后，接下来连接电话线。将电话线从电话机上拔下来，插入调制解调器上的 Line 插孔。若还想同时连接电话机，再使用一根电话线将其一端接入调制解调器的 Phone 插孔，另一端连接至电话机，这样就不用将电话线拔来拔去了。但要注意的是，如果电话有插拔功能，在使用调制解调器传输数据前应先禁止该功能，以免传输过程被打断。

5. 连接音箱和耳机

在连接音箱或耳机前，应确保声卡正确安装在主板上。目前，声卡有两种接口标准，一种是 ISA 接口的，已接近被淘汰；另一种是 PCI 接口的。安装时应根据接口不同插入到正确的插槽中。通常声卡上有 In（接信号输入线）、Out（接信号输出线）、Mic（接麦克风）和 JoyStick（接游戏杆）等插口。音箱和耳机是接在 Out 插口上的，声卡的输出信号功率一般都不大，接耳机时还可以，但要接音箱时，音箱自身应带有功率放大器。麦克风接口是需要用麦克风录音或在网上进行实时对话时用的，连接时直接将麦克风信号线接入即可。

1.6.2　开机与关机

计算机系统的各个部分都连接好后，就可以准备加电开机了。但在开机前必须再仔细检查一下各部分的连线，确保无误后方可加电。特别要注意的是，有些机器的电源提供两种输入电压，一种是 110V 的，另一种是 220V 的，一定要确保其开关是打在 220V 的位置，否则开机后极易烧毁机器。

1. 开关计算机系统

开机的顺序为先开外设，再开主机。开外设的顺序是先开音箱、打印机等，再开显示器。关机的顺序正好相反，先关主机，再关外设。

如果只是短时间不用机器，不必马上关闭。因为开关电源时冲击电流会对机器造成不良影响，且相比而言，让机器继续运转片刻造成的损耗要小一些。在机器死机需要关机重新启动时，切记关机后要等待至少 5s 再加电重启，否则易对机器造成损坏。

计算机加电开启后，首先由 BIOS 程序对机器的硬件进行自检，如果自检没有发现错误，则 BIOS 加载操作系统，然后用户就可以正常地使用计算机了。

2. 重新启动

在使用计算机的过程中，可能经常会遇到需要重新启动系统的情况，如安装了新的应用程序或更新了硬件的驱动程序，或者系统出现死机，无法正常关闭等。前者的重启是正常重启动，它通常是在系统提出了重启的请求后由用户正常操作来完成的；而后者则是非正常重启，是系统出现了严重错误而无法继续正常工作的情况下进行的。

重新启动有两种方法：一种是冷启动，另一种是热启动。两者的区别在于，启动的过程中是否关闭电源。

（1）冷启动。冷启动是指用关闭计算机电源再打开的方式来重新启动系统。除非在进行特殊的操作（如安装硬件）时系统要求这么做或是机器对热启动已经不反应，否则不要用这种方式来重启系统。

（2）复位操作。在一些计算机的机箱上有一个标为 "Reset" 的复位键，按下该键的功能与冷启动机器差不多，它采用使机器瞬间掉电的方式实现机器重启的目的。

（3）热启动。热启动是指不关闭机器的电源，利用键盘上的 Ctrl + Alt + Del 组合键来启动系统。在 DOS 下，这样做会立即重启系统，而在 Windows 95/98/2000 下是先跳出一个 "关闭程序" 的对话框，用户可以从程序列表中选择要关闭的程序，当用户再次按 Ctrl + Alt + Del 组合键时才能重启系统。

不论是热启动还是冷启动，都有可能造成数据丢失，频繁地启动还有可能对机器硬件造成损伤，所以在使用计算机时应按正确的方法操作，避免出现这种情况。

1.6.3　了解微型计算机键盘布局

键盘是计算机基本的输入设备，要熟练地操作计算机必须熟练掌握键盘的布局。

目前，微型计算机使用的多为标准 101/102 键盘或增强型键盘。增强型键盘只是在标准 101 键盘基础上又增加了某些特殊功能键。三者的布局大致相同，如图 1－27 所示。

图 1－27　键盘布局

（1）主键盘区。键盘上最左侧的键位框中的部分称为主键盘区（不包括键盘的最上一排），主键盘区的键位包括字母键、数字键、特殊符号键和一些功能键，它们的使用频率非常高。

① 字母键：包括 26 个英文字母键，它们分布在主键盘区的第 2～4 排。这些键上标着大写英文字母，通过转换可以有大小写两种状态，用于输入大写或小写英文"字符"。开机时默认为小写状态。

② 数字键：包括 0～9 共 10 个键位，它们位于主键盘区的最上面一排。这些键都是双字符键（由换挡键 Shift 切换），上挡是一些符号，下挡是数码。

③ 特殊符号键：它们分布在 21 个键上，一共有 32 个特殊符号，特殊符号键上都标有两个符号（数字不是特殊符号），由 Shift 键进行上下挡切换。

④ 主键盘功能键：是指位于主键盘区内的功能键，它们共有 11 个，有的单独完成某种功能，有的需要与别的键配合完成某种功能（组合键）。具体说明如下：

* Caps Lock　　大小写锁定键　　它是一个开关键，按一次该键可以将字母锁定为
　　　　　　　　　　　　　　　　大写形式，再按一次则锁定为小写形式。

* Shift　　　　换挡键　　　　　按住此键不松手再按某键，则输入该键的上挡符
　　　　　　　　　　　　　　　　号；不按此键，则输入下挡符号。

* Enter　　　　回车键　　　　　按此后，输入的命令才被接受和执行。在字处理程
　　　　　　　　　　　　　　　　序中，该键起换行的作用。

* Ctrl　　　　控制键　　　　　它常与其他键联合使用，起某种控制作用。如 Ctrl ＋
　　　　　　　　　　　　　　　　C，表示复制选中的内容等。

* Alt　　　　　转换键　　　　　此键常同其他键联合使用，起某种转换或控制作
　　　　　　　　　　　　　　　　用。如 Alt ＋ F3，用于选择某种汉字输入方式。

* Tab　　　　　制表定位键　　　在字表处理软件中，常定义此键的功能为将光标
　　　　　　　　　　　　　　　　移动到预定的下一个位置上。

* Backspace　　退格键　　　　　它的功能是删除光标位置左边的一个字符，并使
　（←）　　　　　　　　　　　　光标左移一个字符位置。

（2）功能键区。功能键区位于键盘最上一排，共有 16 个键位，其中 F1～F12 称为自定义功能键。在不同的软件里，每一个自定义功能键都赋予不同的功能。

* Esc　　　　　退出键　　　　　它通常用于取消当前的操作、退出当前程序或退
　　　　　　　　　　　　　　　　回到上一级菜单。

- PrintScreem　　屏幕打印键　　　单用或与 Shift 键联合使用，用于将屏幕上显示的
  sysRg　　　　　　　　　　　　　内容输出到打印机上。
- Scroll Lock　　屏幕暂停键　　　一般用于将滚动的屏幕显示暂停，也可以在应用
  　　　　　　　　　　　　　　　　程序中定义其他功能。
- Pause Break　　中断键　　　　　此键与 Ctrl 键联合使用可以中断程序的运行。

（3）编辑键区。编辑键位于主键盘区与小键盘区中间的上部，共有 6 个键位，它们执行的通常都是与编辑操作有关的功能。

- Insert　　　　　插入/改写　　　这是一个开关键，用于在编辑状态下将当前编辑
  　　　　　　　　　　　　　　　　状态变为插入方式或改写方式。
- Del　　　　　　删除键　　　　　敲一次删除键，当前光标位置之后的一个字符被
  　　　　　　　　　　　　　　　　删除，右边的字符依次左移到光标位置。
- Home　　　　　　　　　　　　　在一些应用程序的编辑状态下按下该键可将光标
  　　　　　　　　　　　　　　　　定位于第一行第一列的位置。
- End　　　　　　　　　　　　　　在一些应用程序的编辑状态下按该键可将光标定
  　　　　　　　　　　　　　　　　位于最后一行的最后一列。

（4）小键盘区。键盘最右侧的一组键位称为小键盘区，其中各键的功能均能从别的键位上获得。但用户在进行某些特别的操作时，利用小键盘单手操作可以使操作速度更快，尤其是录入或编辑数字的时候。

- Num Lock　　　数字锁定键　　　按一次这个键，Num Lock 指示灯变亮，此时再按小
  　　　　　　　　　　　　　　　　键盘区的数字键则输出上挡符号（即数字及小数点
  　　　　　　　　　　　　　　　　号）；若再按一次这个键，Num Lock 指示灯熄灭，
  　　　　　　　　　　　　　　　　这时再按数码键则分别起用各键位下挡的功能。
- Page Up　　　　向上翻页键　　　按一下该键可以使整个屏幕向上翻一页。
- Page Down　　　向下翻页键　　　按一下该键可以使整个屏幕向下翻一页。

（5）方向键区。方向键区位于编辑键区的下方，共有 4 个键位，分别是上、下、左、右键。按一下方向键，可以使光标沿某一方向移动一个坐标格。

1.6.4　微型计算机键盘操作

在熟悉了键盘布局后，还应该掌握使用键盘时的左右手分工、正确的击键方法和良好的操作习惯，并且要进行大量的练习，才能够熟练地使用键盘进行计算机应用操作。

1. 正确姿势

利用键盘进行录入应有良好的姿势。姿势不对，时间稍长就容易感觉疲劳，且不易提高录入速度。

正确的姿势要求：身要坐正，腰要挺直，脚要放平；两肩放松，上臂与肘应靠近身体，大小臂之间成约90°角；小臂与手腕略向上倾，两手腕略向内扣；手掌不可放在键盘或桌面上，手指自然弯曲，四指轻放在基本键上，拇指悬放在空格键上方。

2. 键盘指法

（1）基本指法。键盘上的 26 个英文字母并不是按顺序排列的，而是按它们在英文文章中出现频率大小来排列的。例如，键盘中间的"ＡＳＤＦＧＨＪＫＬ"出现的频率较大，其中，"ＡＳＤＦＪＫＬ；"8 个键称为基本键位。

正确的击键指法要求把键盘上的全部键位合理地分配给左右手去操作，并且把每只手的 8 个基本键位分配到每个手指。在击键过程中，应该注意以下几个方面。

① 打字前的准备动作：两只手（除大拇指以外）的 8 个手指分别轻放在主键盘第 3 排的 8 个基本键位上，如图 1 - 28 所示；两只手的大拇指悬空放在空格键上，手指的方向约与空格键相垂直，小臂略向两边分开。此时，不可用力将手指按在基本键位上，手腕和手掌不可触及键盘的任何部位。

图 1 - 28　基本键位图

② 按照手指分工控制全部键位。手指的键盘分工如图 1 - 29 所示。

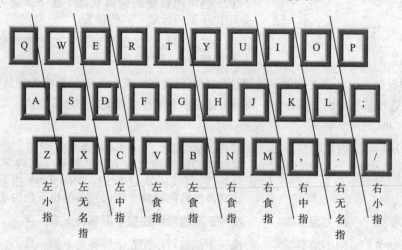

图 1 - 29　基本键位图

③ 不击键时，手指稍微弯曲拱起，指尖后的第一关节微成弧形轻放在键位中央，即放回到基本键位上去。

④ 击键时，将手提起，使手指离开键位 1 ~ 2cm，然后用指力击键。注意，手指离开键盘的位置不宜过高或过低。过高会影响击键速度和准确度，过低则会影响手指动作的灵活性。

⑤ 击键要短促、轻快、有弹性，注意是击键而不是按键。不要用指尖击键，也不要把手指伸直击键。

⑥ 击键的力度要适当，各手指用力要均匀。击键过重，容易使手指疲劳，击键过轻则会影响击键的速度和准确度。

⑦ 无论哪一个手指击键，该手的其他手指也要一起提起上下活动，这样才能保证击键的灵活性。注意，应该用手指的动作来带动手腕和小臂一起协调动作，用力点主要体现在手指的击键动作上。

⑧ 用大拇指侧面击空格键（左右手均可），右手小指击 "Enter" 键。

（2）小键盘指法。使用小键盘输入数据时，左手翻阅资料，右手击键。"4，5，6" 为基本键位，分配情况如图 1 - 30 所示。小键盘上的 "0" 键可以用食指，也可以用拇指。

初学者总想看着键盘进行输入，这不利于提高速度。你应该一开始就培养良好的习惯，即练习盲打，只要掌握键盘指法就可以逐步地实现盲打。训练时应从基本位开始，逐次训练每个手指直到熟练为止，以达到随心所欲的程度。

	Num Lock	/	*	−
	7 Home	8 ↑	9 PgUp	
	4 ←	5	6 →	+
	1 End	2 ↓	3 PgDn	
	0 Ins		Del	Enter

食指	中指	无名指	小指
7	8	9	−
4	5	6	+
1	2	3	Enter

图 1-30　小键盘键位分配

本 章 小 结

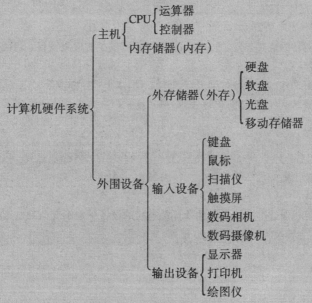

1. 计算机系统的组成
计算机硬件系统包含运算器、控制器、存储器、输入设备和输出设备5个基本部分。

$$
计算机硬件系统
\begin{cases}
主机
\begin{cases}
CPU
\begin{cases}
运算器 \\
控制器
\end{cases} \\
内存储器（内存）
\end{cases} \\
外围设备
\begin{cases}
外存储器（外存）
\begin{cases}
硬盘 \\
软盘 \\
光盘 \\
移动存储器
\end{cases} \\
输入设备
\begin{cases}
键盘 \\
鼠标 \\
扫描仪 \\
触摸屏 \\
数码相机 \\
数码摄像机
\end{cases} \\
输出设备
\begin{cases}
显示器 \\
打印机 \\
绘图仪
\end{cases}
\end{cases}
\end{cases}
$$

计算机软件系统由系统软件和应用软件两个部分构成。

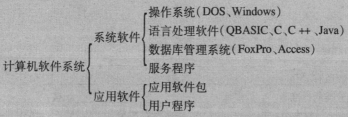

$$
计算机软件系统
\begin{cases}
系统软件
\begin{cases}
操作系统（DOS、Windows） \\
语言处理软件（QBASIC、C、C++、Java） \\
数据库管理系统（FoxPro、Access） \\
服务程序
\end{cases} \\
应用软件
\begin{cases}
应用软件包 \\
用户程序
\end{cases}
\end{cases}
$$

非数值型数据先要确定编码的规则，然后按此规则编出所需的代码。

2. 数制
数制就是计数的规则和方法。计算机中常见的数制有十进制、二进制、八进制和十六进制。
- 在十进制数中，数码是"0~9"这10个数字符号，计数的方法是"逢十进一"。
- 在二进制数中，数码是"0"和"1"这两个数字符号，计数的方法是"逢二进一"。

- 在八进制数中，数码是"0~7"这 8 个数字符号，计数的方法是"逢八进一"。
- 在十六进制数中，数码是"0~9"及"A~F"这 16 个数字符号，计数的方法是"逢十六进一"。

3. 二进制数的运算规则

- 二进制数加法规则：$0+0=0,1+0=1,0+1=1,1+1=10$。
- 二进制数减法规则：$0-0=0,0-1=1,1-0=1,1-1=0$。
- 二进制数乘法规则：$0×0=0,0×1=0,1×0=0,1×1=1$。
- 二进制数除法规则：与十进制数的除法相类似。

4. 数的原码、反码和补码表示

- 正数的原码、反码、补码相同，即 $[X]_原 = [X]_反 = [X]_补 = X$（$X$ 字符表示的范围内）。
- 无论原码、反码或补码，负数的符号位用 1 表示，正数符号位用 0 表示。
- 在负数的原码、反码、补码形式中，只有原码除符号位外的其余部分为数值部分，反码、补码均不是数值部分。
- 利用原码的符号位不动，其后各位分别求反可以求出反码，在反码最后的低位上 +1 可求得其补码，但不适用于字长范围的最小负数。
- 负数的补码再求补码可得其原码，原码的数值部分再加上负号，即为负数补码的真值。
- 当 $X<0$ 时，$[X]_补 =$ 模 $+X$，对表示范围内的数均适用。

5. 输入/输出设备

- 输入设备：键盘、鼠标、扫描仪、摄像机、数码相机和语音输入设备等。
- 输出设备：显示器、打印机等。

显示器是实现人机对话的重要装置之一，是微机系统不可缺少的输出设备。目前，主要有数码显示器、液晶显示器和显像管显示器等。

显示器的技术指标有尺寸、点距、分辨率、垂直扫描频率、水平扫描频率等。

常用的打印机种类有针式打印机、喷墨打印机、激光打印机 3 大类。具体选用主要从价格、打印质量、打印速度、耗材和噪声几个方面来考虑。

6. 外部存储器

常见的外部存储器（简称外存）有软盘存储器、硬盘存储器和光盘存储器等，它是计算机的辅助存储器，通过相应的驱动器写入或读出数据。

7. 调制解调器

调制解调器是使计算机通过电话线与其他计算机连接的设备。由于普通的电话线不能传输计算机的数字信号，所以它承担了信号转换的任务，即调制、解调。

练习题

一、填空题

1. 计算机又称＿＿＿＿＿，都是＿＿＿＿＿的简称。

2. 计算机具有＿＿＿＿＿、＿＿＿＿＿、＿＿＿＿＿、＿＿＿＿＿、＿＿＿＿＿的特点。

3. 计算机的应用领域有＿＿＿＿＿、＿＿＿＿＿、＿＿＿＿＿、＿＿＿＿＿和＿＿＿＿＿。

4. 对计算机进行分类的标准有＿＿＿＿＿、＿＿＿＿＿、＿＿＿＿＿。按＿＿＿＿＿，可以将计算机分为＿＿＿＿＿和＿＿＿＿＿两大类。按＿＿＿＿＿，可将计算机分为＿＿＿＿＿、＿＿＿＿＿、＿＿＿＿＿3 大类。按＿＿＿＿＿，可将计算机分为＿＿＿＿＿、＿＿＿＿＿、＿＿＿＿＿、＿＿＿＿＿、＿＿＿＿＿和＿＿＿＿＿6 大类。

5. 第一台电子计算机＿＿＿＿＿诞生于＿＿＿＿＿年的＿＿＿＿＿（国家）。

6. 半个世纪以来，电子计算机经历了＿＿＿＿＿个发展阶段；微型计算机从＿＿＿＿＿年问世以来经历了＿＿＿＿＿个发展阶段。

7. 第一代电子计算机是从_____年到_____年，称为_____计算机，采用的主要逻辑部件为_____。

8. 计算机的发展趋势有_____个方面，它们是_____、_____、_____和_____。

9. 世界上最大的计算机网络是_____。智能计算机属第_____代计算机。

10. 中央处理器是由_____和_____两部分组成的。

11. 总线分为_____、_____和_____ 3 类。

二、计算题

1. 将下列二进制数转换为相应的十进制数、八进制数、十六进制数。
   1101101B，10101001B，10000000B

2. 将下列十进制数转换为相应的二进制数、八进制数、十六进制数。
   13.5，54.75，76.125，25.25，126

3. 以字长 8 位，对下列数求原码、反码、补码。
   -1，-128，-64，127

4. 将下列数表示成规格化的浮点数。
   2.5，1010B，-16.75

5. 将下列数由小到大排序。
   10D，1011.01B，12.3Q，$[X1]_补=10001101B$，$[X2]_原=10010101B$，$[X3]_反=11001101B$

三、简答题

1. 什么是电子计算机？

2. 什么是原码，反码，补码？它们之间是如何转换的？

3. 写出求原码，反码，补码的数学表达式。

4. 什么是定点数？什么是浮点数？它们各有什么特点？

5. 计算机有哪几种启动方式？热启动与冷启动的区别是什么？

6. 说出几种输入设备和输出设备。

7. 什么是外围设备？分为哪几类？

8. 有哪些常见的键盘类型和键数？

9. 激光打印机有哪些优缺点？

10. 调制解调器的基本功能是什么？

11. 什么是存储器？其主要技术指标是什么？

12. 只读存储器是如何分类的？各有什么特点？

13. 外存储器包括哪 3 大类？外存储器的作用是什么？

14. 软盘的磁道和扇区指的是什么？

第2章 Windows Vista 操作系统

Windows 是一种多任务、图形界面操作系统，用户只需操作屏幕上带有特定含义的图形和符号，就可以指挥计算机工作。本章介绍的是 Windows Vista 操作系统。

【本章学习目标】
- 掌握 Windows Vista 的启动与退出、鼠标操作及窗口的基本操作
- 了解桌面与图标的基本概念，任务栏和开始菜单的组成
- 掌握 Windows Vista 系统对话框的使用方法
- 理解资源管理器的窗口与菜单的概念，掌握资源管理器的启动与退出方法
- 掌握资源管理器的窗口文件和文件夹的基本操作及文件管理功能
- 掌握 Windows Vista 的程序管理功能、控制面板的使用
- 了解 Windows Vista 的多媒体功能、写字板及画图程序的使用

2.1 Windows Vista 的基本操作

2.1.1 启动与退出 Windows Vista

1. 启动 Windows Vista

把 Windows Vista 操作系统装入内存称为启动 Windows Vista。启动操作非常简单，只要依次打开显示器和主机的电源开关并稍等片刻，即可启动 Windows Vista。正常启动后，屏幕上显示的 Windows Vista 桌面如图 2-1 所示。

在图 2-1 的桌面上排列着一些图标，每个图标提供某个方面的功能。如"计算机"图标提供管理系统资源的功能，"网络"图标提供浏览网上信息功能，"回收站"图标提供临时存储在硬盘上被删除文件的功能。

桌面最下面一行是 Windows Vista 的任务栏，任务栏左边有一个"开始"按钮 ，单击该按钮可以打开"开始"菜单，实现启动应用程序、改变系统设置的功能。

如果您是一位网络用户或是与别人共同使用一台计算机并且在 Windows 中设置了密码，在进入桌面状态前屏幕会弹出一个对话框要您输入用户名和密码。

2. 退出 Windows Vista

完成了在该环境下的工作后，请关闭所有打开的应用程序，保存所有编辑文件后，正常退出 Windows Vista。

从 Windows Vista 系统下退出，必须按屏幕提示进行。首先退出应用程序返回到如图 2-1 所示的桌面状态，然后单击左下角的"开始"按钮（ ），弹出如图 2-2 所示的"开始"菜单。选择其中的"关闭"命令，弹出如图 2-3 所示的"关闭 Windows"对话框，在"希望计算机做什

么"下方的下拉列表中选择"关机",单击"确定"按钮,即可退出 Windows Vista 关闭计算机。

需要注意的是,在 Windows Vista 系统工作时,内存和磁盘上的临时文件中存储大量信息。如果使用直接关闭计算机电源或热启动等方法非正常退出 Windows Vista,可能会造成丢失数据、浪费磁盘空间等后果,甚至可能造成系统崩溃的严重后果。所以,请您一定要按照正确的方法退出 Windows Vista。

图 2 - 1 Windows Vista 的桌面

图 2 - 2 "开始"菜单

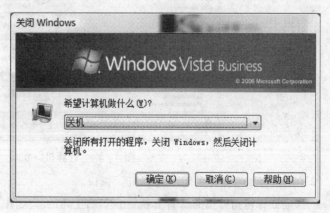

图 2 - 3 "关闭 Windows"对话框

2.1.2 鼠标操作

1. 鼠标指针

在使用鼠标操作时,请注意观察鼠标指针(光标)的形状,从中了解系统的工作状态,正确执行规定的操作。如图 2 - 4 所示列出了常见的鼠标指针形状及其相应的操作说明。

2. 鼠标的基本操作

鼠标的基本操作有如下 4 种。

(1)单击:将光标指向某个项目,然后按下鼠标左键并迅速释放。一般用于对图标、菜单命

正常选择	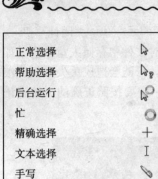
帮助选择	
后台运行	
忙	
精确选择	
文本选择	
手写	
不可用	
垂直调整	
水平调整	
沿对角线调整1	
沿对角线调整2	
移动	
候选	
链接选择	

图2-4　鼠标指针的
不同形状

令和按钮的操作。例如，单击图标、文件夹可以完成选中操作；单击菜单项、按钮可以完成打开和执行操作。

（2）双击：将光标指向某个项目，然后连续按下鼠标左键两次并迅速释放。一般用于打开某个文件或执行一个应用程序。例如，双击某个图标，将启动该图标所代表的应用程序。

（3）右击：将光标指向某个项目，然后按下鼠标右键并迅速释放。一般用于弹出相关的快捷菜单。熟练使用单击鼠标右键，可以大大提高操作的效率。

（4）拖动：将光标指向某个项目，然后按下鼠标左键并保持，将选定的项目拖到指定的位置，再松开鼠标左键。一般用于移动或复制某个项目。

3. 鼠标操作实例

使用鼠标工作时，通常先移动鼠标使指针指向某个屏幕对象，再做单击、双击、拖动或右击的操作。

【例2-1】鼠标操作的演示，请完成如下操作。

（1）用鼠标双击操作打开"计算机"窗口。

- 移动鼠标将其指针指向桌面上的"计算机"图标（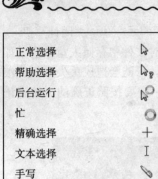）。
- 快速地按两下鼠标左键再松开，打开如图2-5所示的"计算机"窗口。

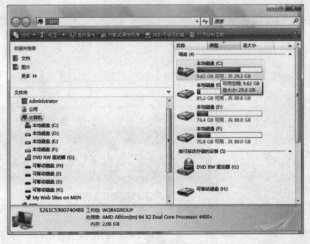

图2-5　"计算机"窗口

（2）用鼠标单击操作关闭"计算机"窗口。

- 移动鼠标将指针指向"计算机"窗口右上角的"关闭"按钮（X）。

（3）用鼠标单击操作选择图标。

- 移动鼠标将指针指向"计算机"图标。
- 快速地单击鼠标左键再松开，选择"计算机"图标（选中的图标为深色显示）。
- 按 Enter 键，再次打开"计算机"窗口。

（4）用鼠标拖动操作移动"控制面板"图标的位置。

- 移动鼠标将指针指向桌面上的"控制面板"图标（　）。
- 按下鼠标左键不放同时移动鼠标，此时"控制面板"图标也随着移动。松开鼠标左键后，"控制面板"图标被放置在新的位置上。

- 再用同样的操作将"控制面板"图标拖回到原来的位置。

（5）用鼠标右键单击操作打开快捷菜单。

- 移动鼠标将指针指向桌面上的"计算机"图标。
- 单击鼠标右键再松开，打开如图 2-6 所示的快捷菜单。

观察菜单后，请用鼠标左键单击桌面的空白位置，关闭快捷菜单。

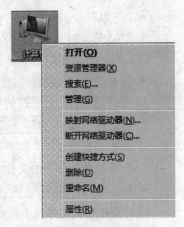

注意

在 Windows Vista 中可以根据鼠标右键单击的不同位置而显示不同的快捷菜单，其中提供当前可以执行的命令。

2.1.3　窗口的基本操作

窗口是 Windows Vista 的主要工作界面之一，其中通常有标题栏、菜单栏、工具栏、窗口工作区和滚动条等对象，每个对象有不同的功能。所有 Windows Vista 窗口都可以使用相同的方法进行操作，用户可以通过操作窗口对象实现 Windows Vista 的各种常见功能。

图 2-6　快捷菜单

Windows Vista 可以在屏幕上打开多个窗口。当打开多个窗口时，有并且只有一个当前窗口是活动窗口，用户可以方便地选择活动窗口。

1. 窗口的基本元素

在桌面上双击"计算机"图标，打开"计算机"窗口，其具体组成部分如图 2-7 所示。

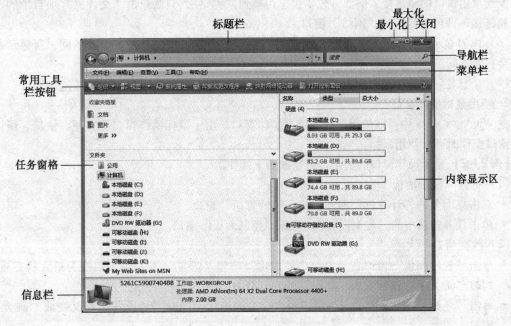

图 2-7　"计算机"窗口

窗口中从上到下依次排列着标题栏、导航栏、菜单栏、常用工具栏按钮、任务窗格、内容显示区、信息栏。

（1）标题栏。标题栏上依次排列着窗口的控制图标、标题和控制按钮。其中，控制图标和控制按钮提供操作窗口的功能。

- "最小化"按钮（　）：单击该按钮将使应用程序窗口缩小为一个图标，并保存在任务栏上，即将应用程序转为后台工作。
- "最大化"按钮（　）：单击该按钮将使应用程序窗口扩大到整个屏幕。

- "还原"按钮（ ▣ ）：单击该按钮将使应用程序窗口恢复为最大化以前的大小和位置。
- "关闭"按钮（ ✕ ）：单击该按钮将关闭当前的应用程序窗口，使其退出运行。

（2）导航栏。导航栏主要包括导航按钮、地址栏和搜索框 3 个部分。

- 导航按钮（ ◀◉◉▾ ）：使用导航按钮可以查看最近打开的窗口或返回到以前打开的窗口，也可以查看曾经打开过的所有窗口。
- 地址栏（ ▐ ▸ 计算机 ▸ 本地磁盘 (F:) ▸ 07-08第2学期 ▸ 课程设计 ▸   ▾ ｜ ✦ ）：在地址栏中直接输入要到达的文件夹路径可以直接打开该文件夹，也可以直接单击地址栏中某一个地址位置，即可跳转到单击的文件夹中。
- 搜索框（ 搜索   ✎ ）：搜索框可用来搜索需要查找的信息。

（3）菜单栏。菜单栏上显示着菜单名称，如"文件"、"编辑"、"查看"等。选择菜单中的命令后，可以实现 Windows Vista 的功能。

（4）常用工具栏按钮。工具栏上排列着多个图形化的按钮，这些按钮提供 Windows Vista 的常用功能。在一般的窗口中，根据打开窗口的不同，其常用工具栏按钮的类型也有所不同。当鼠标指针指向这些按钮时，系统将会显示有关按钮功能的提示。

每个按钮代表一项操作，而这些操作在菜单栏中均能找到。由于这些操作是用户经常使用的，所以 Windows 系统将这些命令制作成按钮。

（5）任务窗格。该窗格包括"收藏夹链接"和"文件夹"两个项目。这两个项目是可以方便地切换到常用窗口的超链接。例如，想要快速切换到"网络"，只需单击"文件夹"项目中的"网络"超链接，即可直接打开"网络"窗口。

（6）内容显示区。该区域用来显示当前打开窗口的内容。根据打开窗口的不同，所显示的内容也会有所不同。

（7）信息栏。当选中窗口中的某一内容后，在信息栏中将显示该内容的详细信息。

2. 使用鼠标操作窗口

在 Windows Vista 中可以使用鼠标和键盘操作窗口。由于鼠标操作窗口更方便、快捷，所以人们对窗口操作时通常使用鼠标。

【例 2-2】鼠标操作窗口的演示，请完成如下操作。

（1）打开"控制面板"窗口。

- 双击桌面上的"计算机"图标，打开"计算机"窗口。
- 单击任务窗格中的"控制面板"，打开"控制面板"窗口。

（2）改变窗口的大小。

- 单击"控制面板"窗口右上角的"最大化"按钮（ ▣ ），可以使窗口变为最大状态显示，同时"最大化"按钮变成"还原"按钮（ ▣ ）。
- 单击"还原"按钮，窗口又恢复成最大化前的形状，同时"还原"按钮又变成"最大化"按钮。
- 单击"控制面板"窗口右上角的"最小化"按钮（ ▬ ），可以使窗口最小化为任务栏上的一个图标（ ▐ 控制面板   ）。
- 单击任务栏上表示"控制面板"窗口的图标，窗口又恢复成最小化前的形状。
- 将鼠标指针指向窗口的边框上，当鼠标指针变成双向箭头形状时，拖动鼠标可以改变窗口的大小。
- 将鼠标指针指向窗口某个角的顶点上，当鼠标指针变成双向箭头形状时，可以成比例地改变窗口大小。
- 请改变"控制面板"窗口的大小，使它约占屏幕 1/4 的区域。

2.2　Windows Vista 的文件管理功能

文件管理是任何操作系统的基本功能之一，在 Windows Vista 系统中通过"资源管理器"对文件和文件夹进行管理。利用"资源管理器"可以完成对文件或文件夹的重命名、复制、转移、删除和选中，修改文件或文件夹的属性、创建新文件夹，对硬盘或软盘设置卷标、格式化，以及建立或断开与网络驱动器的连接等操作。

2.2.1　资源管理器的启动与退出

1. 启动资源管理器

因为资源管理器是很重要的应用程序，所以 Windows Vista 系统中提供了多种启动它的方法。

（1）单击"开始"按钮，选择"运行"命令，在对话框中输入 C:，然后单击"确定"按钮。

（2）使用鼠标右键单击"开始"按钮，在弹出的快捷菜单中选择"资源管理器"命令。

（3）用鼠标右键单击 Windows Vista 桌面上的"计算机"图标，在弹出的快捷菜单中选择"资源管理器"命令。

2. 退出资源管理器

启动成功后进入资源管理器窗口，可以使用以下几种方法退出资源管理器。

（1）单击窗口标题栏上的"关闭"按钮。

（2）双击窗口左上角的应用程序图标。

（3）单击窗口左上角的应用程序图标，从下拉菜单中选择"关闭"命令。

（4）如果显示出菜单栏，可以直接选择"文件"菜单中的"关闭"命令；如果没有显示出了菜单栏，可以单击常用工具栏按钮中的"组织"按钮（　），在弹出的下拉列表中选择"布局"子菜单的"菜单栏"命令，即可在窗口中出现"菜单栏"。

（5）用鼠标右键单击任务栏上资源管理器的图标，在快捷菜单中选择"关闭"命令。

2.2.2　菜单的功能及种类

菜单是命令功能的列表，其中的每一项称为菜单选项（或菜单命令）。常见的菜单有 3 种：下拉菜单、控制菜单和快捷菜单。

1. 下拉菜单

每个窗口标题栏的下面都有一个菜单栏，它用于显示用户所能使用的各类命令的菜单。单击某菜单选项，将弹出相应的子菜单，单击子菜单中的命令，即可实现相应的操作。

对于菜单选项，Windows Vista 系统中有下面一些约定。

（1）菜单分组线：菜单选项之间的浅色线条为分组线，它将选项分成若干组，这种分组是按照菜单选项的功能组合的。例如，图 2-8 所示的"查看"菜单被分成了 6 个小组。

（2）变灰的菜单选项：正常的菜单选项是用

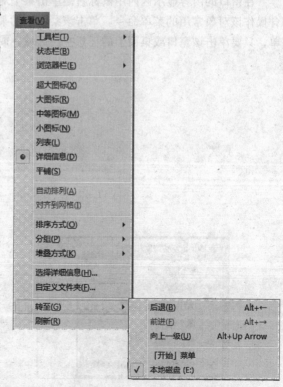

图 2-8　"查看"菜单

黑体字显示的，用户可以随时选用。变灰的菜单项是用灰色字体显示的，表示当前该选项不能使用。例如，图2-8所示的"自动排列"命令。

（3）带有省略号"…"的菜单选项：使用该类选项时会弹出一个对话框，要求用户输入某些信息。例如，图2-8所示的"自定义文件夹"命令。

（4）带有"✓"的菜单选项：表示该选项已被选用。此类选项可以让用户在"选中"与"放弃"两种状态之间进行切换。例如，图2-8所示的"本地磁盘"，可以在显示与不显示"状态栏"之间进行切换，此类选项的另一个特点是，同组的各个选项是相互独立的，允许用户多选。

（5）带有"●"的菜单选项：表示该选项已被选用。在同组的选项中，只能有一个选项被选用。例如，图2-8所示的第2组中只能在"超大图标"、"大图标"、"中等图标"、"小图标"、"列表"、"详细信息"和"平铺"6个选项中选择一个，此时选用的是"详细信息"。

（6）带有"▶"的菜单选项：表示该选项还有下一级子菜单。例如，图2-8所示的"转至"选项。

（7）名字后带有组合键的菜单选项：组合键是一种快捷键，用户可以不使用菜单直接从键盘中按下相应的组合键，即可执行该菜单命令。例如，"Ctrl＋E"、"Ctrl＋I"等。

（8）菜单名称后面的字符：这也是一种快捷键，用户可以使用"Alt＋指定字符"的组合键方式，直接从键盘打开菜单。例如，图2-8所示的"查看"菜单，只要在键盘上直接按"Alt＋V"组合键即可显示出来。

2．控制菜单

一般窗口标题栏最左侧的图标就是控制菜单图标。单击此图标可以打开控制菜单，其中有窗口的移动、最小化、最大化和关闭等命令，如图2-9所示。

3．快捷菜单

在窗口的内容显示区内用鼠标右键单击某个对象，会弹出如图2-10所示的快捷菜单，其中包含操作该对象常用的菜单命令。单击该菜单中的某个命令，便会执行相应的操作。如果要退出该菜单，只要单击该窗口或桌面上的任意空白区域，或按"Esc"键即可。

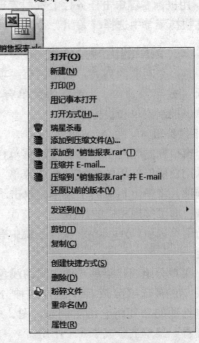

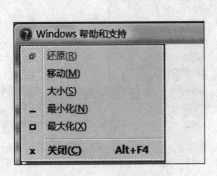

图2-9　控制菜单　　　　　　　　图2-10　快捷菜单

2.2.3　文件和文件夹的基本操作

1. 创建新文件夹

在创建新的文件夹前，首先应确定建立在什么地方。例如，在 E: 盘根目录下创建一个新文件夹 JAVA，操作步骤如下。

（1）在资源管理器中选定指定文件夹，例如 E:。

（2）选择"文件"→"新建"→"文件夹"命令，则在资源管理器的"内容窗口"中将出现一个命名为"新文件夹"的小编辑框。

（3）在小编辑框中输入新建文件夹的名字，例如，输入 JAVA。

（4）单击鼠标左键或按"Enter"键确认。

此时，在 E: 盘根目录下新建了一个名称为 JAVA 的子文件夹，如图 2 – 11 所示。

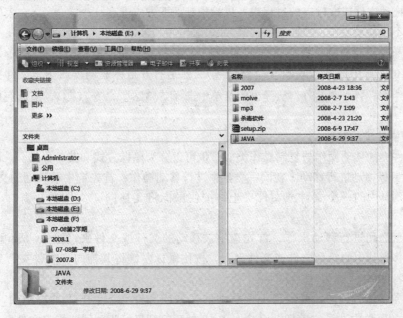

图 2 – 11　E: 盘根目录下的"JAVA"子文件夹

2. 选中文件或文件夹

在对文件或文件夹进行操作前，应首先选中文件或文件夹。具体选中的方法如下。

（1）选中一个文件或文件夹：用鼠标单击要选中的文件或文件夹的名称，即为选中。

（2）选中连续的多个文件或文件夹：单击要选中的第一个文件或文件夹，按住"Shift"键并保持，再单击要选中的连续的一组文件或文件夹的最后一个即可。

（3）选中非连续的多个文件或文件夹：单击要选中的第一个文件或文件夹，然后按住"Ctrl"键并保持，再单击其他想选中的文件或文件夹。

（4）取消选定：在窗口的任意空白的区域上单击，即可取消文件或文件夹的选中状态。

（5）选中全部文件或文件夹：选择"编辑"→"全选"命令，则"内容窗口"中的所有文件与文件夹均被选中。

（6）反向选择：所谓"反向选择"是选中当前未被选中的所有文件和文件夹，即原来已选定的将被放弃，原来没被选中的将被选中。操作方法为选择"编辑"→"反向选择"命令。

（7）选择局部连续但总体不连续的文件或文件夹组：首先用鼠标选择第一个局部连续组，然后按住"Ctrl"键并保持，单击第二个局部连续组的第一个文件或文件夹，再按住"Ctrl + Shift"组合键，单击第二个局部连续组的最后一个文件或文件夹。用同样的步骤可选择其他局部连续组。

3. 文件与文件夹的复制

使用资源管理器可以将文件或文件夹复制到另一个文件夹或磁盘上。

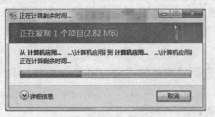

图 2 – 12　复制操作示意图

（1）使用鼠标拖放进行复制。在同一磁盘中进行复制操作：首先选中被复制的文件或文件夹，然后按住"Ctrl"键并保持，再用鼠标拖动被复制的文件或文件夹到达指定的目标文件夹时释放鼠标，此时系统开始复制操作，如图 2 – 12 所示。

在不同磁盘之间进行复制操作：不需要按住"Ctrl"键，直接将被选中的文件或文件夹拖放到目标磁盘的指定文件夹下即可。

注意，在拖动文件或文件夹的过程中，鼠标指针的下方应带有一个"＋"，它表明此时进行的是复制操作而不是移动操作。

（2）使用菜单进行复制。首先选中被复制的文件或文件夹，单击工具栏中的"组织"按钮（　），从弹出的菜单中选择"复制"命令（　），然后打开目标驱动器或指定文件夹，再次单击工具栏中的"组织"按钮（　），从弹出的菜单中选择"粘贴"命令（　），从而完成复制文件或文件夹的操作。

4. 文件与文件夹的移动

文件与文件夹的移动操作与复制操作类似，也可以分为鼠标方式和菜单方式。

（1）使用鼠标拖动进行移动。在同一磁盘中进行移动操作：首先选中被移动的文件或文件夹，将鼠标指针移到其中的一个文件或文件夹上，按住鼠标将其拖向"文件夹"窗口，释放鼠标键即可。

在不同磁盘之间进行移动操作：首先选中被移动的文件或文件夹，按住"Shift"键并保持，再将鼠标指针移到其中的一个文件或文件夹上，按住鼠标左键将其拖向"文件夹"窗口，释放鼠标键即可。

（2）使用菜单进行移动。首先选中待移动的文件或文件夹，单击工具栏中的"组织"按钮（　），从弹出的菜单中选择"剪切"命令（　），然后打开目标驱动器或指定文件夹，再次单击工具栏中的"组织"按钮（　），从弹出的菜单中选择"粘贴"命令（　），从而完成移动文件或文件夹的操作。

5. 文件或文件夹的重命名

有时，需要对一些已经存在的文件或文件夹重命名。例如，移动一个文件时，如果目标文件夹中已经存在了一个同名文件，则可以先将该文件改名再执行移动操作。具体方法如下：

首先，选中需要改名的文件或文件夹，然后单击工具栏中的"组织"按钮（　），从弹出的菜单中选择"重命名"命令，此时选中的文件或文件夹呈高亮度显示，用户可输入新的文件名，并按"Enter"键确定。

使用右键快捷菜单也可以完成上述操作。此外，还可以直接单击被选中的文件或文件夹的名称，或者按 F2 键激活该命令状态，输入新的文件名并按"Enter"键。

6. 文件或文件夹的删除

为了节省磁盘空间，对不再使用的文件或文件夹可以进行删除操作，Windows Vista 系统的删除操作分为送入"回收站"和真正的物理删除两种。对于被送入"回收站"的文件和文件夹，需要时还可以恢复回来；被物理删除的文件或文件夹，则不能再恢复了。

（1）送入"回收站"删除。选中准备删除的文件或文件夹，单击工具栏中的"组织"按钮（　），从弹出的菜单中选择"删除"命令（　），这时弹出一个对话框提示用户是否确认删除操作,如图 2－13 所示。单击"是"按钮,则执行删除操作;单击"否"按钮,放弃删除操作。

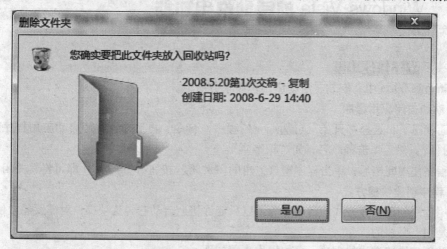

图 2－13　删除操作示意图

此外,还可以使用键盘上的"Del"键或快捷菜单中的"删除"命令。

(2) 取消删除操作。文件或文件夹被删除后,单击工具栏中的"组织"按钮(▊),从弹出的菜单中选择"恢复"命令,可以取消刚刚进行的删除操作,从而恢复被删除的文件或文件夹。

(3) 恢复被删除的文件或文件夹。送入"回收站"的操作并非真正的物理删除,需要时可以把它们恢复到原来的位置上。操作方法:在资源管理器的"文件夹"窗口中单击"回收站"图标,"回收站"的内容将显示在"内容窗口"中,选定要恢复的文件或文件夹,单击工具栏中的"还原此项目"按钮(▊);或者单击工具栏中的"组织"按钮(▊),从弹出的菜单中选择"恢复"命令。

(4) 物理删除。它是真正的删除,经物理删除的文件或文件夹不可能再恢复回来。操作方法:选中准备删除的文件或文件夹,在键盘上按"Shift + Del"组合键,这时弹出一个对话框提示用户确认删除操作,如图 2－14 所示。单击"是"按钮,则执行物理删除;单击"否"按钮,放弃删除操作。

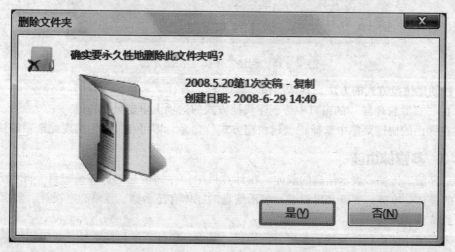

图 2－14　文件或文件夹的物理删除

 注意

这种删除是不经过"回收站"的直接删除。图 2－13 中的系统提示与图 2－14 的是不一样的。

2.3　Windows Vista 的其他常用功能

2.3.1　程序管理功能

在 Windows Vista 中，安装、启动应用程序十分简单。

1. 启动和关闭应用程序

在桌面状态下，选择"开始"（ ）→ "程序"命令，再选择含有待启动应用程序的程序组，例如，"附件"，然后单击程序名，如"记事本"。

应用程序使用完毕后，单击程序窗口上角的"关闭"按钮（ ）即可将其关闭。

2. 为程序创建快捷方式

给应用程序创建快捷方式的目的是为了以后能够快速启动它，这项操作对需要经常使用的应用程序来说是很有必要的。

第一种创建快捷方式的方法，具体操作步骤如下。

（1）在"资源管理器"的窗口中单击"控制面板"图标，选择待创建快捷方式的选项，例如"字体"。

（2）在"文件"菜单中，选择"创建快捷方式"选项，则在桌面上出现了"字体"的快捷方式，如图 2-15。

图 2-15　创建"字体"快捷方式

第二种创建快捷方式的方法，具体操作步骤如下。

（1）在"资源管理器"的窗口中待创建快捷方式的选项上单击鼠标右键。

（2）在弹出的快捷菜单中选择"创建快捷方式"命令，即可在桌面上出现此选项的快捷方式。

2.3.2　多媒体功能

媒体是存储、传播、表示信息的载体。在计算机中，存储信息的媒体是磁盘、光盘、磁带等；传播信息的媒体是电缆、光纤和电磁波；表示信息的媒体有显示器、音箱、电视等。多媒体是上述各种媒体的统称。

多媒体系统一般由硬件系统和软件系统构成。其中，硬件系统包括主机、数码相机、音响、麦克风、打印机、绘图仪、扫描仪、高分辨率显示器、光盘、声卡、信息采集卡、调制解调器、鼠标、游戏杆、触摸屏等；软件系统包括多媒体播放系统、多媒体信息压缩/解压系统、数码相机摄像处理系统等。

下面介绍 Windows Vista 多媒体应用的几个实例。

1. 录音机

录音机是 Windows Vista 中录、放声音的一种工具。

（1）选择"开始"→"程序"→"附件"→"录音机"（🎙）命令，屏幕上弹出如图 2 – 16 所示的录音机窗口。

（2）单击"开始录制"按钮（⏺），弹出如图 2 – 17 所示的录音机窗口开始录制声音。

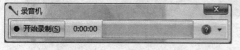

图 2 – 16　录音机窗口

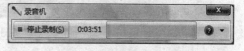

图 2 – 17　录音机窗口

（3）录制结束后，单击"停止录制"按钮（⏹），停止录音，弹出如图 2 – 18 所示的"另存为"对话框。

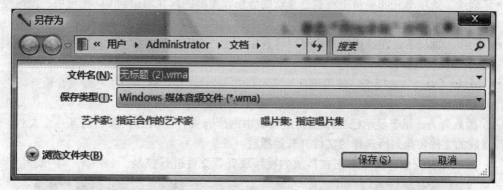

图 2 – 18　"另存为"对话框

（4）在"另存为"对话框中，将录制的声音保存到计算机中指定的位置。

2. 媒体播放器

Windows Vista 的媒体播放器可以用来播放计算机中的数字媒体文件。通过它可以收看正在转播的比赛实况、新闻报道，Web 站点上的演唱会，还可以播放 CD 和 DVD。

在桌面状态下，选择"开始"→"程序"→"Windows Media Player"命令，屏幕上弹出如图 2 – 19 所示的媒体播放机窗口。

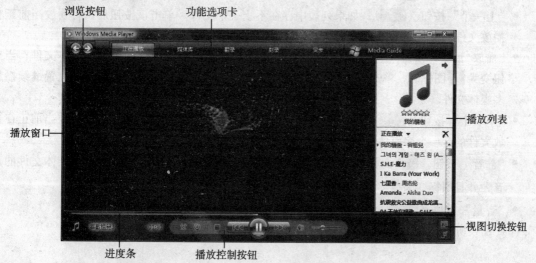

图 2 – 19　Windows Media Player 窗口

从上图可以看出，Windows Media Player 窗口由 7 个部分组成，各部分的作用如下。

（1）浏览按钮：当在播放器中不同的选项和视图之间切换时。可以使用浏览按钮，它包括"返回"按钮（）和"前进"按钮（）。

（2）功能选项卡：在 Windows Media Player 播放器中共有 6 个选项卡，如图 2-20 所示，单击某一选项卡可执行某特定的功能。

图 2-20　功能选项卡

- "正在播放"选项卡：该选项卡主要用来播放电影和音乐节目。
- "媒体库"选项卡：该选项卡可以访问和组织计算机中的电影和音乐等多媒体资源。
- "翻录"选项卡：如果要从 CD 光盘翻录或复制音乐，可以使用该选项卡。
- "刻录"选项卡：如果希望将自己喜欢的音乐收集到一起并刻录到 CD 光盘中，即可使用该选项卡。
- "同步"选项卡：在该选项卡中可以将音乐、视频和图片同步到多种便携式媒体播放器、存储卡和便携式媒体中心。
- "Media Guide"选项卡：使用该选项卡可以在 Internet 在线商店购买电影或音乐。

（3）播放窗口：此窗口用于显示当前正在播放的视频或音频内容。

（4）播放列表：用于显示已经添加到该列表中的所有文件。双击列表中的某一个文件，可以从当前播放的文件切换到所选择的文件并开始播放。

（5）播放控制按钮：用来对正在播放的视频或音频文件进行控制，如图 2-21 所示。

图 2-21　播放控制按钮

- "无序播放"按钮（）：单击该按钮将打开无序播放功能，在播放列表中可以随机播放视频或音频文件。
- "重复"按钮（）：单击该按钮将打开重复功能，可以重复播放列表中所有的多媒体文件。
- "停止"按钮（）：单击该按钮可以停止播放视频或音频文件。
- "上一个"按钮（）：如果列表中存在不止一个文件，单击该按钮后，将播放当前正在播放文件的前一个多媒体文件。
- "播放/暂停"按钮（/）：当前为图标时，单击该按钮可播放多媒体文件；当按钮变为图标时，单击该按钮可暂停播放；再次单击图标时，将从暂停位置继续播放多媒体文件。
- "下一个"按钮（）：如果列表中存在不止一个文件，单击该按钮后将播放当前正在播放文件的后一个多媒体文件。
- "静音"按钮（）：单击该按钮使播放器静音，此时听不到正在播放的多媒体文件的声音，并且图标变为，再次单击该按钮取消静音状态。
- "音量"滑块（）：拖动该滑块可以调节播放器音量的大小。

（6）视频切换按钮：用于在播放多媒体文件的过程中改变窗口的视频效果。

2.3.3　打印管理功能

在使用计算机工作时，常常要用打印机输出信息。例如，制作好的文本需要从打印机输出，制作好的表格也需要从打印机输出。Windows Vista 操作系统中提供了强大的打印管理功能，可以方便地添加打印机、设置默认打印机和管理打印任务。

1.　添加打印机

要使用打印机输出信息需要先连接好打印机，并安装相应的打印驱动程序。安装 Windows Vista 的过程中可以安装打印驱动程序，如果当时没有安装打印驱动程序或变更打印设备，可以从"控制面板"窗口中安装。如果购买打印机时厂商提供了打印驱动程序，请直接安装厂商提供的；如果厂商没有提供，请选择 Windows Vista 提供的打印驱动程序。

添加打印机的操作方法如下。

（1）在桌面状态下，选择"开始"→"设置"→"控制面板"命令，打开"控制面板"窗口。

（2）双击其中的"打印机"图标（　），打开如图 2-22 所示的"打印机"窗口。

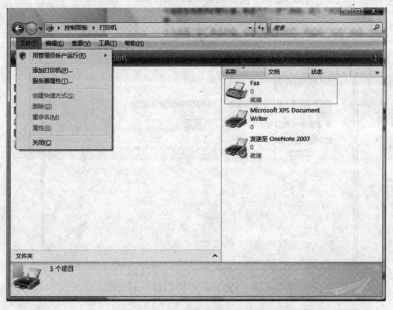

图 2-22　打印机窗口

（3）选择"文件"→"添加打印机"命令，打开"添加打印机"对话框。

（4）屏幕显示如图 2-23 所示，要求用户设置"选择本地或网络打印机"。

（5）选择"添加本地打印机"命令，弹出如图 2-24 所示的"选择打印机端口"对话框。

（6）通常打印机使用 LPT1 端口，请选择该选项，单击"下一步"按钮，弹出如图 2-25 所示的"安装打印机驱动程序"对话框。

（7）在对话框中选择"打印机的制造商和型号"，单击"下一步"按钮，弹出如图 2-26 所示的"键入打印机名称"对话框，单击"下一步"按钮，从而完成添加打印机的过程。

说明：

- 如果要安装厂商提供的打印驱动程序，请在第 6 步单击"从磁盘安装"按钮，打开"磁盘安装"对话框。
- 由于打印机的型号不同，安装过程也可能不同。不过，根据向导的提示，选择打印机类型、打印机输出端口、安装打印机驱动程序等基本步骤是相同的。

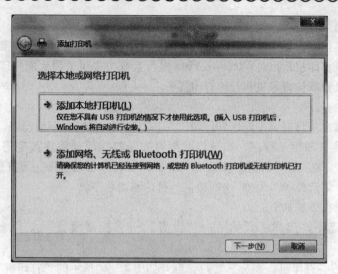

图 2-23　"选择本地或网络打印机"对话框

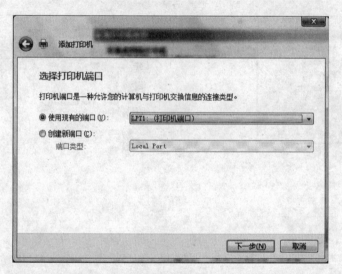

图 2-24　"选择打印机端口"对话框

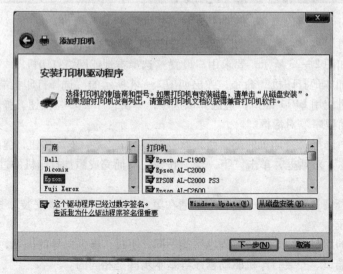

图 2-25　"安装打印机驱动程序"对话框

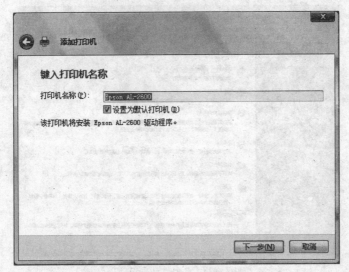

图 2-26 "输入打印机名称"对话框

2. 设置默认打印机

当计算机连接了多台打印机时，Windows 通常使用默认打印机进行打印操作。用户可以自己设置默认打印机，操作方法如下。

(1) 选择"开始"→"设置"命令，打开"打印机"窗口。

(2) 单击需要设置为默认打印机的某一打印机图标，选中打印机。

(3) 选择"文件"→"设为默认打印机"命令即可。

3. 打印文件

准备好打印机后，可以使用如下几种方法打印文件。

(1) 打开需要打印的文件，再选择"文件"→"打印"命令。

(2) 用鼠标右键单击需要打印的文件名，再从打开的快捷菜单中选择"打印"命令。

(3) 将需要打印的文件拖到打印机图标上。

2.3.4 控制面板

对于 Windows Vista 的使用，不同的用户可能有不同的习惯，因此可以根据个人的习惯对 Windows Vista 进行全方位的设置，而控制面板就担负起了这一任务。

1. 设置桌面背景

设置桌面背景的操作方法如下。

(1) 单击"开始"按钮，在"开始"菜单中选择"设置"→"控制面板"命令，打开"控制面板"窗口。

(2) 在"控制面板"窗口中双击"个性化"图标（　），打开"个性化"窗口，如图 2-27 所示。

(3) 双击"桌面背景"图标（　），打开"桌面背景"窗口，如图 2-28 所示。

(4) 选择合适的"桌面背景"后，单击"确定"按钮，从而完成"桌面背景"的设置。

2. 卸载不用的软件

卸载不用的软件的操作方法如下。

(1) 单击"开始"按钮，在"开始"菜单中选择"设置"→"控制面板"命令，打开"控制面板"窗口。

(2) 双击"程序和功能"图标（　），打开"程序和功能"窗口，如图 2-29 所示。

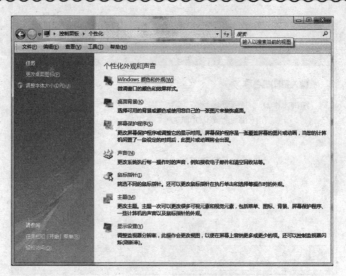

图 2-27 "个性化"窗口

图 2-28 "桌面背景"窗口

图 2-29 "程序和功能"窗口

（3）从列表框中选择要卸载的软件，单击"卸载/更改"按钮。

（4）打开"卸载/更改"对话框，单击"是"按钮即可。

2.3.5 写字板

写字板是一个功能很强的文字处理程序，使用它可以方便地编辑、显示数据及图像，打印文档，从而创建一篇图文并茂的文章。当然，如果要处理格式较复杂的文档资料，还是要借助于其他专业文字处理软件，如 Word 文字处理程序等。

在桌面状态下，选择"开始"→"程序"→"附件"→"写字板"命令，屏幕上弹出如图 2-30 所示的"写字板"窗口。其中，工具栏、格式栏、标尺栏及状态栏可以通过在"查看"菜单中单击相应的项来选择打开或关闭的状态。有"√"的即为打开；如果没有"√"，单击该栏即打开，再次单击即关闭。

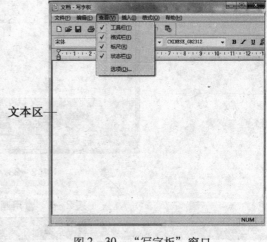

图 2-30 "写字板"窗口

文本的输入、编辑工作是在文本区中进行的。若要输入汉字，可单击状态栏右侧中的输入法图标，在弹出的如图 2-31 所示的输入法指示器中选择一种汉字输入法，例如"智能 ABC 输入法"。此时，在状态栏左侧会出现几个输入法按钮，如图 2-32 所示。其中，"英文字母/汉字切换"按钮用于英文字母输入和汉字输入的切换；"中文/西文切换"按钮用于中文标点符号输入和英文标点符号输入的切换。

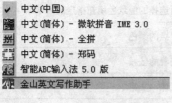

图 2-31 输入法指示器

图 2-32 输入法状态栏

编辑好的文本可以存盘，也可以打印，具体操作可以通过选择菜单栏中"文件"菜单下的相应选项来实现。

2.3.6 画图程序

"画图"是一款可以绘制图形、输入文字，以处理图形为主的绘图文件。画图程序可以满足一般的绘图要求，如果要绘制复杂图形（如工程图纸），还要借助于专业绘图软件，例如，Auto CAD、Photoshop 等软件。通常画图程序创建的图形文件以 .bmp 为扩展名，一般称为位图文件。

在桌面状态下，选择"开始"→"程序"→"附件"→"画图"命令，屏幕上弹出如图 2-33 所示的"画图"窗口。其中，"颜料盒"提供画图所需的各种颜色；"工具箱"提供画图时要用到的各种常用工具。通过单击"颜料盒"中的色块图标可以选择画图时所用的颜色；通过单击"工具箱"中的工具图标可以选择画图时要用的工具。各种常用的画图工具的名称和功能如表 2-1 所示。

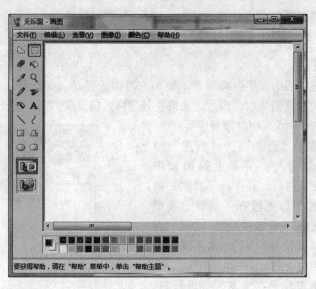

图 2-33 "画图"窗口

表 2-1 常用画图工具的名称和功能

图　标	名　称	功　能
	任意形状的裁剪工具	选择不规则形状的区域
	选定工具	选择矩形区域
	橡皮擦工具	把所有的颜色变成当前的背景色
	用颜色填充工具	用当前所选择的前景色填充指定的区域
	取色工具	提取指定点的颜色
	放大镜工具	放大所查看的区域
	铅笔工具	其功能就像一支铅笔
	刷子工具	随手风格绘画
	喷枪工具	喷出当前所选颜色的点
	文本工具	可以输入标题或题目的文本
	直线工具	以各种方式画直线
	曲线工具	可以创建曲线形状，是一种随手绘图工具
	矩形工具	绘制矩形
	多边形工具	绘制不规则多边形
	椭圆工具	绘制圆或椭圆
	圆角矩形工具	绘制带有圆角的矩形

2.3.7　维护操作

对计算机进行维护操作，可以使计算机始终保持良好状态，程序运行更快，硬盘有更多可用空间。

1. 磁盘清理

磁盘清理的主要作用是检查、修复磁盘的损坏区域，具体操作方法如下。

在桌面状态下，选择"开始"→"程序"→"附件"→"系统工具"→"磁盘清理"命令，然后选择要清理的驱动器，单击确定按钮，即可开始整理工作。

2. 磁盘碎片整理程序

磁盘碎片整理程序的主要作用是重新整理硬盘上文件和未使用的空间，以提高硬盘的访问速度，具体操作方法如下。

在桌面状态下，选择"开始"→"程序"→"附件"→"系统工具"→"磁盘碎片整理程序"命令，再单击"立即进行碎片整理"按钮，即可开始整理工作。

本 章 小 结

1. Windows Vista 的基本操作
- 启动和退出 Windows Vista。
- 鼠标基本操作：单击鼠标左键、双击鼠标左键、单击鼠标右键和拖动。

2. Windows Vista 窗口的基本元素

Windows Vista 窗口中从上到下依次排列着标题栏、菜单栏、工具栏、窗口工作区、状态栏，以及窗口右边和下边的滚动条。

3. Windows Vista 的文件管理功能
- 启动和退出资源管理器。
- 文件和文件夹的基本操作：创建新文件夹、选中文件或文件夹，以及文件与文件夹的复制、移动、重命名、删除。

4. Windows Vista 的其他常用功能
- 程序管理功能：启动应用程序，为程序创建快捷方式。
- 多媒体功能：录音机，媒体播放机。
- "控制面板"：设置桌面背景，卸载不用的软件。
- "写字板"：文本的输入、编辑及打印。
- "画图"程序：简单图形的绘制与编辑。
- 维护操作：磁盘清理，磁盘碎片整理。

练习题

一、填空题

1. 退出 Windows Vista 应该选择＿＿＿＿菜单的＿＿＿＿命令。

2. 使用鼠标工作时，单击一般用于＿＿＿＿，双击一般用于启动程序或打开窗口、文件夹，拖动一般用于＿＿＿＿，右键单击一般用于＿＿＿＿。

3. 当选定文件或文件夹后，欲改变其属性设置可以用鼠标单击＿＿＿＿，然后在弹出的快捷菜单中选择"属性"选项。

4. 在 Windows Vista 系统中，被删除的文件或文件夹将存放在＿＿＿＿。

5. 选择连续的多个文件时，先单击要选择的第一个文件名，然后在键盘上按住＿＿＿＿键，移动鼠标单击要选择的最后一个文件名，则一组连续的文件被选定。

6. 间隔选择多个文件时，应按住＿＿＿＿键不放，然后单击要选择的多个文件名。

7. 选择文件和文件夹后，按＿＿＿＿键即可将它们删除。

8. Windows Vista 系统中的菜单项右边跟有省略号表明＿＿＿＿＿＿＿。

9. 在记事本中编辑文档时，若要一次删除一段文本，应先＿＿＿＿＿＿＿这段文本，再用"编辑"菜单中的"删除"命令或键盘上的 Del 键。

10. Windows Vista 是一个图形化的操作系统，用户可以在桌面上创建＿＿＿＿＿＿，以达到快速访问某个常用项目的目的。

11. "回收站"中暂时保存的是所有＿＿＿＿＿＿。

12. 利用"画图"程序中的"椭圆"工具可以画出圆，方法是选择"椭圆"工具，然后按住＿＿＿＿＿＿的同时拖动鼠标进行绘制。

二、简答题

1. 试描述打开"Windows 资源管理器"的两种或两种以上的方法。

2. 如何移动文件或文件夹？

3. 如何恢复被删除的文件或文件夹？

4. 简述画图程序的功能。

5. 简述写字板的功能。

第3章 文字处理软件 Word 2007

Office 2007 是 Microsoft 公司推出的在 Windows 环境下运行的办公软件，它包含了多个组件，主要有 Word 2007、Excel 2007、PowerPoint 2007、Access 2007、Outlook 2007 等，可以满足用户的不同需求。本书介绍其中的 3 个组件：Word 2007、Excel 2007 和 PowerPoint 2007。

作为 Office 2007 家族的元老，Word 2007 具有非常强大的文字处理和排版功能，具有快捷的操作方式、良好的图形用户界面、"所见即所得"的显示方式，具有完善的在线帮助系统。

本章以 Word 2007 为蓝本，由浅入深地介绍 Word 文档的创建、编辑、排版，表格的使用、图文混排和打印文档等常规操作方法。

【本章学习目标】
- 掌握 Word 2007 基础知识
- 了解汉字输入方法
- 掌握基本编辑功能
- 掌握基本排版功能
- 掌握页面设置与文档打印功能
- 掌握图文混排功能
- 掌握表格制作功能

3.1 Word 2007 概述

3.1.1 Word 2007 的启动与退出

1. 启动 Word 2007

启动 Word 2007 有以下多种方法。

（1）选择"开始"→"程序"→"Microsoft Office"→"Microsoft Office Word 2007"命令，如图 3-1 所示。

（2）如果已经在 Windows Vista 系统的桌面上创建了 Word 2007 快捷方式，双击该快捷方式的图标可以快速启动 Word 2007。

（3）选择"开始"→"文档"命令，打开一个最近使用的 Word 文档，也可以启动 Word 2007 应用程序。

（4）用鼠标直接双击由 Word 创建的文件名（以 .doc 或 .docx 为后缀），将在启动 Word 2007 的同时打开所选择的文件。

2. 保存 Word 2007 文档

一般按照下面的步骤保存新建 Word 2007 文档。

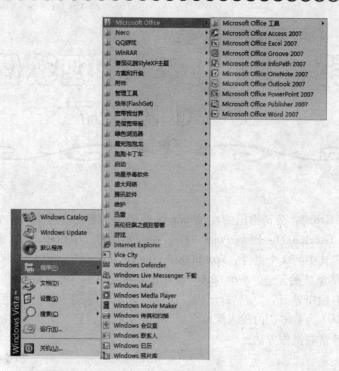

图 3 - 1　"开始"菜单

（1）单击"常用"工具栏上的"保存"按钮（），或单击"Microsoft Office"按钮，并选择"保存"命令，打开"另存为"对话框，如图 3 - 2 所示。

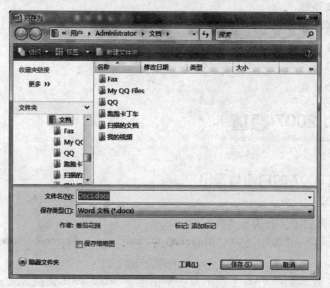

图 3 - 2　"另存为"对话框

（2）在"另存为"对话框的"保存类型"下拉列表框中设置文件类型为"Word 文档"；在"文件名"文本框中输入文档名称；在"保存位置"下拉列表框中设置存放文档的文件夹。

（3）单击"保存"按钮。

注意

如果保存的是已有名称的 Word 2007 文档，则直接单击"常用"工具栏上的"保存"按钮（），或单击"Microsoft Office"按钮，并选择"保存"命令，即可完成保存 Word 2007 文档的工作。

3. 退出 Word 2007

（1）关闭当前 Word 2007 文档有以下多种方法。

① 单击 Word 2007 主窗口右上角的"关闭"按钮
（ **X** ）。

② 单击窗口左上角的"Microsoft Office"按钮
（ ），在弹出的菜单中选择"关闭"命令；或双击
"Microsoft Office"按钮（ ），或按"Alt＋F4"键。

（2）退出 Word 2007。单击"Microsoft Office"按钮
（ ），在弹出的如图 3－3 所示的菜单，单击"退出
Word"按钮。

无论用哪种方法关闭或退出，只要对"新建"的文
档或对已有的文档进行过编辑，且在关闭或退出 Word
以前没有对文档进行保存，在屏幕上都会弹出如图 3－4
所示的对话框；单击"是"按钮，可以保存对文档的修
改并退出 Word 2007；单击"否"按钮，将不保存对文

图 3－3　"Microsoft Office"菜单

档的修改并退出 Word 2007；单击"取消"按钮，则返回到 Word 2007 应用程序继续编辑文档。

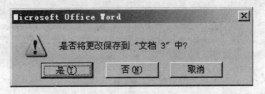

图 3－4　提示保存文档信息对话框

3.1.2　Word 2007 的工作窗口

启动 Word 2007 成功后，屏幕弹出如图 3－5 所示的工作窗口。

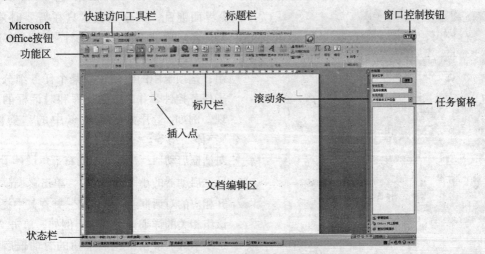

图 3－5　Word 2007 的工作窗口

（1）标题栏：标题栏给出正在编辑的文档名称。启动进入 Word 2007 后，一般会新建一个名
称为"文档 1"的默认文档。

（2）快速访问工具栏：在默认情况下，快速访问工具栏位于 Word 窗口的顶部。使用该工具栏可
以快速访问系统最常用的工具，如"保存"（ ）、"撤销"（ ）、"重复"（ ）等。此外，可以将
其他工具添加到"快速访问工具栏"上，也可以删除"快速访问工具栏"上不需要显示的工具。

（3）"Microsoft Office" 按钮：该按钮（）位于 Word 窗口的左上角，单击该按钮将弹出如图 3-3 所示的 "Microsoft Office" 菜单。利用该菜单左侧的选项可以进行创建、打开、发布文档等操作；利用该菜单右侧的选项可以从最近使用过的 17 个文档中直接选择需要打开的文档。在 "Microsoft Office" 菜单的下方还有两个按钮，其中 "Word 选项" 按钮用于打开 "Word 选项" 对话框，以便进行各种系统参数设置；"退出 Word" 按钮用于退出 Word 2007。

（4）窗口控制按钮：Word 2007 窗口的第一行右侧有 "最小化"、"最大化"（或 "还原"）和 "关闭" 3 个按钮，它们用于控制窗口的大小。

- "最小化" 按钮（ — ）：用来使应用程序窗口缩小为一个图标，并保存在任务栏上，即将应用程序转为后台工作。
- "最大化" 按钮（ □ ）：用来使应用程序窗口扩大到整个屏幕。
- "还原" 按钮（ ）：用来使应用程序窗口恢复为最大化以前的大小和位置。
- "关闭" 按钮（ X ）：用来关闭当前的应用程序窗口，使其退出运行。

（5）功能区：Word 2007 最突出的特色是引入了 "功能区"，在功能区中将各种 Word 操作命令组织在逻辑组中，而逻辑组又集中在各个选项卡下，如图 3-6 所示。

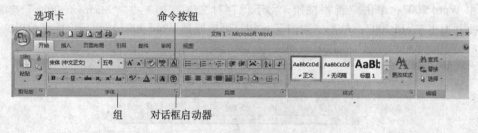

图 3-6 Word 的 "功能区"

- 选项卡：Word 2007 提供了多个围绕特定方案或对象进行组织的选项卡。例如，"开始" 选项卡中包含了若干个常用的控件；"视图" 选项卡中提供的控件用于设置和更改编辑环境。为了减少界面混乱，部分选项卡只在需要时才显示。例如，选中表格后才会出现 "设计" 和 "布局" 选项卡。

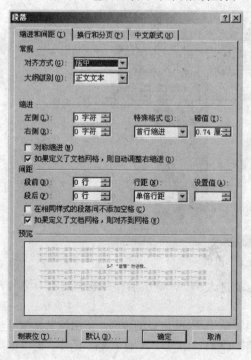

图 3-7 "段落" 对话框

- 组：选项卡中的组用于将某个任务细分为多个子任务控件，并以按钮、库和对话框的形式出现，例如，"开始" 选项卡中的 "剪贴板"、"字体" 组等。
- 对话框启动器：在某些组的右下角设计了一个对话框启动器的小图标（ ），单击该图标，将打开相应的对话框或任务窗格，并在其中提供了与该组相关的详细设置选项。例如，单击 "开始" 选项卡的 "段落" 组右下角的对话框启动器小图标，将弹出如图 3-7 所示的 "段落" 对话框。
- 对话框：它是一种特殊的窗口，是应用程序与用户进行信息交流的窗口。其中包括了很多选项，可以改变设置、指定要添加信息和选择文本。典型的对话框通常由选项卡、域和按钮等部分组成。

- 上下文选项卡：该选项卡中的工具用于快速操作页面上当前选定的对象（如表格、图片、艺术字等）。在编辑区中单击某种对象时，相关的上下文选项卡会以强调文字的颜色等形式出现在标准选项卡的右侧。例如，单击编辑区中某一图片对象，将自动出现一个名称为"格式"的上下文选项卡，如图 3-8 所示。

图 3-8　上下文选项卡

　　功能区占用了编辑区的部分空间，为了扩展编辑区，可以将其最小化。最小化功能区的方法：单击"快速访问工具栏"右侧的"自定义快速访问工具栏"按钮（ ），从弹出的下拉菜单中选择"功能区最小化"命令，即可将功能区各个选项卡中的组隐藏起来，只保留选项卡的名称，如图 3-9 所示。

图 3-9　使功能区最小化

 注意

　　要在功能区最小化的状态下使用功能区的控件，只需单击某个选项卡，然后单击要使用的选项或命令，执行操作后功能区又会自动返回到最小化的状态。要恢复功能区的正常状态可以再次单击

"快速访问工具栏"右侧的"自定义快速访问工具栏"按钮（▾），从弹出的下拉菜单中选择"功能区最小化"命令，即可还原功能区。

（6）标尺栏：Word的标尺有水平标尺和垂直标尺。使用水平标尺可以设置文档的左右边界、设置段落的缩进、更改分栏排版的栏宽或改变表格的列宽等。使用垂直标尺可以设置上下边界或改变表格的行高。

（7）文档编辑区：这里是输入和编辑文档的地方，其中有一个闪动的竖线光标，它指示插入点的位置。我们输入的字符、插入的图片和表格都出现在光标指示的位置。

（8）滚动条：滚动条分为水平滚动条和垂直滚动条两种。使用垂直滚动条可以上下移动文档窗口的内容，使用水平滚动条可以水平移动文档窗口的内容。

（9）任务窗格：它是一种位于应用程序窗口左侧或右侧的分栏窗口，这类窗口会根据用户的操作需求自动弹出来，使用户随时获得所需的工具。例如，单击"开始"选项卡的"剪贴板"组右下角的对话框启动器图标，即可在编辑区左侧出现一个用于管理和使用的"剪贴板"任务窗格，如图3－10所示。

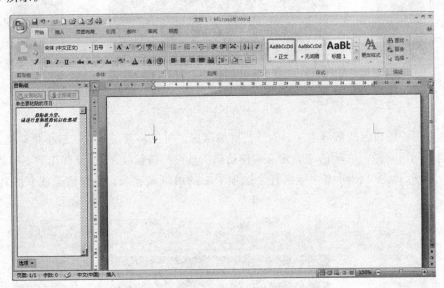

图3－10　显示了任务窗格的编辑界面

（10）状态栏：用于显示当前工作环境的状态，包括当前页码、总页数、插入点的位置、插入/改写状态、简单操作提示信息和键盘的状态。

3.1.3　创建新文档

如果要创建新文档，在启动 Word 2007 成功后单击窗口左上角的"Microsoft Office"按钮（），从弹出的菜单中选择"新建"命令，弹出的"新建文档"对话框如图3－11所示，从中可以选择创建新文档的方式。

1. 创建空白文档

创建空白文档有以下多种方法。

（1）启动 Word 2007 后，在如图3－11所示的"新建文档"对话框中，双击"空白文档和最近使用的文档"窗格中的"空白文档"图标；或选中"空白文档"图标后单击"创建"按钮。

（2）在 Word 窗口中，单击"快速访问工具栏"中的"新建空白文档"图标（）。

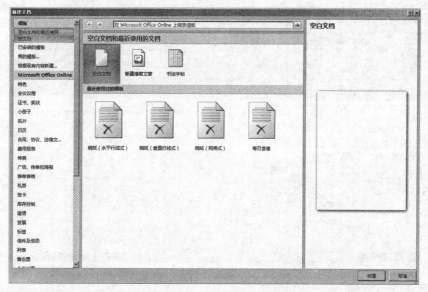

图 3-11 "新建文档"对话框

无论哪种创建空白文档的方法，都将基于当前默认的模板文件。其文件名依照创建的顺序自动命名为"文档1"、"文档2"等，如图3-12所示的创建空白文档的效果。

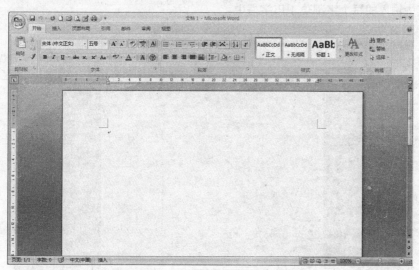

图 3-12 空白文档的创建效果

2. 新建博客文章

启动 Word 2007 后，在如图 3-11 所示的"新建文档"对话框中，双击"空白文档和最近使用的文档"窗格中的"新建博客文章"图标；或选中"新建博客文章"图标后单击"创建"按钮，弹出如图 3-13 所示的"注册博客账户"对话框，单击"立即注册"按钮，便可以通过 Internet 登录博客账户（需要输入用户名和密码）。登录后弹出如图 3-14 所示的博客文章编辑模板，输入文章标题和文章内容后，单击"发布"按钮（）即可在博客网站上发布该文档。

图 3-13 "注册博客账户"对话框

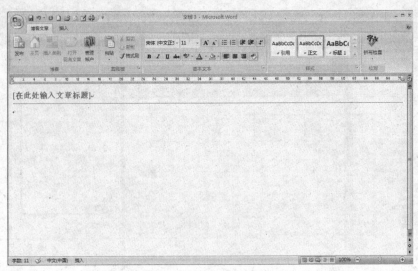

图 3 - 14　博客文章编辑模板

3. 创建书法字帖

在如图 3 - 11 所示的"新建文档"对话框中，双击"空白文档和最近使用的文档"窗格中的"书法字帖"图标；或选中"书法字帖"图标后单击"创建"按钮，弹出如图 3 - 15 所示的空白字帖文档，在其中输入的每个字都位于田字格中。

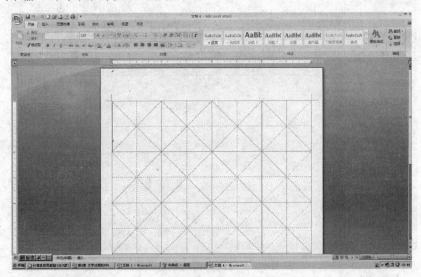

图 3 - 15　空白字帖文档

4. 使用本地模板创建新文档

在安装 Word 2007 时，其中已自动安装了部分标准 Word 模板，我们可以根据这些模板来创建新文档。

启动 Word 2007 后，在如图 3 - 11 所示的"新建文档"对话框左侧的"模板"窗格中选择"已安装模板"选项，在对话框中部会出现一个"已安装模板"列表框，选中某种模板中的一种，即可在右窗格中预览模板效果，如图 3 - 16 所示。

要根据模板新建文档，只需双击某种模板，其创建效果如图 3 - 17 所示，使用时将其中的文字替换成所需要的内容即可。

5. 使用"我的模板"创建新文档

在如图 3 - 11 所示的"新建文档"对话框左侧的"模板"窗格中选择"我的模板"选项，弹出如图 3 - 18 所示的"新建"对话框，其中显示了用户创建的各种模板。要根据这些模板创建新文档，双击所需的模板图标即可。

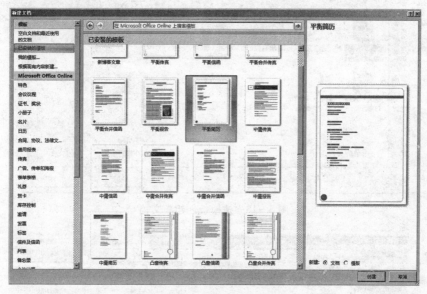

图 3 - 16 显示已安装模板

图 3 - 17 使用本地模板创建的新文档

6. 根据现有内容新建文档

用户可以根据事先已经编排好的某篇文档来新建空白文档，用这种方法创建文档，可以确保新文档的样式和格式等设置与所选的文档相同。

启动 Word 2007 后，在如图 3 - 11 所示的"新建文档"对话框左侧的"模板"窗格中选择"根据现有内容新建"选项，弹出如图 3 - 19 所示的"根据现有文档新建"对话框，从中可以选择需要作为参照的文档，然后单击"新建"按钮即可。

7. 使用 Microsoft Office Online 上的模板

从 Microsoft 公司的网站上，可以获得更多、更丰富、更精彩的 Word 模板来创建文档。

启动 Word 2007 后，在如图 3 - 11 所示的"新建文档"对话框左侧的"模板"窗格中选择"Microsoft Office Online"组下方的某种分类（如"报表"），将出现"正在搜索"的提示如图 3 - 20所示，系统将通过 Internet 从 Microsoft 公司的 Office 官方网站中自动搜索所选择的类别。

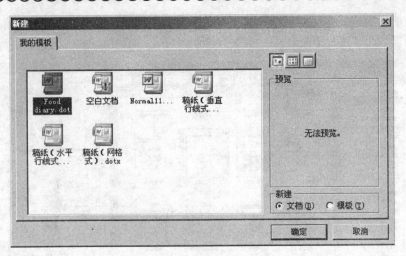

图 3-18　按模板创建新文档

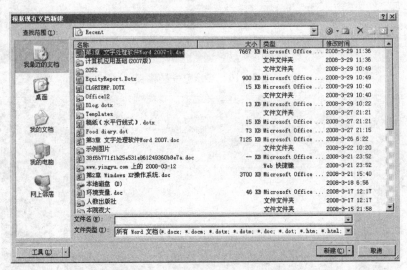

图 3-19　"根据现有文档新建"对话框

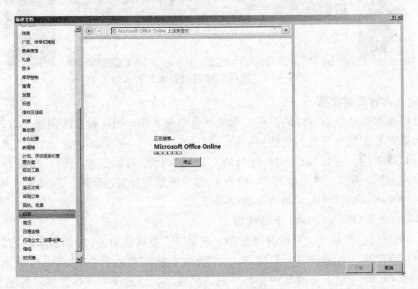

图 3-20　搜索所选模板

搜索完成后，将在"新建文档"对话框的中间窗格中列出子分类列表，可以从中选择所需的子类别，如图 3 - 21 所示。双击需要的子类别，即可出现该类别的模板列表，选中某个模板后在右窗格中预览其效果。单击"下载"按钮，即可从网站中下载所选的模板并根据该模板创建一个新文档。

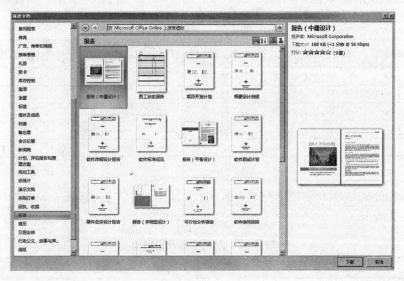

图 3 - 21　报表模板的子类别

3.2　汉字输入方法

3.2.1　智能 ABC 输入法

智能 ABC 输入法是音码汉字输入系统，是中文版 Windows 操作系统提供的汉字输入法。这种输入法易学易用，输入效率高，只要学习过汉语拼音就可以开始使用。

1. 选择输入法

选择输入法的具体操作步骤如下。

（1）单击屏幕右下角的"输入法标识"按钮 ⌨ 。

（2）从"输入法选择"菜单中选择"智能 ABC 输入法"命令，在屏幕斜下角弹出状态条 标准 ，就可以用"智能 ABC 输入法"输入汉字了。

说明：用 Ctrl + Shift 组合键可以在已经安装的输入法之间按顺序循环进行切换；用 Ctrl + 空格组合键可以在中文和英文之间进行切换。

2. 基本输入操作

输入汉字的具体操作步骤如下。

（1）用小写字母输入汉字的拼音。

（2）使用"空格"键结束。

若所需的字、词已经出现在当前的重码框中，直接按所需的字、词左面的数字即可。若在重码框中没有出现所需的字、词，需要翻页查找。

翻页查找方法：用鼠标单击重码框中"翻页"按钮即可。也可以按键盘上的"＋"、"－"键，或者是"［"、"］"键来翻页，如图 3 - 22 所示。

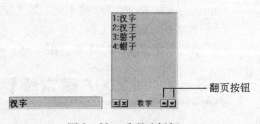

图 3 - 22　重码选择框

3.2.2　五笔字型输入法

五笔字型输入法是一种很好的形码汉字输入法。其最大特点是重码少，可以实现盲打。

1. 笔画

五笔字型输入法的基本笔画有5种，以1、2、3、4、5作为代号，如表3-1所示。

表3-1　笔画代码

代　号	基本笔画	名　称	笔画走向	笔画变形
1	一	横	左→右	
2	丨	竖	上→下	丿
3	丿	撇	右上→左下	
4		捺	左上→右下	、
5	乙	折	带转折	ㄱㄴㄱ乙丿

2. 字型

五笔字型根据汉字的结构将汉字分为3种字型，即左右型、上下型及杂合型。字形代码为1、2、3，如表3-2所示。

表3-2　汉字字形及识别码

字型代号	字　型	字　例	特　征	识别码
1	左右	汗结封	总体左右排列	11, 21, 31, 41, 51
2	上下	字花空	总体上下排列	12, 22, 32, 42, 52
3	杂合	这司乘	不易区分上下左右	13, 23, 33, 43, 53

3. 字根分区

五笔字型把英文字母A～Y分为5个区，每区5个位，每个键上有若干个字根，左上角的字根称为键名，本身就是汉字的字根称为"成字"字根。字根、键名、英文字母及数字代码对照如表3-3所示。

表3-3　字根、键名、英文及数字代码对照

键　区	1　区					2　区					3　区					4　区					5　区				
键　名	王	土	大	木	工	目	日	口	田	山	禾	白	月	人	金	言	立	水	火	之	已	子	女	又	纟
字　母	G	F	D	S	A	H	J	K	L	M	T	R	E	W	Q	Y	U	I	O	P	N	B	V	C	X

4. 输入法

在五笔字型输入法中，无论是字还是词其输入码均为4码，不够4码加空格。具体操作方法如下。

（1）键名：连击4下。

（2）成字字根：字根所在键+第1码+第2码+末码。

（3）两字词：每字第1，2码，共4码。

（4）三字词：第1，2字第1码，第3字第1，2码，共4码。

（5）四字词：每字第1码，共4码。

（6）多字词：第1，2，3字，末字第1码，共4码。

3.3　Word 2007 基本编辑功能

Word 2007是一款全屏幕编辑软件，用户可以方便地在文档窗口中移动光标，并在当前光标处

进行插入、删除、复制和移动文本等操作，也可以方便地查找和替换文本，还可以方便地撤销与恢复操作。

3.3.1　打开 Word 文档

1. 使用"打开"对话框打开 Word 2007 文件

使用"打开"对话框打开 Word 2007 文件的步骤如下。

（1）在 Word 窗口中，单击"快速访问工具栏"中的"打开"图标（），或单击窗口左上角的"Microsoft Office"按钮（），从弹出的菜单中选择"打开"命令，弹出"打开"对话框。

（2）在"打开"对话框中，选择要打开的文件所在的文件夹、驱动器或 Internet 位置，再从文件夹列表框中找到并打开包含此文件的文件夹，如图 3 - 23 所示。

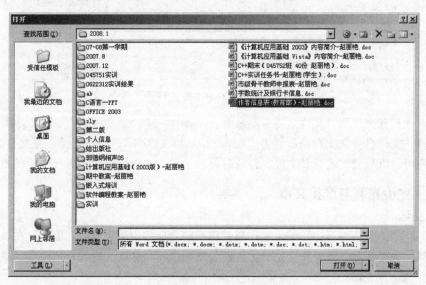

图 3 - 23　"打开"对话框

（3）双击要打开的文件，或者选中要打开的文件后单击"打开"按钮，都可以打开指定的文件。

2. 使用菜单打开最近使用过的文件

使用"打开"对话框虽然可以打开任意的 Word 2007 文件，但其操作步骤较多。如果文件是最近使用过的，可以使用菜单快速打开它。

单击"Microsoft Office"按钮（），弹出如图 3 - 3 所示的"Microsoft Office"菜单。该菜单右侧的选项是最近使用过的 17 个文件，用鼠标单击要打开的文件名，或者用键盘输入文件名前面的编号都可以打开指定的文件。

3. 以副本方式打开文件

为了避免对原文件的破坏，可以以副本的方式打开文件。用这种方式打开文件时，系统将创建一个与原文件完全相同的副本并将其打开。打开后，对文档所进行的更改将保存到副本文档中，对原文档不会产生任何影响。以副本方式打开文件的步骤如下。

（1）单击"Microsoft Office"按钮（），从弹出的菜单中选择"打开"命令，弹出"打开"对话框。

（2）在"打开"对话框中找到要打开的文件。

（3）单击"打开"按钮右侧的箭头图标，然后从弹出的菜单中选择"以副本方式打开"命令，如图 3 - 24 所示。

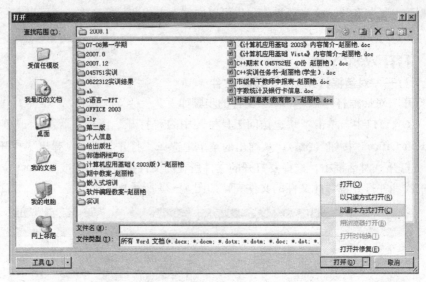

图 3 - 24　选择"以副本方式打开"命令

以副本方式打开文件后，文件名将自动命名为"副本（1）原文件名"。如果再次以副本方式打开同一文件，文件名会依次自动命名为"副本（2）原文件名"、"副本（3）原文件名"等。

此外，还可以以只读方式打开文件，打开后可以查看原始文件但无法保存对它的更改。

3.3.2　定位光标与选定文本

1. 定位光标

在 Word 2007 的文档窗口中，编辑操作通常在当前光标的位置上进行。因此，在执行插入、移动、复制、删除等操作前，需要先定位光标。定位光标也就是移动光标到指定位置，使用鼠标和键盘都可以方便地定位光标。

（1）使用鼠标定位光标。在文档窗口中鼠标指针一般显示为"I"状，移动指针到适当位置上单击鼠标就可以将光标定位到此处。

（2）使用键盘定位光标。键盘上有许多键可以定位光标，如表 3 - 4 所示列出了常用的光标定位键。

表 3 - 4　常用光标定位键说明

键	功　能	键	功　能
↑键	光标向上移动一行	PgUp 键	光标向上滚动一屏
↓键	光标向下移动一行	PgDn 键	光标向下滚动一屏
←键	光标向左移动一个字符	Home 键	光标移到行首
→键	光标向右移动一个字符	End 键	光标移到行尾
Ctrl + Home 组合键	光标移到文档开头	Ctrl + End 组合键	光标移到文档结尾

2. 选定文本

在编辑文本时有很多操作，例如，对文本的复制、移动和粘贴等，但必须首先选定作为操作对象的文本后才能进行。选定文本可以用鼠标或键盘两种方法。

（1）用鼠标选定文本的方法。

● 选择连续的文本。用鼠标单击所要选择的文本开头，按住鼠标左键不放，直接往下拖直到所要选择的文本末尾再松开鼠标，黑底白字区域即为选定区域。

● 选择一行文本。将鼠标指针移到文本编辑区的左边，当鼠标指针变成指向右上方的空心箭头形状时，单击鼠标。

- 选择一个段落。将鼠标指针移到文本编辑区的左边，当鼠标指针变成指向右上方的空心箭头形状时，双击鼠标，可以选择一个段落。
- 选择全部文本。将鼠标指针移到文本编辑区的左边，当鼠标指针变成指向右上方的空心箭头形状时，三击鼠标，可以选择全部文本。或单击"编辑"菜单→"全选"也可以选择全部文本。
- 选择一个单词。对准一个词用鼠标双击即可选定该单词。

（2）用键盘选定文本的方法如表 3 - 5 所示。

表 3 - 5　使用键盘选定文本的方法

选 定 文 本	操 作 方 法
Shift + 右箭头	选择光标右边的下一个字符
Shift + 左箭头	选择光标左边的下一个字符
Ctrl + Shift + 右箭头	从光标开始选择直至单词末尾
Ctrl + Shift + 左箭头	从光标开始选择直至单词开头
Shift + End	选择到光标所在行的行尾
Shift + Home	选择到光标所在行的行头
Ctrl + Shift + End	选择直至文档末尾
Ctrl + Shift + Home	选择直至文档开头
Ctrl + A	选择整篇文档

3.3.3　移动、复制和删除文本

复制文本是将选定的文本复制到新位置，原来位置上的内容不变。移动文本是将选定的文本移动到新位置，原来位置上的内容消失。在 Word 2007 中，可以使用鼠标拖动法和剪贴板复制或移动文本。

1. 复制、粘贴和移动文本

在编辑文档中，复制、粘贴和移动是最常用的操作。

（1）文档的复制与粘贴。进行复制操作的方法主要有以下几种。

- 选择要复制的文本，单击"开始"选项卡的"剪贴板"组中的"复制"按钮（📋），在目的地单击"粘贴"按钮（📋），即可实现复制文本的功能。
- 选择要复制的文本，按"Ctrl + C"组合键进行复制，在目的地按"Ctrl + V"组合键进行粘贴，即可实现复制文本的功能。
- 选择要复制的文本，按住鼠标右键拖动至目的地，然后释放鼠标，弹出的快捷菜单如图 3 - 25 所示，选择"复制到此位置"命令，即可实现复制文本的功能。

（2）移动。移动文本的方法主要有以下几种。

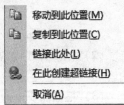

图 3 - 25　按住鼠标右键拖动至目的地，出现的对话框

- 选择要移动的文本，单击"开始"选项卡的"剪贴板"组中的"剪切"按钮（✂），在目的地单击"粘贴"按钮（📋），即可实现移动文本的功能。
- 选择要移动的文本，然后按住鼠标左键不放，拖动至目的地后松开鼠标，即可实现移动文本的功能。
- 选择要移动的文本，按住鼠标右键拖动至目的地，然后释放鼠标，在弹出的快捷菜单中选择"移动到此位置"命令，即可实现移动文本的功能。
- 选择要移动的文本，按"F2"键，然后把光标移动到目标位置，按"Enter"键完成移动。

（3）删除文本。选择要删除的文本，按"Del"键即可实现删除文本的功能。此外，也可以使用退格键（Back space），向左删除一个字符；直接按"Del"键，向右删除一个字符。

3.3.4　撤销与恢复操作

如果在编辑文档时出现错误操作，单击"快速访问工具栏"的"撤销"按钮（　），可以撤销前面所做的操作；或者单击该按钮右边的小箭头，在其下拉菜单中选择需要撤销的步骤。

如果觉得有些步骤不应该撤销，可以单击"快速访问工具栏"的"恢复"按钮（　）恢复前面所做的操作。

例如，我们选择多行文本并进行了剪切操作，则单击"快速访问工具栏"的"撤销"按钮（　），可以撤销刚才所做的剪切操作，被剪切掉的文本又出现在原来的位置上；如果撤销操作做错了，单击"快速访问工具栏"中的"恢复"按钮（　）恢复被撤销的操作，被剪切掉的文本又从文档窗口中消失。

3.3.5　查找与替换操作

在编辑文本时，常常需要查找或替换某些字符。当文档的内容较少时，我们可以自己观察屏幕进行手工或替换；当内容较多时，如果需要查找（或者改变）文档中的某个词组或者字段，而该词组或者字段出现的频率较高，这时利用手工查找（或者改动）将比较费时费力。在 Word 2007 中有专门的"查找、替换"功能，从而让我们从烦琐的重复劳动中解脱出来。

查找与替换的操作步骤如下。

（1）打开文档，在"开始"选项卡的"编辑"组中单击"替换"按钮（也可以直接按快捷键 Ctrl＋H），弹出的"查找和替换"对话框如图3－26所示。

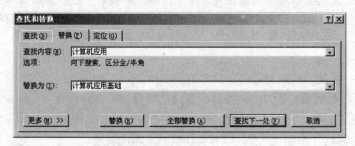

图3－26　"查找和替换"对话框

（2）在"查找内容"下拉列表框中输入要替换的内容，在"替换为"下拉列表框中输入新内容。

（3）根据需要单击"查找下一处"、"替换"或"全部替换"按钮。

3.3.6　插入符号和特殊符号

1. 插入符号

在输入文档的过程中，可能会遇到键盘上没有的符号。其中一些符号可用下面介绍的方法输入。

（1）打开文档后，在"插入"选项卡的"符号"组中单击"符号"图标，从弹出的"符号"下拉列表中选择即可。

（2）如果"符号"下拉列表中没有需要的符号，可以单击其下方的"其他符号"命令，弹出的"符号"对话框如图3－27所示。

（3）打开的"符号"或"特殊字符"选项卡如图3－28所示。

（4）选择需要的符号。

图 3 – 27 "符号"对话框中的"符号"选项卡

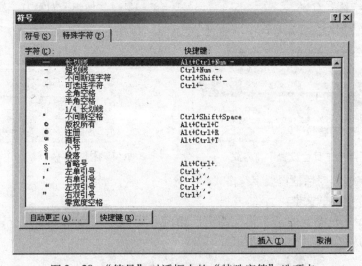

图 3 – 28 "符号"对话框中的"特殊字符"选项卡

（5）单击"插入"按钮，即可完成插入符号的操作。

2. 特殊符号

有些符号，如单位符号、数字序号、拼音的韵母、数字符号等，如果在键盘上没有，可以用下面的方法插入。

（1）打开文档，在"插入"选项卡的"特殊符号"组中单击所需的符号就能直接将其插入到编辑区。如果"特殊符号"组中没有需要的符号，可以单击"符号"图标，从弹出的"符号"下拉列表中选择即可。

（2）如果"符号"下拉列表中没有需要的符号，可以单击其下方的"更多"命令，弹出的"插入特殊符号"对话框如图 3 – 29 所示。

（3）打开需要的选项卡，选择需要的符号。

（4）单击"确定"按钮，即可完成插入特殊符号的操作。

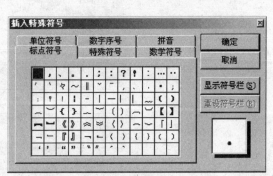

图 3 – 29 "插入特殊符号"对话框

3.4　Word 2007 基本排版功能

3.4.1　设置字符格式

设置字符格式的目的是为了让文档美观。字符格式设置包括选择字体、字形与字号，使用颜色、粗体、斜体、下画线和删除线等。在设置字符格式前先要选定文本，这一步是非常关键的，因为字体的设置只对选定的文本有效。

1. 设置字符格式

在 Word 2007 中，默认的字体为"宋体"，默认的字形为"常规"，默认的字号为"五号"。如果要改变字符格式，主要有以下几种方法。

（1）使用浮动工具栏设置字符格式。选定要改变字符格式的文本后，自动弹出一个浮动工具栏，如图 3 - 30 所示，从其中的下拉列表中可以选择所需要的"字体"、"字号"等字符格式。

（2）使用"字体"工具设置字符格式。选定要改变字符格式的文本，单击"开始"选项卡的"字体"组中的"字体"（宋体　　）、"字号"（五号 ）、"加粗"（ **B** ）、倾斜（ *I* ）、下画线（ U ）等图标，用于设置需要的字符格式，如图 3 - 31 所示。

图 3 - 30　用浮动工具栏设置字符格式

图 3 - 31　"开始"选项卡的"字体"组

（3）使用"字体"对话框设置字符格式。

① 选定要改变字体的文本。

② 单击"开始"选项卡的"字体"组右下角的"字体"对话框启动器按钮（ ），弹出的"字体"对话框默认打开"字体"选项卡，如图 3 - 32 所示。

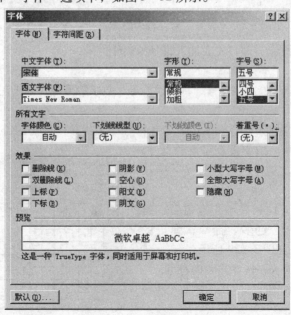

图 3 - 32　"字体"对话框中的"字体"选项卡

③ 在"字体"选项卡中设置需要的字符格式。

④ 单击"确定"按钮,即可完成设置字符格式的操作。

2. 字符间距

通过下列步骤可以改变字符间距、缩放比例等。

(1) 选定要进行字符间距设置的文本。

(2) 单击"开始"选项卡的"字体"组右下角的"字体"对话框启动器按钮,在弹出的"字体"对话框中打开"字符间距"选项卡,如图 3-33 所示。

(3) 在选项卡中设置缩放比例、字符间距和字符位置。

(4) 单击"确定"按钮,即可完成设置字符间距的操作。

3. 使用快捷菜单设置字符格式

选定要进行字符格式设置的文本,单击鼠标右键弹出如图 3-34 所示的快捷菜单,选择"字体"命令,在弹出的"字体"对话框中进行字符格式设置。

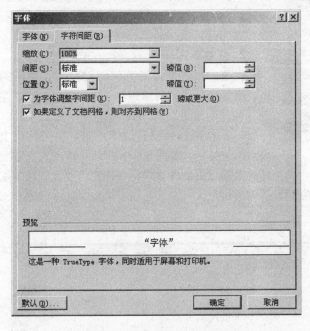

图 3-33 "字体"对话框中的"字符间距"选项卡

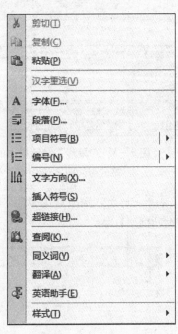

图 3-34 快捷菜单

3.4.2 设置段落格式

段落格式包括对齐、缩进、项目符号、段落行距和段落间距等,同时还包含背景色和底纹,周边和段间的方框和线,制表位也属于段落格式。

1. 段落对齐

段落对齐是指段落中的文字在水平方向的对齐格式。Word 2007 有 5 种方法可以对齐段落中的文本,包括"文本左对齐"、"两端对齐"、"居中"、"文本右对齐"和"分散对齐"。其中,"分散对齐"是指同时对齐段落的左端和右端。

(1) 利用"段落"对话框设置段落对齐。

① 将插入点移到要设置对齐方式的段落中或选定要对齐的段落。

② 单击"开始"选项卡的"段落"组右下角的"段落"对话框启动器按钮(⌐),弹出的"段落"对话框默认打开"缩进和间距"选项卡,如图 3-35 所示。

③ 从"对齐方式"下拉列表中选择一个对齐选项。

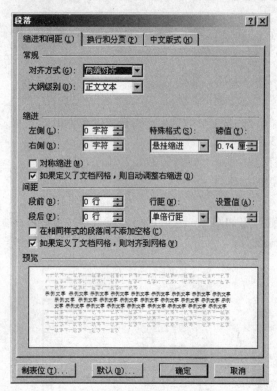

图 3-35　"段落"对话框中的
"缩进与间距"选项卡

④ 单击"确定"按钮，即可完成设置对齐方式的操作。

（2）使用工具栏上的按钮设置段落对齐。这是设置段落对齐最简单的处理方法，通过单击"开始"选项卡"段落"组中的"文本左对齐"按钮（▤）、"居中"按钮（▤）、"文本右对齐"按钮（▤）、"两端对齐"按钮（▤）和"分散对齐"按钮（▤），对所选定的段落进行对齐方式的设置。

（3）使用快捷菜单设置段落对齐。将插入点移到要设置对齐方式的段落中或选定要对齐的段落，单击鼠标右键，在弹出的快捷菜单中选择"段落"命令，弹出"段落"对话框，用于进行对齐方式的设置。

2. 段落缩进

段落的缩进是指段落两侧与左右页边距的距离，主要包括"首行缩进"、"悬挂缩进"、"左缩进"和"右缩进"等形式。

（1）使用标尺设置段落缩进。使用标尺上的段落缩进标记，如图 3-36 所示，将插入点移到要设置段落缩进的段落中，或选定需要设置段落缩进的一个或多个段落，然后再移动标尺上相应的段落缩进标记。

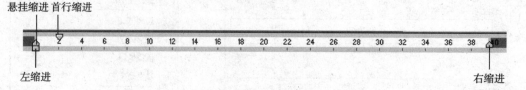

图 3-36　标尺和缩进标记

- 首行缩进：段落首行的文字向里缩进一定的距离。单击首行缩进标记并拖动鼠标即可实现段落的首行缩进效果，如图 3-37 所示。

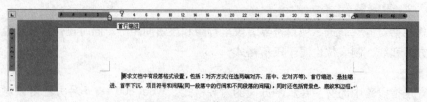

图 3-37　段落的首行缩进

- 悬挂缩进：除段落的第一行不缩进外，其余各行均向里缩进一定的距离。单击悬挂缩进标记并拖动鼠标即可实现段落的悬挂缩进效果，如图 3-38 所示。
- 左缩进：段落左侧的所有行均向里缩进一定的距离。单击左缩进标记并拖动鼠标即可实现段落的左缩进效果，如图 3-39 所示。
- 右缩进：段落右侧的所有行均向里缩进一定的距离。单击右缩进标记并拖动鼠标即可实现段落的右缩进效果，如图 3-40 所示。

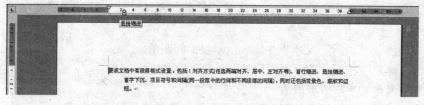

图 3-38 段落的悬挂缩进

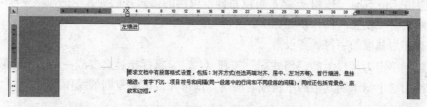

图 3-39 段落的左缩进

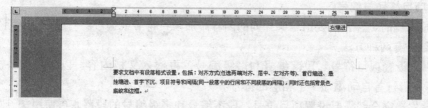

图 3-40 段落的右缩进

（2）利用"段落"对话框设置段落缩进。

① 将插入点移到要设置段落缩进的段落或选定要设置缩进的段落。

② 单击"开始"选项卡的"段落"组右下角的"段落"对话框启动器按钮（ ），弹出的"段落"对话框默认打开"缩进与间距"选项卡，如图 3-41 所示。

③ 按需要设置"左"、"右"、"首行缩进"和"悬挂缩进"中的一项。

④ 单击"确定"按钮，即可完成设置段落缩进的操作。

（3）使用快捷菜单设置段落缩进。将插入点移到要设置段落缩进的段落中或选定要缩进的段落，单击鼠标右键，在弹出的快捷菜单中选择"段落"命令，弹出的"段落"对话框如图 3-41 所示，用于进行段落缩进的设置。

3. 段落间距

段落间距是段与段之间的距离。段落间距可以通过按 Enter 键插入空段来增加，也可以在"段落"对话框中设置。

设置段落间距的操作步骤如下。

（1）插入点移到要设置段落间距的段落中或选定要设置段落间距的段落。

（2）单击"开始"选项卡的"段落"组右下

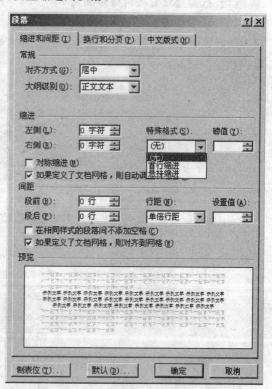

图 3-41 "段落"对话框中的"缩进与间距"选项卡

角的"段落"对话框启动器按钮（ ），弹出的"段落"对话框默认打开"缩进与间距"选项卡，如图 3 - 41 所示。

（3）在"段前"、"段后"文本框中输入所需要的间距值。

（4）单击"确定"按钮，即可完成设置段落间距的操作。

4. 格式复制其他的字符或者段落

某个字符或者段落的格式都设置好后，如果其他的字符或者段落的格式与其相同，就无须重新设置，直接使用"格式刷"按钮（ ）可以将样本段落的格式复制到其他的段落中。

利用"格式刷"设置的操作步骤如下。

（1）选择作为基准的字符或者段落。

（2）用鼠标单击工具栏上的"格式刷"按钮（ ），鼠标指针会变成一个刷子的形状。

（3）直接用这个刷子刷其他的字符或者段落，即可完成格式复制的操作。

3.4.3 设置项目符号与编号

1. 设置项目符号与编号

写文章或书稿时，经常需要给一些并列的内容添加项目符号或编号。一般设置项目符号、段落编号和多级编号有两种方法。

方法 1：先设置项目符号、段落编号和多级编号，再输入文档内容。以后每按一次 Enter 键，Word 会在下一行行首自动添加一个相应的符号。

方法 2：先选定全部需要设置项目符号、段落编号和多级编号的段落，再使用"开始"选项卡的"段落"组中的工具栏按钮或对话框进行设置。

设置段落项目符号的方法介绍如下。

（1）选定要设置项目符号的文本。

（2）单击"开始"选项卡的"段落"组中"项目符号"按钮（ ）右侧的下拉箭头，在弹出下拉列表中单击需要的项目符号样式，即可在所选的每个段落的第一个字符前添加一个项目符号，如图 3 - 42 所示。

图 3 - 42　添加项目符号

（3）要更改项目符号的级别，可以从下拉列表中选择"更改列表级别"命令，从弹出的菜单中选择需要的级别，如图 3 - 43 所示。

（4）还可以根据需要创建自定义项目符号，从下拉列表中选择"定义新项目符号"命令，弹出的"定义新项目符号"对话框如图 3 - 44 所示。

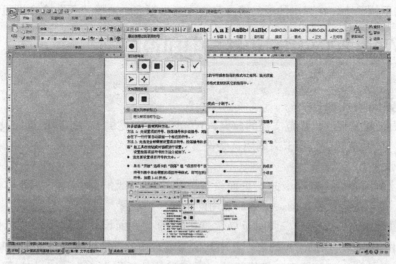

图 3-43　更改项目符号级别

（5）单击"符号"按钮弹出如图 3-45 所示的对话框，在该对话框中可以选择需要的符号作为项目符号；如果单击"图片"按钮，可以选择作为项目符号的图片；单击"字体"按钮，可以设置项目符号的大小、颜色和字形等属性。此外，还可以在"对齐方式"下拉列表中选择一种项目符号的对齐方式选项。

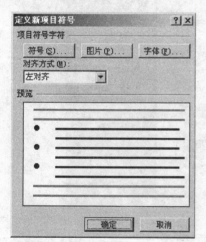

图 3-44　"定义新项目符号"对话框

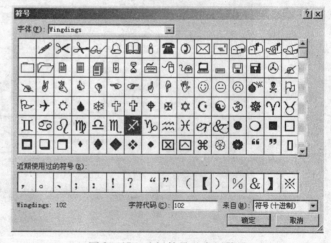

图 3-45　选择符号及应用效果

（6）设置完参数后，单击"确定"按钮，即可为当前选定的段落应用自定义的项目符号。

注意

段落编号和多级编号的设置方法与段落项目符号的设置方法类似。

提示：对于层次较多的长文档，需要创建多级编号。例如，图书一般都需要设置"章"、"节"、"小节"、"点"、"小点"等多级层次标题，可以利用"开始"选项卡的"段落"组中"多级列表"（🔽）工具来设置。

2. 取消项目符号和编号

设置项目符号和编号后，如果由于某种原因需要取消这些项目符号或编号，具体方法如下。

（1）选择要删除项目符号或编号的段落。

（2）切换到"开始"选项卡的"段落"组，单击"项目符号"按钮（🔽）或"编号"按钮

（⊟▾）右侧的下拉箭头，在弹出的项目符号列表或编号列表中选择"无"命令即可。

3.5　Word 2007 页面设置与打印设置

3.5.1　页面格式设置

正确的页面设置是打印出规范文档的前提，Word 2007 中提供了一系列的页面设置工具，可以利用功能区的"页面布局"选项卡来调用这些设置工具。

1. 设置纸张大小

直接使用"页面布局"选项卡的"页面设置"组中的"纸张大小"、"纸张方向"和"页边距" 3 个工具，可以进行最基本的，也是最常用的页面选项设置。

例如，设置纸张大小。单击"页面布局"选项卡的"页面设置"组中的"纸张大小"按钮（▢），弹出如图 3 - 46 所示的下拉列表，其中列出了最常用的标准纸型规格（如 A4、A5、B5、16 开、32 开等），并标注出每种纸型的具体尺寸。系统默认的纸张大小为 A4，如果要将页面设置为其他规格，单击相应的纸型即可。

图 3 - 46　纸型选项

如果要自定义一种纸张，可以按以下步骤进行。

（1）单击"页面布局"选项卡的"页面设置"组中的"纸张大小"按钮（▢），在弹出的下拉列表中选择"其他页面大小"命令。

（2）在弹出的"页面设置"对话框中打开"纸张"选项卡，如图 3 - 47 所示，选择一种合适的纸张大小。

（3）打开"页边距"选项卡，如图 3 - 48 所示，在"纸张方向"中选择方向。

（4）单击"确定"按钮，即可完成自定义一种纸张的操作。

2. 设置纸张方向

每种纸型都有"纵向"和"横向"两种摆放方式。要设置纸张方向，可以单击"页面设置"组中的"纸张方向"按钮（▢），然后从弹出的下拉列表中进行选择，如图 3 - 49 所示。此外，也可以单击"页面布局"选项卡右下角的"页面设置"对话框启动器按钮（▫），弹出"页面设置"对话框，在打开的"页边距"选项卡的"纸张方向"中选择方向，如图 3 - 48 所示。

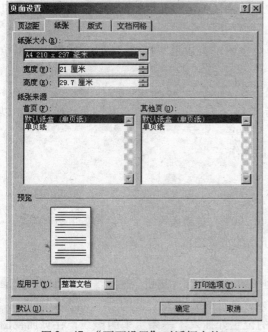

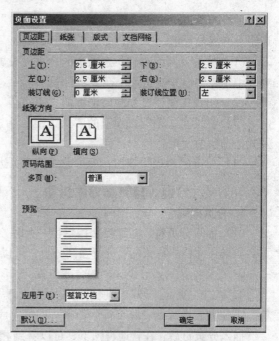

图 3－47　"页面设置"对话框中的
"纸张"选项卡

图 3－48　"页面设置"对话框中的
"页边距"选项卡

图 3－49　"纸张方向"下拉列表

3. 设置页边距

页边距是指页面中的信息内容距离页面的上、下、左、右各边的距离，Word 2007 预设了一组较常用的页边距选项。要设置页边距，只需单击"页面设置"组中的"页边距"按钮（▣），然后从弹出的下拉列表中进行选择，如图 3－50 所示。

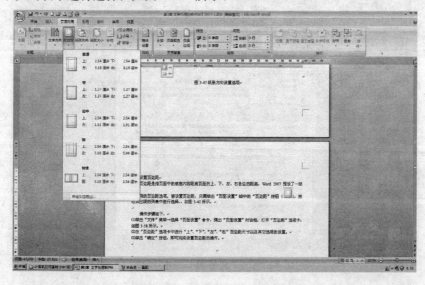

图 3－50　"页边距"下拉列表

预设的页边距包括"普通"、"窄"、"适中"、"宽"和"镜像"几种类型，如果这些预设的页边距不能满足要求，可以按以下步骤进行设置。

（1）单击"页面布局"选项卡的"页面设置"组中的"页边距"按钮（ ），在弹出的下拉列表中选择"自定义边距"命令。

（2）出现"页面设置"对话框的"页边距"选项卡，如图3-48所示。

（3）在"页边距"选项卡的"页边距"中进行"上"、"下"、"左"、"右"页边距尺寸，以及其他选项的设置。

（4）单击"确定"按钮，即可完成设置页边距的操作。

3.5.2 分页、分节和分栏排版

1. 分页排版

（1）插入分页符。在编辑文档超过一页时，Word 2007会自动插入一个分页符，并开始新的一页。如果在文档的特殊位置进行强制分页，可以按下面的步骤进行。

① 将光标移到要分页文档的合适位置。

② 单击"页面布局"选项卡的"页面设置"组中的"分隔符"按钮（ ），从弹出的"分隔符"下拉列表中选择"分页符"命令，即可完成插入分页符的操作。

插入分页符后，在普通视图下，可以看到相应的位置处插入了一条水平的虚线；在页面视图下，可以看到分页符上下的内容分别排在不同的页中。

（2）删除分页符。如果要删除已经插入的分页符，只要在普通视图下将鼠标移到分页符处，按"Del"键即可。

2. 分节排版

大多数Word 2007文档只有一节，如果我们对文档使用分节，就可以在不同的节创建不同的页边距、纸型、分栏、页眉、页脚等排版格式。

（1）插入分节符。将插入点移到要分节的开始位置，单击"页面布局"选项卡的"页面设置"组中的"分隔符"按钮（ ），从弹出的下拉列表中的4种分节符类型中选择某一个分节符，如图3-51所示，即可完成插入分节符的操作。

在"分隔符"下拉列表中，这4种分节符类型的含义如表3-6所示。

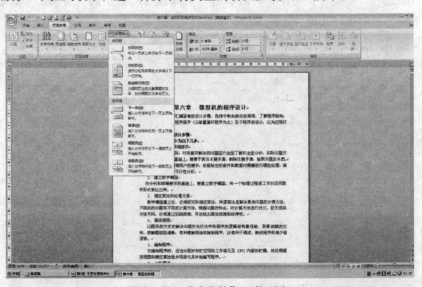

图3-51 "分节符"下拉列表

表 3-6　分节符类型及其含义

分 节 符	含 义
下一页	另起一页开始一个新节
连续	新节与前面的一节共存于当前页中
偶数页	从下一个偶数页开始新节
奇数页	从下一个奇数页开始新节

（2）删除分节符。如果要删除已经插入的分节符，只要在普通视图下将鼠标移到分节符处，按"Del"键即可。

3. 分栏排版

文档分栏是一项重要的排版技术，通过分栏可以使文档显得更加美观，增加文档的可读性。默认情况下文档只有一栏，如果要将文档分成两栏或多栏可以先打开文档，然后单击"页面布局"选项卡的"页面设置"组中的"分栏"按钮（ ），从弹出的下拉列表中进行选择。

（1）要将文档等分为两栏，可以从"分栏"下拉列表中选择"两栏"命令，如图 3-52 所示。

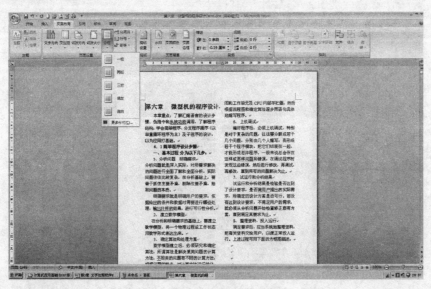

图 3-52　将文档等分为两栏

（2）要将文档等分为三栏，可以从"分栏"下拉列表中选择"三栏"命令。

（3）要将文档等分为左边较窄而右边较宽的两栏，可以从"分栏"下拉列表中选择"偏左"命令。

（4）要将文档等分为左边较宽而右边较窄的两栏，可以从"分栏"下拉列表中选择"偏右"命令。

（5）如果系统预设的 4 个分栏命令不能满足版面的要求，可以按如下步骤进行设置。

① 选定要进行分栏的文本。

② 单击"页面布局"选项卡的"页面设置"组中的"分栏"按钮（ ），从弹出的"分栏"下拉列表中选择"更多分栏"命令，弹出"分栏"对话框，如图 3-53 所示。

③ 在对话框中设置"列数"、"宽度和间距"、"应用于"等项。

④ 单击"确定"按钮，即可完成分栏的操作。

图 3-54 是将选定的文本等分为左右间距为两个字符的三栏，并在每栏之间添加一条分隔线的实例。

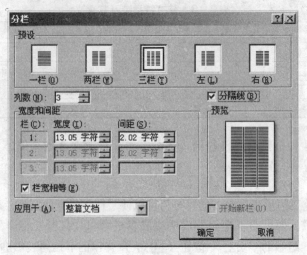

图 3-53 "分栏"对话框

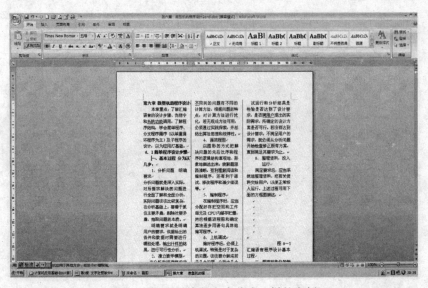

图 3-54 对选定的文本分成三栏的实例

（6）如果要取消分栏排版，可以按如下步骤进行设置。

① 选定要改变为单栏的文本。

② 单击"页面布局"选项卡的"页面设置"组中的"分栏"按钮（　），从弹出的"分栏"下拉列表中选择"更多分栏"命令，弹出"分栏"对话框，如图3-53所示。

③ 选择"预设"中的"一栏"。

④ 单击"确定"按钮，即可取消分栏排版。

在分栏操作中，除"应用于"下拉列表框为选定文本外，其余都是相对于页分栏。也就是说，第一栏排满一页再排第二栏，依此类推。另外，在"分栏"对话框中取消选择"栏宽相等"复选框后，在"栏"中分别输入栏宽值，可以调整分栏的宽度。

3.5.3 设置页眉和页脚

页眉和页脚是指文档中每页的最上（页眉）和最下（页脚）的文字或图形。在 Word 2007 中可以创建包含页码、日期、时间或图形在内的页眉和页脚，从而可以使文档更加美观和便于阅读。需注意的是，页眉和页脚只有在页面视图和打印预览视图下才可见。

在页眉或页脚工作区输入内容的方法与在文档内输入正文是相同的，也可以进行各种修改、编辑等操作，例如，可以改变字号大小、对齐方式、插入图片等，还可以用页眉和页脚工具栏中的按钮插入时间、页码等。双击页眉或页脚区可以激活"页眉和页脚"，这种方法操作起来极为方便。

1. 设置相同的页眉和页脚

设置相同的页眉和页脚的具体操作步骤如下。

（1）打开要添加页眉和页脚的文档。

（2）单击"插入"选项卡的"页眉和页脚"组中的"页眉"按钮（），弹出如图 3 - 55 所示的"页眉"样式列表，既可以从内置样式中选择一种合适的页眉样式，也可以选择空白页眉将其插入到页面中。

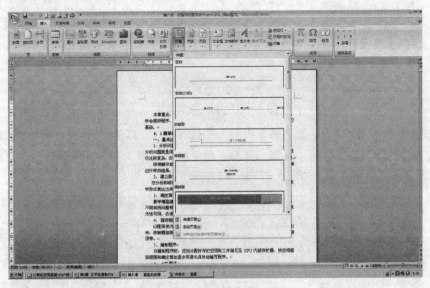

图 3 - 55　"页眉"样式列表

（3）插入页眉后，将自动切换到页眉和页脚编辑状态，然后单击鼠标使插入点置于页眉区中，如图 3 - 56 所示。

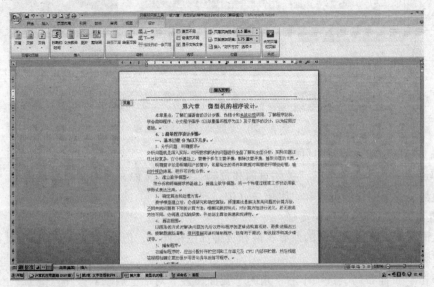

图 3 - 56　页眉和页脚编辑状态

（4）输入需要的页眉文字，如图3－57所示。

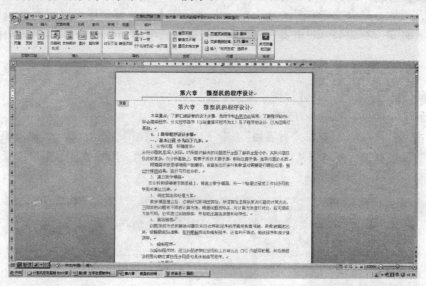

图3－57　输入页眉文字

（5）单击"设计"选项卡中的"转至页脚"按钮（），以使插入点移动到页脚编辑区。

（6）单击"设计"选项卡的"页眉和页脚"组中的"页脚"按钮，从弹出的"页脚"样式列表中选择一种合适的页脚样式，如图3－58所示。

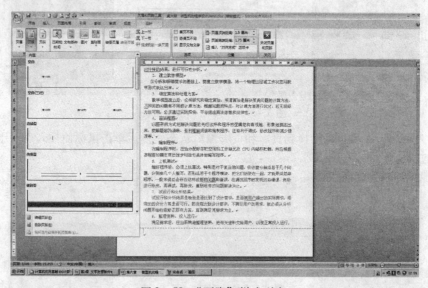

图3－58　"页脚"样式列表

（7）在页脚区中输入需要的页脚文字，如图3－59所示。

（8）单击"设计"选项卡的"关闭页眉和页脚"按钮（❌），返回文档编辑状态。可以看到，所有页面中都设置了同样的页眉和页脚信息（但页码不同）。

2. 设置奇偶页不同的页眉和页脚

在默认情况下，同一文档中的所有页眉和页脚都是相同的，但有时需要在文档中设置不同的页眉和页脚，操作步骤如下。

（1）单击"页面布局"选项卡右下角的"页面设置"对话框启动器按钮（⬜）。

（2）在弹出的"页面设置"对话框中单击"版式"选项卡，如图3－60所示。

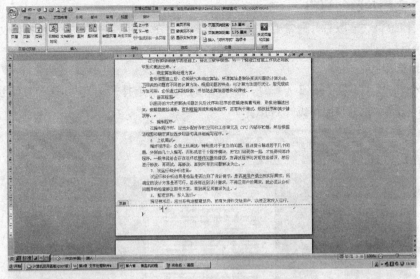

图 3-59 输入页脚文字

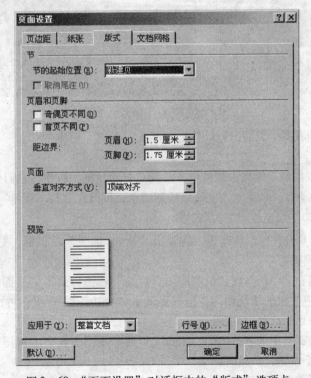

图 3-60 "页面设置"对话框中的"版式"选项卡

（3）选择"奇偶页不同"或"首页不同"复选框，单击"确定"按钮，即可完成设置奇偶页不同页眉和页脚的操作。

3. 编辑页眉和页脚

创建了页眉和页脚后，可以将插入点定位到页眉页脚区域，然后像在页面上一样进行输入和编辑。编辑时可以利用页眉和页脚"设计"选项卡上的按钮，方便地插入当前页号、文件总页数，以及当前时间、日期等内容。如果想删除页眉和页脚，可以将插入点移到要删除页眉或页脚处，选定页眉或页脚编辑区的文字或图形，然后按"Del"键即可完成删除页眉或页脚的操作。

3.5.4　文档预览与打印

在完成文档编辑、排版后，通常要将文档打印出来。在 Word 2007 中，一般打印文档分为两步进行，即先预览后打印。

1. 打印预览

单击"Microsoft Office"按钮（　），从弹出的菜单中选择"打印"→"打印预览"命令，弹出如图 3－61 所示的"打印预览"视图。

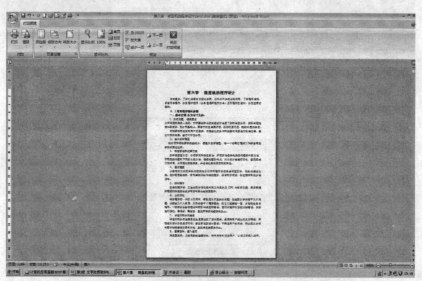

图 3－61　"打印预览"视图

如果要打印的文档有多个页面，可以单击功能区"预览"组中的"上一页"或"下一页"按钮来预览其他页面。

在"打印预览"视图的功能区中提供了一系列"打印预览"按钮，它们分别是以下几个。

- "打印"按钮（　）：如果对预览效果感到满意，可以在"打印预览"视图中直接单击该按钮，弹出"打印"对话框以便进行打印。
- "选项"按钮（　）：单击该按钮，将弹出"Word 选项"对话框，并自动显示出"显示"类别中的打印设置选项。
- "页面设置"组：其中的各按钮的功能和"页面"视图方式下"页面布局"选项卡中"页面设置"组相应按钮的功能相同，但只提供了"页边距"、"纸张方向"、"纸张大小"和"页面设置"对话框启动器按钮。
- "显示比例"组：其中的各按钮的功能和"页面"视图方式下"视图"选项卡中"显示比例"组中的各个按钮完全相同。
- "显示标尺"复选框：用于在"打印预览"视图中显示或隐藏标尺。
- "放大镜"复选框：选择该复选框后，当鼠标指针移动到页面区时将变为"放大镜"形状，此时单击鼠标左键，即可将预览比例放大到 100%。放大到 100% 后，"放大镜"形状将变为"缩小镜"形状，单击鼠标左键，即可将预览比例缩小到 50%。
- "减少一页"按钮（　）：如果在进行预览时发现文档最后一页只有少数文字，只需单击该按钮就能自动进行调整，从而让多出来的内容加入到前面的页中去，文档的整体效果不会发生明显的变化。
- "下一页"按钮（　）：用于预览下一个页面。
- "上一页"按钮（　）：用于预览上一个页面。

- "关闭"按钮（）：用于关闭"打印预览"视图并返回到进行打印预览以前的视图。

2. 文档的打印设置

打印文档前要确定打印机的电源是否接通，打印机是否处于联机状态，再进行文档的打印设置。

打印预览满意后，便可以将文档打印在介质上。单击"Microsoft Office"按钮（），从弹出的菜单中选择"打印"→"打印"命令，弹出如图 3 - 62 所示的"打印"对话框。

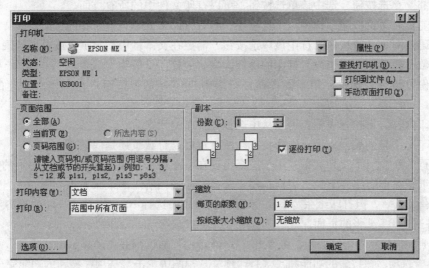

图 3 - 62　"打印"对话框

在"打印"对话框中提供了以下设置选项。

- "名称"下拉列表框：其中列出了已经安装的打印机名称，可以从中选择要使用的打印机。
- "属性"按钮：单击该按钮，将弹出如图 3 - 63 所示的当前打印机属性对话框。在该对话框中可以调整打印机的设置，如纸型、打印质量、打印效果等。对于不同型号的打印机，其属性对话框中的选项有所不同。

图 3 - 63　打印机属性对话框

- "查找打印机"按钮：单击该按钮，可以查找能够访问的所有打印机。
- "打印到文件"复选框：用于设置是否可以从文档创建文件而不直接将文档发送到打印机。所创建的文件将使用打印格式（如字体选择、颜色规范等）保存在可打印到其他打印机的 . prn 文件中。
- "手动双面打印"复选框：选中该复选框，在打印时先打印文档中所有的奇数页，再将纸张翻面后打印所有偶数页。
- "全部"单选按钮：选中该单选按钮，可以打印文件中的所有页面。
- "当前页"单选按钮：选中该单选按钮，将只打印出光标当前所在的页面。
- "页码范围"单选按钮：选中该单选按钮，需要在文本框中指定页码或页面范围。
- "份数"数值框：用于设置打印的份数，默认的打印份数为 1。
- "逐份打印"复选框：用于设置在进行多份打印时是否按用户在文档中创建的顺序进行打印。
- "打印内容"下拉列表框：可以从中选择要打印的元素。
- "打印"下拉列表框：用于选择要打印所有页面、奇数页还是偶数页。
- "每页的版数"下拉列表框：用于选择出现在一个打印页面的页数，默认每页的版数为 1。
- "按纸张大小缩放"下拉列表框：用于选择打印文档所需的纸张大小。例如，当前文档的页面大小为 A4，但打印纸张为 B5，就可以从列表中选择 B5，从而使打印的内容整体缩小到刚好适应 B5 纸张的页面。
- "选项"按钮：单击该按钮，将弹出"Word 选项"对话框并自动显示出"显示"类别中的打印设置选项。该按钮的功能和在"打印预览"视图中单击"选项"按钮的功能完全相同。
- "确定"按钮：单击该按钮，系统会根据当前的打印设置将文档发送到打印机并打印出来。
- "取消"按钮：单击该按钮，将不进行打印作业并返回到文档编辑状态。

3.6　美化文档

美化文档就是对文档中的文字或段落做进一步的修饰。例如，设置文档的边框，在文档中插入图片、添加艺术字等，以使文档更加美观。

3.6.1　页面背景

1. 添加页面背景

添加页面背景的方法如下。

（1）单击"页面布局"选项卡的"页面背景"组中的"页面颜色"按钮（　），弹出的下拉列表如图 3 - 64 所示，从中选择一种"主题颜色"或"标准色"作为文档的背景色。

（2）如果对所提供的"主题颜色"或"标准色"不满意，可以选择"其他颜色"命令，弹出的"颜色"对话框如图 3 - 65 所示。需要什么颜色可以直接在"标准"选项卡里选择，或者在"自定义"选项卡（见图 3 - 66）中自己定义 RGB 格式颜色，单击"确定"按钮。

（3）如果使用"填充效果"来作为背景色，可以选择"填充效果"命令，弹出的"填充效果"对话框如图 3 - 67 所示。在"填充效果"的各选项卡中选择需要的颜色，单击"确定"按钮。

2. 删除页面背景

单击"页面布局"选项卡的"页面背景"组中的"页面颜色"按钮（　），在弹出的下拉列表中选择"无颜色"命令，即可删除页面背景。

3.6.2　插入图片

Word 2007 不但可以插入 Office 剪辑库中的剪贴画，还可以将本地或网络上的图片文件插入到文档中。

图 3 – 64　页面颜色下拉列表

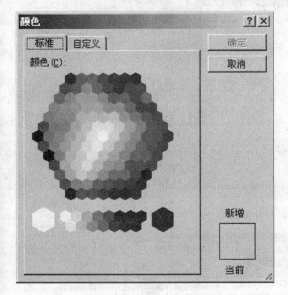

图 3 – 65　"颜色"对话框中的"标准"选项卡

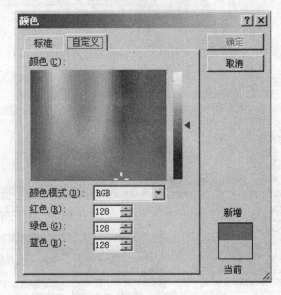

图 3 – 66　"颜色"对话框中的"自定义"选项卡

1. 插入剪贴画

插入剪贴画的操作步骤如下。

（1）将插入点定位到文档中需要插入剪贴画的位置。

（2）单击"插入"选项卡的"插图"组中的"剪贴画"按钮（），弹出的"剪贴画"任务窗格如图 3 – 68 所示。

（3）在"剪贴画"任务窗格中单击"管理剪辑"，弹出的"Microsoft 剪辑管理器"窗口如图 3 – 69 所示。

（4）单击"Office 收藏集"→"科技"→"计算"文件夹，选择相应的剪贴画，再单击"编辑"菜单的"复制"命令或工具栏中的"复制"按钮（）。

（5）将插入点移到要插入剪贴画的位置单击鼠标右键，从快捷菜单中选择"粘贴"命令，则

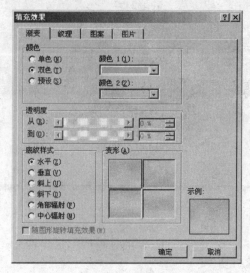

图 3-67 "填充效果"对话框

图 3-68 "剪贴画"任务窗格

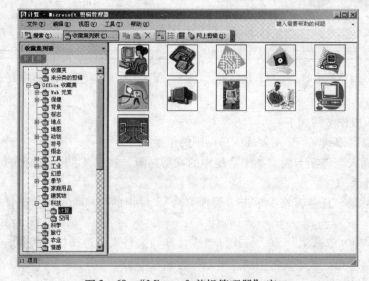

图 3-69 "Microsoft 剪辑管理器"窗口

所选定的剪贴画插入到当前的位置，如图 3 - 70 所示。

图 3 - 70　插入剪贴画

2. 插入外部图像文件

常用格式的外部图像文件也可以插入到文档中，这些图像文件可以在本地磁盘上，也可以在网络驱动器或 Internet 上。

插入外部图像文件的方法如下。

（1）将插入点定位到文档中需要插入图像的位置。

（2）单击"插入"选项卡的"插图"组中的"图片"按钮（🖼），将弹出"插入图片"对话框。

（3）在"查找范围"下拉列表框中找到要插入的图片所在位置，然后从图片文件列表中选定要插入的图片，如图 3 - 71 所示。

图 3 - 71　在"插入图片"对话框中选择要插入的图片

（4）双击要插入的图像文件名（或单击"插入"按钮），选取的图片便可以插入到插入点所在的位置，如图 3 - 72 所示。

3. 编辑图片

如果要编辑文档中的某个图片，必须先选定它（单击该图片即可将其选定）。被选定的图片其四周有 8 个控制点，编辑图片的方法很多，这里只介绍使用鼠标调整图片的大小。

图 3 - 72　图片插入效果

调整图片的大小，可以按下列步骤操作。

（1）单击要调整大小的图片。

（2）用鼠标拖动某个控制点改变图片的大小，拖动上下两边的控制点可以改变图片的高度；拖动左右两边的控制点可以改变图片的宽度；拖动对角线上的控制点可以按比例缩放图片，如图 3 - 73 所示。

图 3 - 73　利用鼠标调整图片大小

4. 裁剪图片

裁剪图片，可以按下列步骤操作。

（1）选定要裁剪的图片。

（2）单击"格式"选项卡的"大小"组中的"裁剪"按钮（　）。

（3）移动鼠标到图片四周的任何一个控制点上，按住鼠标左键沿裁剪方向拖动。

（4）当表示裁剪范围的虚线框到达所需的位置时，松开鼠标左键即可，如图 3 - 74 所示。

还可以切换到"格式"选项卡，单击"大小"组右下角的按钮（　），然后利用"大小"对话框来精确调整图片大小。

图 3 - 74　利用鼠标裁剪图片

5. 删除图片

单击要删除的图片，按"Del"键，即可完成删除图片的操作。

3.6.3　制作艺术字

在 Office 2007 中，艺术字是一种图形对象，可以使用各种图形格式工具改变其效果，操作步骤如下。

（1）将插入点移动到文档编辑区中需要插入艺术字的位置。

（2）单击"插入"选项卡的"文本"组中的"艺术字"按钮（$\mathcal{A}$），将弹出"艺术字库"列表，如图 3 - 75 所示。

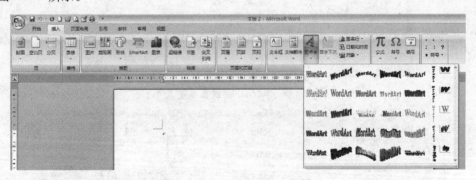

图 3 - 75　"艺术字库"列表

（3）从"艺术字库"列表中选择一种"艺术字"的样式，将弹出"编辑艺术字文字"对话框，如图 3 - 76 所示。

（4）"文本"框中输入艺术字内容，然后使用字体、字号、字形等工具对文本进行简单设置，如图 3 - 77 所示。

（5）单击"确定"按钮，即可生成艺术字图形对象，并自动切换到"格式"选项卡，利用其中的工具可以对艺术字进行更进一步的修饰和设置，如图 3 - 78 所示。

3.6.4　使用文本框

文本框是一种特殊的文本对象，它既可以像图形对象一样灵活放置在页面上的任意位置，也可以方便地在其中添加和设置文本，还可以设置其样式、边框、阴影和三维效果等格式。

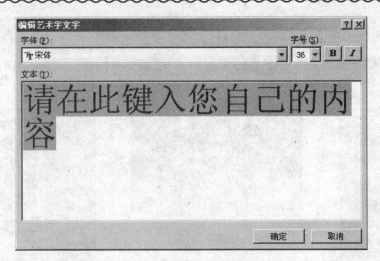

图 3-76 "编辑艺术字文字"对话框

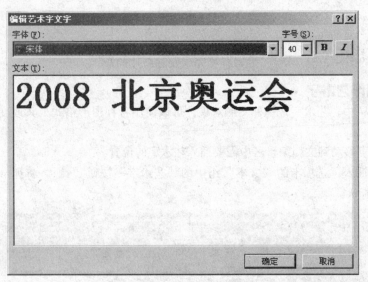

图 3-77 输入并设置艺术字文本

图 3-78 艺术字图形对象

1. 添加和设置内置文本框

内置文本框的添加和设置步骤如下。

（1）将插入点定位到需要插入文本框的页面上。

（2）单击"插入"选项卡的"文本"组中的"文本框"按钮（），弹出如图 3-79 所示的内置"文本框"列表。

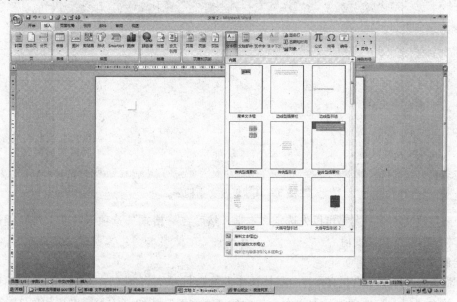

图 3-79　内置"文本框"列表

（3）要查看更多的文本框样式，可以拖动文本框列表右侧的滚动条，然后单击需要插入到当前页面的文本框，即可按预设的格式、位置和示例文字在页面中添加一个或多个文本框，如图 3-80 所示。

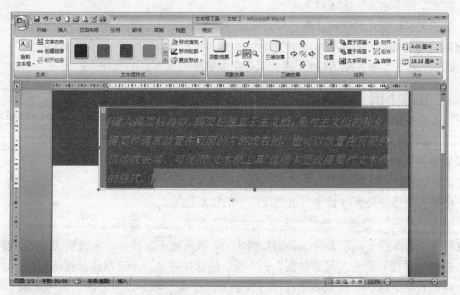

图 3-80　添加文本框

（4）在文本框中删除不需要的示例文字，然后输入新的内容，即可完成文本框的创建。

（5）要设置文本框的格式，可以选定需要更改样式的文本框，然后切换到"格式"选项卡，利用其中的"文本框样式"工具和其他设置工具进行修改，如图 3-81 所示。

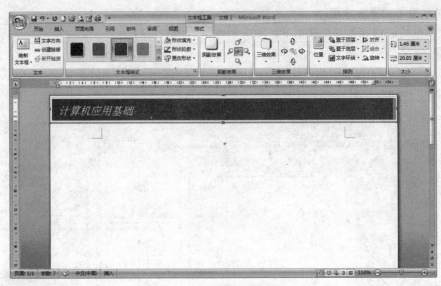

图 3 -81   更改文本框样式

（6）要更改文本框的大小可以先选定文本框，然后在"格式"选项卡的"大小"组的数值框中输入文本框的高度和宽度值。

2. 绘制文本框

根据需要还可以手工绘制文本框，具体操作步骤如下。

（1）单击"插入"选项卡的"文本"组中的"文本框"按钮（图），弹出如图 3 -79 所示的内置"文本框"列表，从中选择"绘制文本框"命令。

（2）将成" ＋"形状的鼠标指针移到文档中要插入文本框的左上角，拖动鼠标到要插入文本框的右下角，松开鼠标。

（3）在文本框中输入文字或插入图片。

（4）单击文本框以外的任何位置，即可完成插入文本框的操作。

3. 删除文本框

单击要删除的文本框，按"Del"键，即可完成删除的文本框的操作。

3.6.5 首字下沉

首字下沉是时事通信、杂志文章或其他出版物中流行的页面设置方式，一般位于文章的起始位置。

1. 设置首字下沉

设置首字下沉的方法如下：

（1）将插入点移到要创建首字下沉的段落中的任意位置。

（2）单击"插入"选项卡的"文本"组中的"首字下沉"按钮（图），在弹出的"首字下沉"下拉列表中选择"下沉"命令，得到如图 3 -82 所示的下沉效果，系统默认下沉 3 行。

（3）选择"悬挂"命令，得到如图 3 -83 所示的悬挂效果，系统默认悬挂 3 行。

（4）在"首字下沉"下拉列表中选择"首字下沉选项"命令，弹出的"首字下沉"对话框如图 3 -84 所示。

（5）选择首字下沉的"位置"，例如，"下沉"或"悬挂"，设置"字体"、"下沉行数"、"距正文"的距离等选项。

（6）单击"确定"按钮，即可完成"首字下沉"的设置。

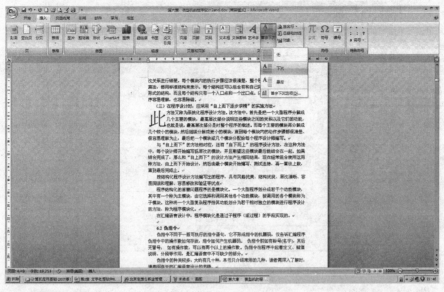

图 3-82　下沉效果

图 3-83　悬挂效果

图 3-84　"首字下沉"对话框

2. 取消首字下沉

取消首字下沉的步骤如下。

（1）将插入点移到要取消首字下沉的段落中的任意位置。

（2）单击"插入"选项卡的"文本"组中的"首字下沉"按钮（ A ），在弹出的"首字下沉"下拉列表中选择"无"命令，即可取消"首字下沉"。

3.6.6　设置边框和底纹

设置边框和底纹的步骤如下。

（1）单击"页面布局"选项卡的"页面背景"组中的"页面边框"按钮（ ），弹出的"边框和底纹"对话框如图 3-85 所示。

（2）打开"页面边框"选项卡。

（3）在"艺术型"下拉列表框中选择一种边框图案。

（4）单击"确定"按钮，即可给文档加上页面边框。

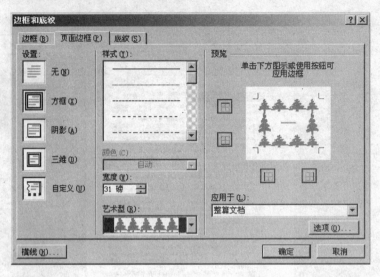

图 3 - 85 "边框和底纹"对话框

3.7　Word 2007 表格制作功能

3.7.1　创建表格

Word 2007 不但可以用来编辑文字，而且还可以用来制作表格，也可以对表格内的数据进行排序、统计等操作。Word 2007 提供了许多创建表格的方法，下面仅介绍其中最常用的 3 种方法。

1. 使用表格模板创建表格

使用表格模板创建表格的操作步骤如下。

（1）将插入点移到要创建表格的位置。

（2）单击"插入"选项卡的"表格"组中的"表格"按钮（ ），在弹出的"表格"下拉列表中选择"快速表格"命令，如图 3 - 86 所示。再单击需要的模板，即可在文档中快速插入一个设置了格式的表格，如图 3 - 87 所示。

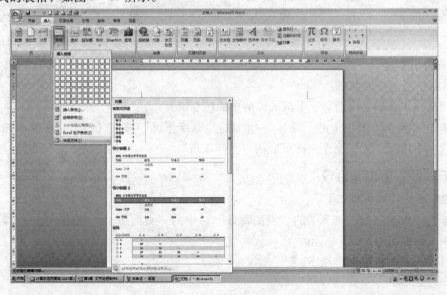

图 3 - 86　在"表格"下拉列表中选择"快速表格"命令

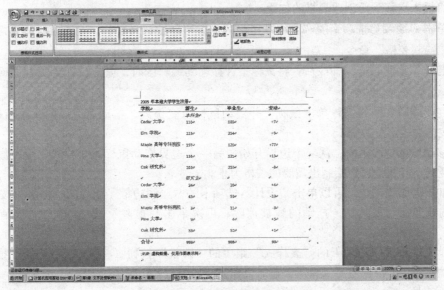

图 3 – 87　使用表格模板创建表格

（3）将表格模板中各个单元的数据替换为需要的数据，即可完成表格的创建。

2. 拖动行列数创建表格

使用"表格"下拉列表中"插入表格"下方的预设方格，可以快速创建一些行列数较少的规则表格，具体步骤如下。

（1）将插入点移到要创建表格的位置。

（2）单击"插入"选项卡的"表格"组中的"表格"按钮（ ），在弹出的"表格"下拉列表的"插入表格"下，用鼠标拖动网格到所需的行、列数（例如，5 行 6 列），释放鼠标左键，即可创建一个 5 行 6 列的表格，如图 3 – 88 所示。

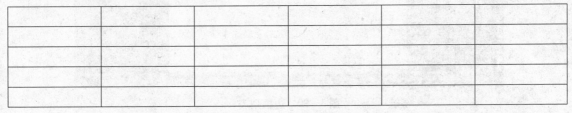

图 3 – 88　创建一个 5 行 6 列的空表格

3. 指定行列数创建表格

如果要创建的表格的行数和列数较多，可以使用"插入表格"命令来创建，具体步骤如下。

（1）将插入点移到要创建表格的位置。

（2）单击"插入"选项卡的"表格"组中的"表格"按钮（ ），在弹出的"表格"下拉列表中选择"插入表格"命令，弹出如图 3 – 89 所示的"插入表格"对话框。

（3）在对话框中进行所需的表格尺寸的设置。

（4）单击"确定"按钮，即可完成插入表格的操作。

4. 手工绘制表格

手工绘制表格的方式非常灵活，适用于制作不规则的表格或带有斜线表头的复杂表格，具体步骤如下。

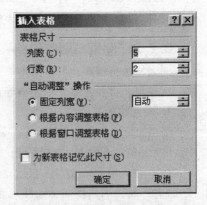

图 3 – 89　"插入表格"对话框

（1）将插入点移到要创建表格的位置。

（2）单击"插入"选项卡的"表格"组中的"表格"按钮（███），在弹出的"表格"下拉列表中选择"绘制表格"命令。

（3）选择"绘制表格"命令后，将鼠标指针移动到编辑区时，鼠标指针会变为"铅笔"形状（✏）。

（4）在要绘制表格的位置单击鼠标，并拖动鼠标可变虚线，拖动到需要的大小后松开鼠标，以制作出表格的矩形外边框。

（5）移动鼠标到表格内，从一个边界开始向另一个边界拖动鼠标画出横线，用类似方法在表格中绘制竖线、斜线，直到绘制出需要的表格为止。

（6）如果有画错的线，可以单击"设计"选项卡的"绘图边框"组中的"擦除"按钮（▧），在要擦除的线上拖动鼠标后，拖动的线被擦除；再次单击"擦除"按钮（▧），取消擦除表格状态。

（7）单击"设计"选项卡的"表样式"组中的"边框"按钮（▦ 边框▾）右侧的下拉箭头，弹出各种边框列表，可根据需要选择所需要的边框线，如图3－90所示。

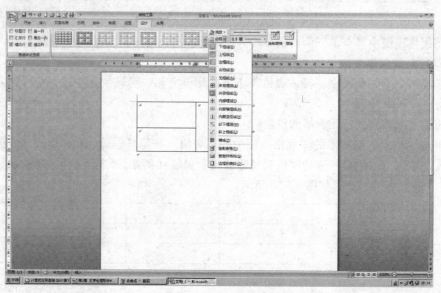

图3－90　边框列表

在Word 2007表格中，线条的默认值为0.5磅（磅是线条粗细的单位）的黑色单实线。通过"绘图边框"组中的"笔样式"按钮（━━━━━▾）、"笔粗细"按钮（0.5磅 ━━━━━▾）、"笔颜色"按钮（✒），可以重新设置表格的线型、线条宽度和线条颜色。

3.7.2　编辑与调整表格

对表格进行编辑，可以调整单元格的宽度和高度，增加新的单元格、行或列，删除多余的单元格、行或列，合并或拆分单元格等，这样可以制作出复杂的表格。

1. 单元格的操作

表格的每一个单元格中都有一个结束标记。如果在单元格中按"Enter"键，光标将仍在此单元格中，单元格的高度增加，宽度不变；一个单元格高度的增加，表示这个单元格所在的行的高度增加。

（1）输入单元格文本。在建立好的空白表格中，单击某个单元格可以向该单元格中输入文本。按"Tab"键，可以横向移动插入点；按"Shift＋Tab"组合键，可以将插入点移到左边单元格内；键盘上的方向键也可以用于移动插入点。

（2）选定单元格、行和列。在编辑表格时，很多操作都需要选定编辑的表格。选定表格或单元格可以用鼠标拖动（或用 Shift + ↑、↓、←、→键）选定一个、多个单元格或整个表格中的文字或段落，也可以用如表 3 - 7 所示的方法。

表 3 - 7　选定单元格、行和列的方法

选 择 对 象	操 作 方 法
选定一个单元格（或行）	鼠标移动到单元格左边界与第一个字符之间，鼠标变成 形状后，单击鼠标左键选定单元格，双击鼠标左键选定该单元格所在的一整行
选定一整行	鼠标移动到该行左边界的外侧，单击该行的左侧
选定一列	鼠标移动到该列顶端，单击该列顶端的虚框或边框
选定多个单元格、多行或多列	单击要选定的第一个单元格，按住 Shift 键，单击最后一个单元格
选定整个表格	单击表格左上角的图符 ⊞，可以选定整个表格

（3）调整行高和列宽。用户可以根据需要调整表格的行高和列宽，用标尺或"表格属性"对话框都可实现。如需调整整个表格的大小，可以单击表格右下角的图符并进行上、下、左、右拖动，表格内每一个单元格的大小将按同比例调整。

下面介绍调整行高和列宽的常用方法。

方法 1：移动鼠标到要调整的行或列边框上，当鼠标呈 ╪ 或 ↔ 形状时，单击并进行上下或左右拖动，用以改变单元格的高度或宽度；达到满意的行高或列宽后释放鼠标，即可完成行高或列宽的调整操作。

方法 2：选定要平均分配行高或列宽的单元格，单击"布局"选项卡的"单元格大小"组中的"分布行"按钮（ ⊞ ）或"分布列"按钮（ ⊞ ），即可完成平均分配行高或列宽的操作。

2. 单元格的合并与拆分

（1）合并单元格。合并单元格是将选定的所有单元格合并成为一个单元格，既可以是水平方向的合并，也可以是垂直方向的合并，操作步骤如下。

① 选定要合并的单元格。

② 单击"布局"选项卡的"合并"组中的"合并单元格"按钮（ ▦ ），即可完成合并单元格的操作。

（2）拆分单元格。拆分单元格是将选定的单元格拆分成两个或几个单元格，操作步骤如下。

① 选定要拆分的单元格。

② 单击"布局"选项卡的"合并"组中的"拆分单元格"按钮（ ▦ ），弹出的"拆分单元格"对话框如图 3 - 91 所示。

③ 在"拆分单元格"对话框中指定要拆分的列数和行数。

④ 单击"确定"按钮，即可完成拆分单元格的操作。

3. 插入单元格、行、列和表格

（1）插入单元格。插入单元格的操作步骤如下。

① 选定单元格或将插入点移到单元格内。

② 单"布局"选项卡的"行和列"组中的对话框启动器按钮（ ▫ ），弹出的"插入单元格"对话框如图 2 - 92 所示。

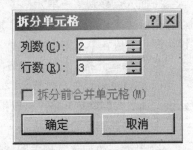

图 3 - 91　"拆分单元格"对话框

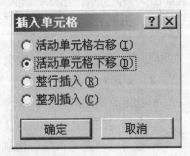

图 3 - 92　"插入单元格"对话框

③ 在该对话框中选择插入单元格的一种方式。

④ 单击"确定"按钮，即可完成插入单元格的操作。

（2）插入行。在创建好的表格内可以插入单行或多行，操作方法有如下几种。

- 将插入点移到表格的最后一行的最后一个单元格中，按"Tab"键，可在表格的最后一行添加一新行。
- 将插入点移到表格某一行的结束标记中，按"Enter"键，可在此行的下方添加一新行。
- 将插入点移到表格的某一行中，单击"布局"选项卡的"行和列"组中的"在上方插入"按钮（🔲），可在此行的上方添加一新行。
- 将插入点移到表格的某一行中，单击"布局"选项卡的"行和列"组中的"在下方插入"按钮（🔲），可在此行的下方添加一新行。
- 若想插入多行需先在表格中选定若干行，再单击"布局"选项卡的"行和列"组中的"在下方插入"按钮（🔲），即可在选定行的下方添加同样行数的新行；也可以单击"布局"选项卡的"行和列"组中的"在上方插入"按钮（🔲），可在所选定行的上方添加同样行数的新行。

（3）插入列。在创建好的表格内可以插入单列或多列，操作方法有如下几种。

- 将插入点移到表格的某一列中，单击"布局"选项卡的"行和列"组中的"在左侧插入"按钮（🔲），可在此列的左侧添加一新列。
- 将插入点移到表格的某一列中，单击"布局"选项卡的"行和列"组中的"在右侧插入"按钮（🔲），可在此列的右侧添加一新列。
- 若想插入多列需先在表格中选定若干列，再单击"布局"选项卡的"行和列"组中的"在右侧插入"按钮（🔲），即可在所选定列的右侧添加同样列数的新列；也可以单击"布局"选项卡的"行和列"组中的"在左侧插入"按钮（🔲），可在所选定列的左侧添加同样列数的新列。

（4）插入表格。插入表格操作步骤如下。

将插入点移到某一单元格中，单击"插入"选项卡的"表格"组中的"表格"按钮（🔲），在弹出的"表格"下拉列表的"插入表格"下，用鼠标拖动网格到所需的行、列数后释放鼠标左键，即可完成在单元格中插入表格。

4. 删除单元格、行、列或表格

（1）删除单元格。在 Word 2007 中，用删除文本的方法只能删除表格中的文本，不能删除单元格。如果要删除单元格，可以按下列步骤操作。

① 选定要删除的单元格。

② 单击"布局"选项卡的"行和列"组中的"删除"按钮（🔲），弹出的"删除"下拉列表如图 3－93 所示，选择"删除单元格"命令。

③ 弹出"删除单元格"对话框，如图 3－94 所示。

④ 选择所需的单选按钮。

⑤ 单击"确定"按钮，即可完成删除单元格的操作。

（2）删除行。删除行的操作方法有如下两种。

- 选定要删除的行，单击"开始"选项卡的"剪贴板"组中的"剪切"按钮（🔲），则删除所选定的行。
- 也可以单击"布局"选项卡的"行和列"组中的"删除"按钮（🔲），弹出的"删除"下拉列表如图 3－93 所示，选择"删除行"命令，则删除所选定的行。

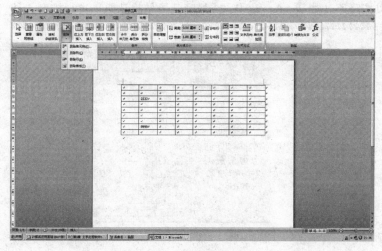

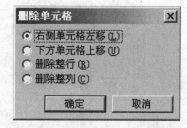

图 3-93　"删除"下拉列表　　　　　　　图 3-94　"删除单元格"对话框

注意

删除行后，下面的行自动上升以填补该行删除后留下的空白。

（3）删除列。删除列的操作方法有如下两种。

- 选定要删除的列，单击"开始"选项卡的"剪贴板"组中的"剪切"按钮（✂），则删除所选定的列。
- 也可以单击"布局"选项卡的"行和列"组中的"删除"按钮（⊠），弹出的"删除"下拉列表如图 3-93 所示，选择"删除列"命令，则删除所选定的列。

注意

删除列后，右侧的列自动左移以填补该列删除后留下的空白。

5. 文本与表格的相互转换

在 Word 2007 中，文本和表格之间可以方便地进行相互转换，这样可以更加灵活地使用不同的信息资源，可以利用相同的信息资源实现不同的工作目的。

（1）表格转换成文本。在 Word 2007 中，可以将表格转换为由段落标记、逗号、制表符和其他字符为分隔的文本，具体操作步骤如下。

① 将插入点移到表格内的任意位置。

② 可以单击"布局"选项卡的"数据"组中的"转换为文本"按钮（▥），弹出的"表格转换成文本"对话框如图 3-95 所示。

③ 选择一种文字分隔符。

④ 单击"确定"按钮，即可完成将表格转换成文本的操作。

（2）文本转换成表格。在 Word 2007 中，可以将用段落标记、制表符、逗号和其他字符隔开的文本转换为表格，但要求各数据的分隔符必须相同，具体操作步骤如下。

① 选定要转换为表格的文本。

② 单击"插入"选项卡的"表格"组中的"表格"按钮（▦），在弹出的"表格"下拉列表中选择"文本转换成表格"命令，弹出"将文字转换成表格"对话框，如图 2-96 所示。

③ 根据需要进行相应项的设置。

④ 单击"确定"按钮，即可完成将文本转换成表格的操作。

3.7.3　表格数据排序

在 Word 2007 中，其列表或表格中的文本、数字或数据可以按升序（如 A～Z、0～9，或最早到最晚的日期）进行排序，也可以按降序（如 Z～A，9～0，或最晚到最早的日期）进行排序，具体操作步骤如下。

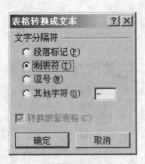

图 3-95　"表格转换成文本"对话框

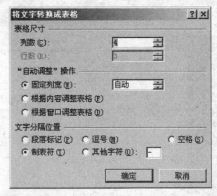

图 3-96　"将文字转换成表格"对话框

① 将插入点移到要排序的表格中。

② 单击"布局"选项卡的"数据"组中的"排序"按钮（ ），弹出的"排序"对话框如图 3-97 所示。

③ 在"主要关键字"下拉列表中，选择作为第一排序依据的列名称。

④ 在"类型"下拉列表中选择该列的数据类型，例如，"笔画"、"拼音"、"数字"或"日期"等。

⑤ 选择"升序"或"降序"。

⑥ 单击"确定"按钮。

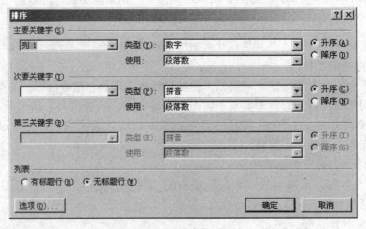

图 3-97　"排序"对话框

 注意

要进行排序的表格中不能有合并后的单元格，否则无法进行排序。

本章小结

1. Word 2007 基础知识
● Word 2007 的启动与退出。
● 新建 Word 2007 文档的方法。
2. 汉字输入方法

（1）智能 ABC 输入法：用小写字母输入汉字的拼音，使用"空格"键结束。若所需的字、词已经出现在当前的重码框中，直接按所需的字、词左面的数字即可。若在重码框中没有出现所需的字、词，就需要翻页查找。

（2）五笔字型输入法：五笔字型输入法无论是字还是词输入码均为 4 码，不够 4 码加空格。

- 键名：连击 4 下。
- 成字字根：字根所在键 + 第 1 码 + 第 2 码 + 末码。
- 两字词：每字第 1，2 码，共 4 码。
- 三字词：第 1，2 字第 1 码，第 3 字第 1，2 码，共 4 码。
- 四字词：每字第 1 码，共 4 码。
- 多字词：第 1，2，3 字，末字第 1 码，共 4 码。

3. Word 2007 基本编辑功能

- 打开 Word 2007 文档。
- 定位光标与选定文本：根据文档的需要可以进行移动、复制和删除文本操作，撤销与恢复操作，查找与替换操作，以及插入符号和特殊符号的操作。

4. Word 2007 基本排版功能

- 设置字符格式：包括选择字体、字形与字号，使用颜色、粗体、斜体、下画线和删除线等。
- 设置段落格式：主要对文本的段落对齐、段落缩进、段落间距等进行设置。
- 设置项目符号与编号。

5. Word 2007 页面设置与文档打印

- 设置页面格式：主要对文档所用纸型和版心文字的页边距等进行设置。
- 分页、分节和分栏排版的方法。
- 设置页眉和页脚，插入页码。
- 文档预览与打印。

6. 美化文档

- 在文档中设置页面背景的方法。
- 在文档中插入图片的方法。
- 在文档中制作艺术字的方法。
- 在文档中使用文本框的方法。
- 在文档中设置首字下沉的方法。
- 在文档中设置边框和底纹的方法。

7. Word 2007 表格制作功能

- 创建表格的方法。
- 编辑与调整表格：包括输入文本，调整行高和列宽，单元格的合并、拆分与删除。
- 文本和表格之间的转换：包括表格转换成文字，文字转换成表格。
- 对表格数据进行处理。
- 设置表格自动套用格式的方法。

 练习题

一、填空题

1. 在 Word 2007 编辑状态下，快速访问工具栏中的 按钮代表的功能是＿＿＿＿＿＿。

2. 选定已经设置了粗体、斜体和带下画线的文本后，单击"开始"选项卡的"字体"组中的＿＿＿＿、＿＿＿＿和＿＿＿＿按钮，可以取消文本的粗体、斜体和带下画线格式。

3. 利用快捷键＿＿＿＿＿＿可以复制文档内容；利用快捷键＿＿＿＿＿＿可以粘贴文档内容。

4. 一旦设置项目符号后，每按一次_____键，都会在下一行的行首自动添加一个项目符号，再次单击_____按钮可以结束这种状态。

5. 在 Word 2007 编辑状态下，可以利用"页面布局"选项卡的_____组_____按钮来设置每页的页边距。

6. 要想设置文档的背景，应该使用_____选项卡_____组来设置。

7. 打开一个已有的文档，在修改后单击_____按钮，选择_____选项，既可以保留修改前的文档，又可以得到一个修改后的新文档。

8. 要想隐藏或显示 Enter 键换行标记，可以通过"开始"选项卡_____组来设置。

二、写出下列操作方法

1. 写出保存新建 Word 2007 文档的一般方法。
2. 写出打开 Word 2007 文档的一般方法。
3. 写出使用鼠标拖动法移动文本的一般方法。
4. 写出使用剪贴板复制文本的一般方法。
5. 写出设置段落对齐方式的一般方法。
6. 写出设置段落间距的一般方法。
7. 写出新建表格的一般方法。
8. 写出在表格中插入列的方法。
9. 写出设置列宽的一般方法。
10. 写出合并单元格的一般方法。
11. 写出拆分单元格的一般方法。
12. 写出设置表格边框的一般方法。
13. 写出插入剪贴画的一般方法。
14. 写出插入艺术字的一般方法。

三、简述题

1. 试比较复制文本与移动文本的区别。
2. 试比较段落的左缩进、右缩进、首行缩进和悬挂缩进的区别。
3. 试比较分散对齐和两端对齐的区别。

第 4 章 电子表格软件 Excel 2007

Excel 2007 中文版是一款出色的电子表格软件，它具有用户界面友好、操作简单、易学易用等特点。除了具备一般电子表格软件的功能外，还包括绘图、文档处理、数据清单的管理、商业统计图表等功能。因此，Excel 2007 应用软件必将在我们的工作中起着越来越大的作用。

【本章学习目标】
- 了解 Excel 2007 的特点
- 掌握 Excel 2007 的基本操作
- 掌握编辑工作表
- 掌握格式化工作表
- 掌握公式与函数
- 掌握图表的应用
- 掌握数据管理

4.1 Excel 2007 概述

本节主要介绍 Excel 2007 的工作窗口。

启动了 Excel 2007 后，弹出如图 4-1 所示的 Excel 2007 的工作窗口。该窗口主要由标题栏、Microsoft Office 按钮、功能区、名称框与编辑栏、工作表区、滚动条、工作表标签，以及状态栏等部分组成。

1. 标题栏

屏幕最顶端的是标题栏，用于显示应用程序名 Microsoft Excel 和工作簿名称。启动 Excel 时，将弹出一个默认名称为"Book1"的新工作簿。在其中输入信息后，需要保存工作簿时可以另取一个更直观的名称。

2. 名称框与编辑栏

工作表编辑区的上方有一个名称框和一个编辑栏，其中，名称框用来定义单元格或区域的名称，或者根据名称查找单元格或区域，如果没有定义名称，在名称框中只显示活动单元格的引用；编辑栏用来显示活动单元格中的数据或公式，当向某个单元格中输入数据时，该数据将显示在两个地方，即编辑栏和活动单元格中。

3. 行/列号

行号是位于各行左侧灰色编号区中的数字。单击行号可以选定工作表中的整行单元格，如果用鼠标右键单击行号，将弹出一个用于编辑行的快捷菜单。如果要增减某一行的高度，拖动该行行号下端的边线即可。

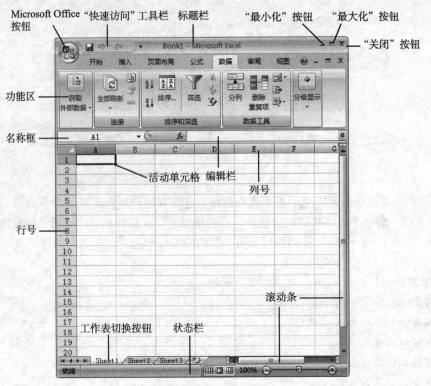

图 4－1　Excel 2007 的工作窗口

列号是位于各列上方的灰色编号区中的字母。单击列标可以选定工作表中的整列单元格，如果用鼠标右键单击列标，将弹出相应的快捷菜单。如果要增减某一列的宽度，拖动该列的列标右侧的边线即可。

4. 工作簿与工作表

在日常生活中，大家都会阅读一些书籍。当拿到一本书时，首先看到的是书名，打开这本书会看到书的目录，以后才是各章的内容，而各章的内容可以是文字、图形、表格等。在 Excel 系统中，一个工作簿文件类似于一本书，在其中又会包含许多工作表，这些工作表可以存储不同类型的数据。

工作簿是指 Excel 用来存储并处理工作数据的文件。在一个工作簿中，可以拥有多个具有不同类型的工作表。默认情况下，每个工作簿文件由 3 个工作表组成，用户可以根据需要插入新的工作表，这些工作表分别以 Sheet1、Sheet2、…、Sheet$X$ 来命名。工作表的名称显示在工作簿文件窗口底部的标签中。在标签中单击工作表的名称，可以在不同的工作表之间切换。

工作表是由 16 384 列和 1 048 576 行所构成的一个表格。其中，每一行的列标由 A～Z，AA、AB、…、AZ，BA、BB、…、ZZ，AAA、AAB、…、AZZ，BAA、BAB、…、XFD 表示，每一列的行号由 1、2、3、…、1 048 576 表示。行和列的每一个交叉部分所构成的单元格，由它的行列引用来标记。

注意

在一个工作簿文件中，无论具有多少个工作表，只需将工作簿文件保存起来即可，而不是按照工作表的个数保存。

5. 滚动条

滚动条是指沿着窗口右边和底边的阴影条。在工作表中使用滚动条可以来回移动位置，滚动块的位置用来指示当前窗口中显示的工作表在整个工作表的相对位置。若要快速地滚动到工作表的另一位置，拖动该滚动块即可完成。

6. 状态栏

状态栏位于应用程序窗口的底部，用于提供有关选定命令或操作进程的信息。例如，当用户正在编辑单元格内容时，在状态栏上会显示"编辑"字样。

4.2 Excel 2007 的基本操作

4.2.1 文件操作

1. 创建新工作簿

创建空白工作簿方法：单击窗口左上角的"Microsoft Office"按钮（），从弹出的菜单中选择"新建"命令，弹出的"新建工作簿"对话框如图4-2所示，选中"空工作簿"图标后单击"创建"按钮，从而创建一个空白工作簿。

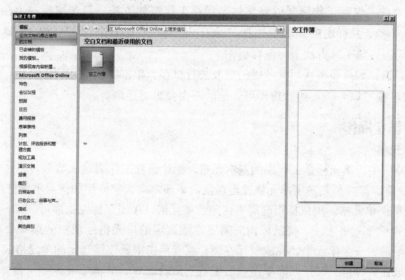

图4-2 "新建工作簿"对话框

2. 打开已有工作簿

如果要对已保存在本地或网络的工作簿进行编辑，使用"打开"命令即可打开指定的工作簿文件。打开的方式有很多种，也可以有多个选项可供选择，既可以打开原始文件，也可以打开其副本，还可以将文件以只读方式打开。具体打开方法和打开 Word 2007 方法相同。

3. 保存工作簿

对工作簿进行处理时，它被存放在计算机的内存中。当突然掉电或死机等意外情况发生时，就会丢失已完成的工作数据等，而造成不必要的损失。为了避免这类情况的发生，在工作一段时间后要保存文件。

（1）直接保存工作簿。保存新建工作簿的操作步骤如下。

① 单击"快速访问工具栏"中的"保存"按钮（），弹出如图4-3所示的"另存为"对话框。

② 在"文件名"文本框中输入一个文件名。

③ 在"保存位置"下拉列表中选择要保存这个文件的驱动器和文件夹。

④ 在"保存类型"下拉列表中选择此文件的保存类型。默认的保存类型为"Excel 工作簿（＊.xlsx）"。

⑤ 单击"保存"按钮。

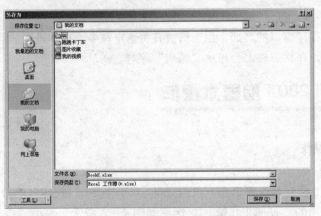

图 4 – 3 　"另存为"对话框

（2）以新文件名保存工作簿。以新文件名保存工作簿的方法：单击窗口左上角的"Microsoft Office"按钮（ ），从弹出的菜单中选择"另存为"命令（或按"F12"键），弹出"另存为"对话框，此时可以按第 1 种方法进行保存操作。

　　工作簿保存后，如果要再次对其所做的更改进行保存，单击"快速访问工具栏"中的"保存"按钮（ 📄 ）或者按"Ctrl ＋ S"组合键即可，这时不会弹出对话框。

4.2.2　选定操作

1. 选定单元格

　　在 Excel 2007 中，单元格是工作表的基本元素，无论是在工作表输入数据，还是在使用大部分 Excel 2007 命令前，都必须先选定单元格或者对象。下面将向大家介绍如何对单元格进行选定。

　　（1）选定单个单元格。用鼠标指向需要选定的单元格，单击鼠标左键即可。

　　（2）选定连续单元格区域。将鼠标指向需要连续选定的单元格区域中的第一个单元格，按住鼠标左键拖动至最后一个单元格，释放鼠标左键；或者单击需要连续选定的单元格区域左上角的第一个单元格，按住"Shift"键，同时单击该区域右下角的最后一个单元格。

　　（3）选定不连续单元格区域。

　　① 单击需要选定的不连续单元格区域中的任意一个单元格。

　　② 按住"Ctrl"键，单击需选定的其他单元格。

　　③ 重复上一步，直到选定最后一个单元格。如图 4 – 4 所示，不连续的单元格就被选定了。

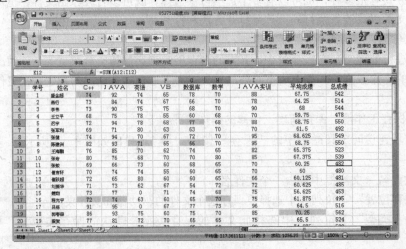

图 4 – 4 　选定不连续单元格

（4）选定局部连续总体不连续的单元格。

① 单击第一个连续区域的第一个单元格，按住"Shift"键，同时单击该区域的最后一个单元格，以选定第一个连续区域。

② 松开"Shift"键，按住"Ctrl"键，同时单击第二个连续区域的第一个单元格，再松开"Ctrl"键，按住 Shift 键，单击该区域的最后一个单元格，以选定第二个连续区域。

③ 重复以上两步，直到把所有需要选定的区域都选上。如图 4-5 所示，局部连续总体不连续的单元格就被选定了。

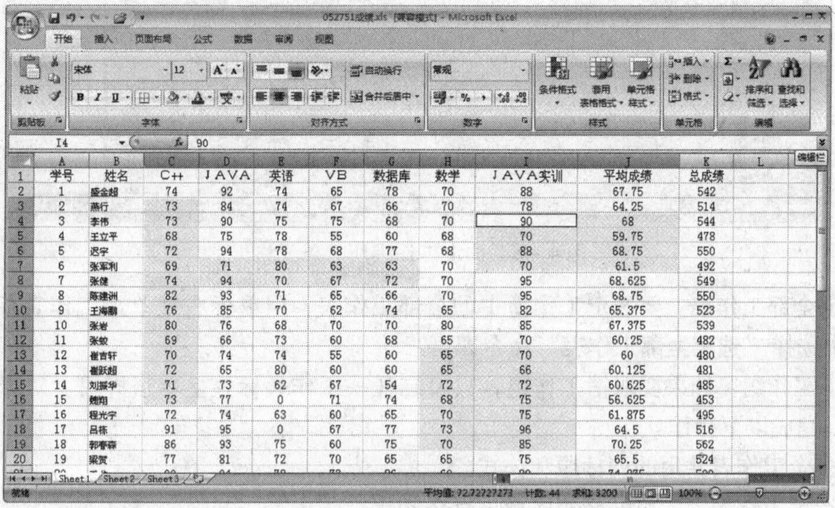

图 4-5　选定局部连续总体不连续单元格

（5）选定行或列。

- 单击行号或列号即可选定单行或单列。
- 单击连续行（或列）区域中的第一行的行（或列）号，按住"Shift"键，然后单击连续行（或列）区域中的最后一行（或一列）的行（或列）号，从而选定连续行（或列）。
- 如果要选定局部连续总体不连续的行（或列），只要按住"Ctrl"键，然后依次选定需要选定的行（或列）即可。

（6）选定所有单元格。有以下两种方法选定所有单元格。

- 将鼠标指向工作表左上角行号与列号相交处并单击，可选定全部单元格。
- 按"Ctrl + A"组合键，可选定全部单元格。

图 4-6 所示为选定工作表中所有的单元格。

2. 在工作簿中选定工作表

用户可以在一个工作簿中选定一个或多个工作表，通过选定多个工作表可以实现同时对它们进行的处理。

（1）选定单个工作表。要选定单个工作表，只需单击某个工作表标签将其变成当前活动工作表即可。

（2）选定多个工作表。用户能够选定若干个工作表使其成为"工作组"，可以选定相邻的工作表，也可以选定不相邻的工作表。

- 相邻工作表的选定：必须先单击想要选定的第一个工作表标签，按住"Shift"键，然后单击最后一个工作表标签。
- 不相邻工作表的选定：必须先单击想要选定的第一个工作表标签，按住"Ctrl"键，然后分别单击需要的工作表标签即可。

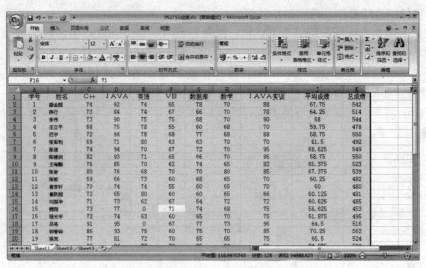

图 4-6　选定工作表所有单元格

（3）选定全部工作表。要选定工作簿中的全部工作表，用鼠标右键单击工作表标签，在弹出的快捷菜单中选择"选定全部工作表"命令即可。

（4）取消工作组。如果要取消工作组，只要在任一工作表标签上单击即可。对于选定的工作表，用户可以完成以下操作。

- 输入多个工作表共用的列标题和公式。
- 针对选定工作表上的单元格和区域进行格式化。
- 一次隐藏或者删除数个工作表。

4.2.3　输入数据

1. 输入文本

Excel 中的文本通常是指字符，或者是任意数字和字符的组合。任何输入到单元格内的字符，只要不被系统解释成数字、公式、日期、时间、逻辑值，则一律视为文本。在输入文本以前，只要先选定单元格即可开始输入文本内容，其中按"Tab"键确认，按"Esc"键取消。

此外，还可以采用以下方法。

- 按"Enter"键，使活动单元格下移一行。
- 使用任何一个光标移动键，将活动单元格移动到上、下、左、右的位置。
- 单击编辑栏前面的"输入"按钮（✓）。

2. 输入数字

在 Excel 中，只有 0~9，+，-，（,），/，\$,%，（.），E，e 等字符才能作为数字输入。只要单击需要输入的单元格，即可使用键盘输入数字。输入数字后，默认的对齐方式为右对齐。在输入数字中，Excel 将忽略数字前面的正号（+），并将单个句点（.）视为小数点。所有其他数字与非数字的组合均以文本处理。

🐝 注意

在输入一个分数时应该先输入一个"0"及一个空格，然后再输入该分数，例如，输入"1/10"时应输入"0 1/10"。在输入身份证号时需在每个号码前添加一个"'"，例如，输入"110105196203191146"时应输入"'110105196203191146"。

3. 输入日期和时间

当在单元格中输入可识别的日期和时间数据时，单元格的格式就会自动转换为相应的"日期"

或者"时间"格式。在输入日期和时间数据时，可以按照下列规则进行。

（1）如果使用 12 小时制的时钟显示时间，则需要输入 AM 或 PM，如 6：00 PM。但在时间与字母之间必须包括一个空格。如果不输入 AM 或 PM，则自动使用 24 小时制显示时间，如 18：00。

（2）可以在同一个单元格中输入日期和时间，但两者之间必须用空格分隔，如 2004/3/2 19：00。

（3）输入日期时，可以使用斜杠（/）或连字符（−）来分隔年、月、日。例如，2006 − 3 − 18，2008/7/1。

4. 自动填充数据

在输入内容到一个工作表的时候，为避免重复输入数据，只要在行（或列）序列（如年份、月份、星期等）中输入第一个数据，就可以使用自动填充功能完成该序列其他数据的输入。

自动填充数据的操作步骤如下。

（1）单击某一单元格，并输入"星期一"。

（2）将鼠标指针指向该单元格右下角的填充柄，鼠标指针变为黑色的"＋"形。

（3）按住鼠标左键向右拖动，到达目标单元格后松开鼠标左键，即可自动完成序列的输入。其效果如图 4 − 7 所示。

图 4 − 7　自动填充行

用同样的方法可以完成自动填充列，如图 4 − 8 所示。

一般情况下，对数字和文本的自动填充相当于复制。而对数字和文本的混合填充则可以按序列进行填充，如图 4 − 7 和图 4 − 8 所示。如果要对数字进行按序列填充，或者要复制数字和文本的混合，可在填充的同时按住"Ctrl"键；另外，还可以通过单击填充完成后单元格区域右下角出现的"自动填充选项"按钮（▦），用于进行不同方式的填充。

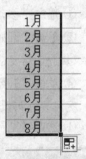

图 4 − 8　自动填充列

4.2.4　撤销和恢复操作

如果在编辑过程中出现误操作，怎么办？不用怕，Excel 2007 中提供了"撤销"和"恢复"功能。利用它们能够取消或恢复最近一次或多次的操作，恢复到执行这些操作前的状态。

- 单击"快速访问工具栏"上的"撤销"按钮（⟲ ▾），可撤销上一次操作或从下拉列表中选择的多步操作。
- 单击"快速访问工具栏"上的"恢复"按钮（⟳ ▾），可恢复上一次操作或从下拉列表中选择的多步操作。

4.3　编辑工作表

4.3.1　编辑单元格

1. 编辑和清除单元格的数据

（1）编辑单元格的数据。Excel 2007 为用户提供了以下两种编辑单元格数据的方法。

- 在单元格内编辑。选定要编辑的单元格，按"F2"键或者双击该单元格，然后直接输入数据。如果单元格中已有数据，则以新的数据代替。
- 在编辑栏内编辑。选定要编辑的单元格，编辑栏中显示出单元格中的数据。单击编辑栏后，就可以在编辑栏中对单元格中的数据进行编辑。

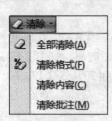

图4-9 "清除"菜单

（2）清除单元格数据。和删除单元格不同，清除单元格只是从工作表中删除了该单元格的内容，而不改变单元格的位置；删除单元格是将选定的单元格从工作表中删除，并改变了单元格的位置。

清除单元格的操作步骤如下。

① 选定要清除的单元格。

② 单击"开始"选项卡的"编辑"组中的"清除"按钮（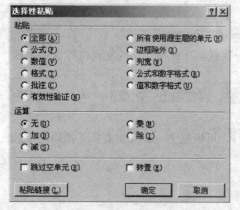 这里应为小图标），弹出如图4-9所示的菜单。

③ 从"清除"菜单中可以选择4种清除方式中的任意一种。

这4种清除方式的含义如下。

- 全部清除：清除选定单元格中的全部内容和格式，包括批注和超链接。
- 清除格式：只清除选定单元格中的格式，其单元格内容不变。
- 清除内容：只清除选定单元格中的内容（包括数据和公式），其单元格格式不变。
- 清除批注：只清除选定单元格中的批注，其单元格的内容和格式都不改变。

如果只想清除单元格中的内容，可以使用如下的方法：选定要清除的单元格，然后单击鼠标右键，从弹出的快捷菜单中选择"清除内容"命令，或按"Del"键。

2. 移动和复制单元格

（1）利用功能区的工具栏按钮移动或复制。

① 选定要移动或复制的单元格区域。

② 单击"开始"选项卡"剪贴板"组中的"剪切"按钮（✂）或"复制"按钮（📋）。

③ 选定需要粘贴的目标单元格。

④ 单击"开始"选项卡"剪贴板"组中的"粘贴"按钮（📋）。

另外，还可以通过执行"选择性粘贴"命令实现有选择地复制单元格，其操作步骤如下。

① 选定要复制的单元格区域。

② 单击"开始"选项卡"剪贴板"组中的"复制"按钮（📋），将其数据复制到剪贴板中。

③ 选定粘贴区域左上角的单元格。

④ 单击"开始"选项卡"剪贴板"组中的"粘贴"按钮（📋）下面的向下箭头，在弹出的"粘贴"下拉列表选择"选择性粘贴"命令，弹出如图4-10所示的"选择性粘贴"对话框。

⑤ 从"粘贴"区中选择所要的粘贴方式。

⑥ 单击"确定"按钮。

图4-10 "选择性粘贴"对话框

"选择性粘贴"还有一个重要的"转置"功能。所谓"转置"，就是可以完成行、列数据的位置转换。

（2）使用鼠标拖动的方法移动或复制单元格。

- 使用鼠标拖动的方法移动单元格：选定要移动的单元格区域，将鼠标移动到选定的单元格区域的边缘，拖动鼠标指针到要移动到的新位置上，然后释放鼠标。

🐝 **注意**

在选定单元格区域的右下角有一个特殊标记称为"填充句柄"。在移动单元格数据时，要避开填充句柄。

- 使用鼠标拖动的方法复制单元格：使用鼠标拖放的方法复制单元格数据与移动单元格数据

的方法相似，只是在拖动鼠标时要按住"Ctrl"键。

3. 插入和删除操作

（1）插入单元格。

① 选定要插入单元格的位置，Excel 2007 将根据被选单元格数目决定插入单元格的个数。

② 单击"开始"选项卡的"单元格"组中的"插入"按钮（  ）下面的向下箭头，弹出的"插入"下拉列表如图 4 – 11 所示，选择其中的"插入单元格"命令，弹出如图 4 – 12 所示的"插入"对话框。

图 4 – 11 "插入"下拉列表   图 4 – 12 "插入"对话框

③ 在"插入"对话框中选择相应的选项。

④ 单击"确定"按钮。

（2）插入行。

① 在将插入新行的位置任意选定一个单元格，或单击行号选定一整行。

② 选择图 4 – 11 所示的"插入工作表行"命令。

③ 在当前的位置插入一空行，已存在的行自动下移。

（3）插入列。

① 在将插入新列的位置任意选定一个单元格，或单击列号选定一整列。

② 选择图 4 – 11 所示的"插入工作表列"命令。

③ 在当前的位置插入一整列，已存在的列自动向右移动。

（4）删除单元格。

① 选定要删除单元格或区域。

② 单击"开始"选项卡"单元格"组中的"删除"按钮（  ）下面的向下箭头，弹出的"删除"下拉列表如图 4 – 13 所示，选择其中的"删除单元格"命令，弹出如图 4 – 14 所示的"删除"对话框。

图 4 – 13 "删除"下拉列表   图 4 – 14 "删除"对话框

③ 在"删除"对话框中选择相应的选项。

④ 单击"确定"按钮。

（5）删除行。

① 单击要删除的行号以选定一整行。

② 选择图4-13所示的"删除工作表行"命令。

③ 被选定的行将从工作表中消失，其下方的行向上移动。

（6）删除列。

① 单击要删除的列标以选定一整列。

② 选择图4-13所示的"删除工作表列"命令。

③ 被选定的列将从工作表中消失，其右侧的列向左移动。

4. 查找与替换操作

（1）选定查找或替换区域。在进行查找或替换操作前，应该先选定一个搜索区域。

- 如果选定一个单元格，则在当前工作表内进行搜索。
- 如果选定一个单元格区域，则只在该区域内进行搜索。
- 如果已选定多个工作表，则在多个工作表中进行搜索。

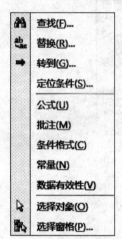

（2）查找操作。

① 单击"开始"选项卡的"编辑"组中的"查找和选择"按钮（ ）右侧的向下箭头，弹出的"查找和选择"下拉列表如图4-15所示，选择其中的"查找"命令，弹出如图4-16所示的"查找和替换"对话框中的"查找"选项卡。

② 在"查找内容"框中输入要查找的信息。

③ 单击"查找下一个"按钮，则查找下一个符合搜索条件的单元格，而且这个单元格成为活动单元格。

（3）替换操作。

图4-15 "查找和选择"下拉列表

① 单击"开始"选项卡的"编辑"组中的"查找和选择"按钮（ ）右侧的向下箭头，弹出的"查找和选择"下拉列表如图4-15所示，选择其中的"替换"命令，弹出如图4-17所示的"查找和替换"对话框中的"替换"选项卡。

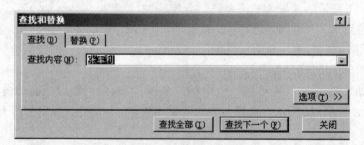

图4-16 "查找和替换"对话框中的"查找"选项卡

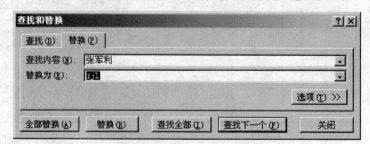

图4-17 "查找和替换"对话框中的"替换"选项卡

② 在"查找内容"和"替换为"框中分别输入要查找的数据和要替换的数据。

③ 单击"替换"按钮，则替换查找到的单元格数据；单击"全部替换"按钮，则替换整个工

作表中所有符合搜索条件的单元格数据。

5. 给单元格加批注

给单元格加的批注并不能成为工作表的一部分，只是对此单元格中的内容进行注释，从而使该单元格中的信息更容易记忆，更突出单元格中的数据。

添加批注的操作步骤如下。

（1）选定要添加批注的单元格。

（2）单击"审阅"选项卡的"批注"组中的"新建批注"按钮（ ），弹出如图 4 - 18 所示的"批注"对话框。

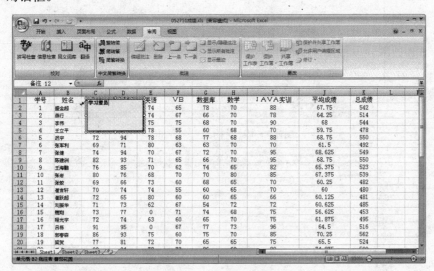

图 4 - 18 "批注"对话框

（3）在"批注"对话框中输入注释文本。在添加了批注的单元格右上角有一个小红点，当鼠标移到该单元格时将显示批注内容。

6. 单元格命名

默认情况下，单元格的地址就是它的名称，如 A1、B2、C3 等。用户也可以根据自己的需要给单元格和单元格区域另外命名，使单元格更容易记忆及快速定位单元格。

给单元格命名的步骤如下。

（1）选定要定义名称的单元格或单元格区域。

（2）单击"名称框"，在框中输入新定义的名称。

（3）按"Enter"键完成命名。

4.3.2 编辑工作表

1. 激活工作表

有以下 3 种方法可以激活工作表。

- 用鼠标单击工作簿底部的工作表标签。
- 按"Ctrl + PgUp"组合键，激活当前页的前一页工作表。按"Ctrl + PgDn"组合键，激活当前页的后一页工作表。
- 使用鼠标右键激活工作表。

2. 插入工作表

默认情况下，在新的工作簿中含有 3 个工作表，它们分别以"Sheet1"、"Sheet2"、"Sheet3"命名，而在实际工作中用户可能需要添加一个或多个工作表。在工作簿中添加一个工作表的方法：首先用鼠标右键单击要插入工作表的标签（例如，"Sheet2"工作表标签），在弹出的快捷菜单中选择"插入"命令，弹出的"插入"对话框如图 4 - 19 所示。单击"确定"按钮，一张新的工作表被插入到活动工作表前，同时被命名为"Sheet4"，如图 4 - 20 所示，新插入的工作表变成了当前活动工作表。

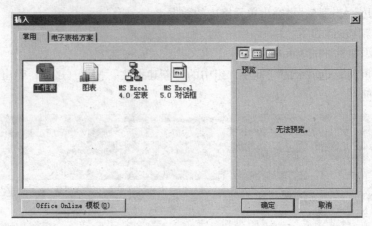

图 4 - 19 "插入"对话框

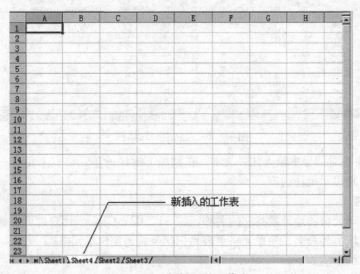

图 4 - 20 新插入的工作表

3. 删除工作表

在工作簿中删除一个工作表的步骤如下。

（1）用鼠标右键单击要删除的工作表标签，在弹出的快捷菜单中选择"删除"命令。

（2）选择该命令后，如果工作表包含数据，将弹出如图 4 - 21 所示的警告框。

图 4 - 21 警告框

（3）单击"删除"按钮后工作表被删除，同时另一张工作表变成当前活动工作表。

4. 复制或移动工作表

（1）使用快捷菜单复制工作表。

① 打开用于接收工作表的工作簿。

② 切换到包含要复制工作表的工作簿中，并单击要复制的工作表标签。

③ 用鼠标右键单击要复制的工作表标签，在弹出的快捷菜单中选择"移动或复制工作表"命令，弹出的"移动或复制工作表"对话框如图 4 – 22 所示。

④ 在"工作簿"下拉列表选择用于接收工作表的工作簿名。

⑤ 在"下列选定工作表之前"列表框中，选择工作表的位置。

⑥ 选择"建立副本"复选框（注意如果是移动工作表，不选择"建立副本"复选框）。

图 4 – 22　"移动或复制工作表"
对话框

⑦ 单击"确定"按钮。

提示：使用该方法相当于插入一张含有数据的新表，该工作表的名称以源工作表的名称 + "（2）"命名。

（2）使用鼠标复制工作表。

① 单击要复制（或移动）的工作表标签。

② 按住"Ctrl"键（注意如果是移动工作表，不需要按住"Ctrl"键），并沿着标签行拖动选定的工作表到新的位置。在拖动过程中，屏幕上会出现一个黑色的三角形，用来指示工作表要被插入的位置。

③ 松开鼠标左键，即可将工作表复制（或移动）到新的位置。

此方法适合在一个工作簿中复制（或移动）工作表。

5. 重命名工作表

在 Excel 2007 中新建一个工作簿时，所有的工作表都以"Sheet1"、"Sheet2"、"Sheet3"等命名，用户也可以根据需要重新命名工作表，具体步骤如下。

（1）选中要重命名的工作表。

（2）用鼠标双击工作表标签，或者在该工作表标签上单击鼠标右键，从弹出的快捷菜单中选择"重命名"命令。此时，该标签上的名称以反白显示。

（3）输入新的工作表名称，然后在标签外单击或者按"Enter"键。

6. 拆分工作表

工作表中经常会建立一些较大的表格，而在对其编辑的过程中用户可能希望同时看到表格的不同部分，此时可以用 Excel 2007 中为用户提供的拆分工作表的功能实现此目的。下面来分别介绍拆分工作表的两种方式。

（1）横向拆分工作表。首先，将鼠标指针指向水平拆分框（见图 4 – 23）上，按下鼠标左键拖动拆分框到自己满意的位置后松开鼠标左键，即可完成对窗口的横向拆分。拆分后的工作表如图 4 – 23 所示。

（2）纵向拆分工作表。首先，将鼠标指针指向垂直拆分框（见图 4 – 23）上，按下鼠标左键拖动拆分框到自己满意的位置后松开鼠标左键，即可完成对窗口的纵向拆分。拆分后的工作表如图 4 – 25 所示。

7. 隐藏工作表

如果不希望别人查看某些工作表，可以把这些工作表隐藏起来。具体操作步骤如下。

（1）激活要隐藏的工作表。

（2）用鼠标右键单击要隐藏的工作表标签，在弹出的快捷菜单中选择"隐藏"命令，则此工作表被隐藏。

图 4－23　滚动条上的拆分框

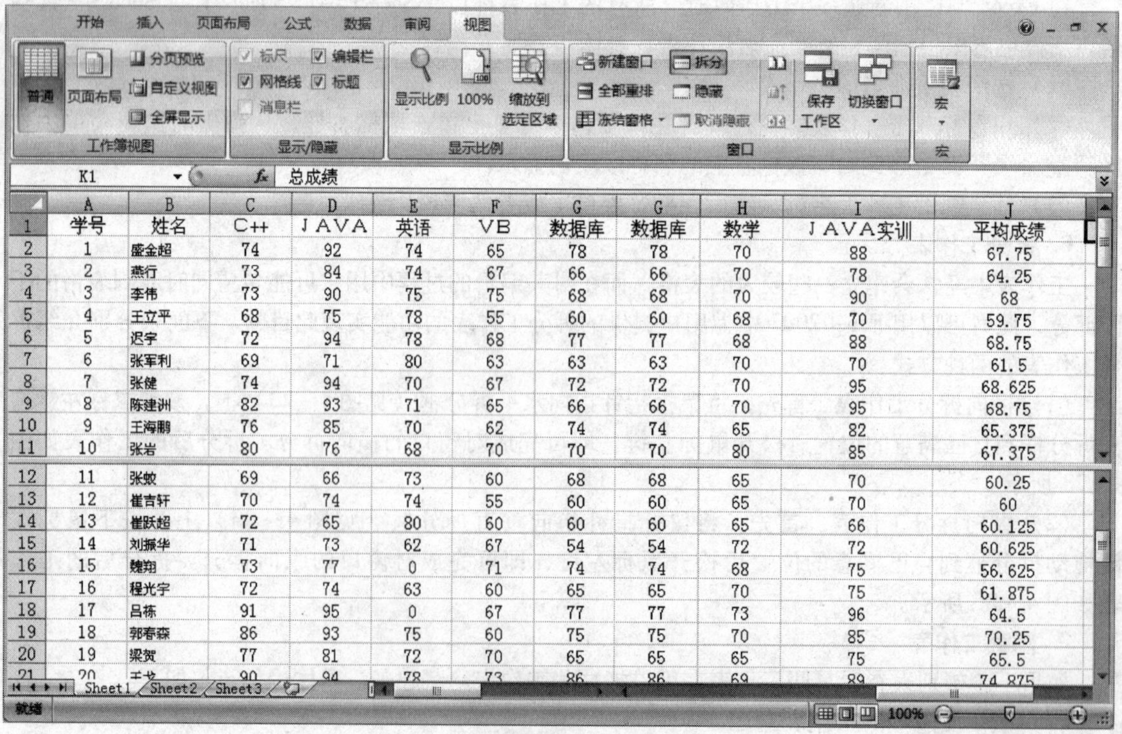

图 4－24　横向拆分后的工作表

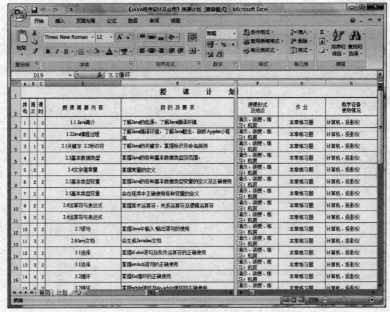

图 4 – 25　纵向拆分后的工作表

（3）若要取消隐藏的工作表，可用鼠标右键单击工作表标签，在弹出的快捷菜单中选择"取消隐藏"命令，弹出的"取消隐藏"对话框如图 4 – 26 所示。

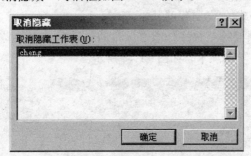

图 4 – 26　"取消隐藏"对话框

（4）选择所要取消隐藏的工作表，单击"确定"按钮，即可取消工作表的隐藏。

4.4　格式化工作表

4.4.1　设置字符格式

1. 使用"格式"工具设置

（1）选定要设置格式的文本。

（2）单击"开始"选项卡的"字体"组中的"字体"（ 宋体 ）、"字号"（ 12 ）、"加粗"（ **B** ）、倾斜（ *I* ）、下画线（ U ）等图标，设置需要的字符格式。

2. 使用"字体"对话框设置

（1）选定要设置格式的文本。

（2）单击"开始"选项卡的"字体"组右下角的"字体"对话框启动器按钮（ ），弹出的"设置单元格式"对话框如图 4 – 27 所示。

（3）在"字体"选项卡中，根据需要进行字符格式的设置。

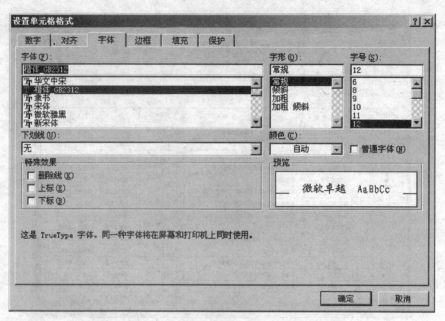

图 4 - 27　设置"单元格格式"对话框

4.4.2　设置数字格式

使用对话框设置数字格式的步骤如下。

（1）选定要设置数字格式的单元格和区域。

（2）单击"开始"选项卡的"数字"组右下角的对话框启动器按钮（□），弹出"设置单元格格式"对话框中的"数字"选项卡，如图 4 - 28 所示。

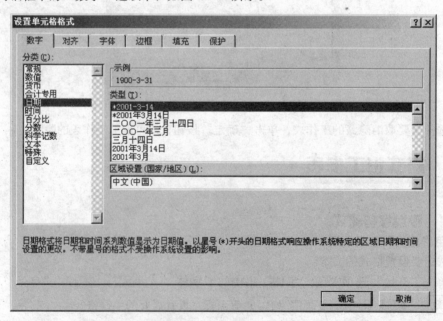

图 4 - 28　"数字"选项卡

（3）在"分类"列表框中单击某选项，然后选定需要的数字格式，在"示例"框可以预览设置的效果。

（4）单击"确定"按钮。

4.4.3　调整行高和列宽

1. 调整行高

（1）使用鼠标调整行高。要调整某一行的高度时，单击并拖动行号间的分隔线即可。用鼠标双击行号分隔线，Excel 2007 会自动调整行高以适应该行中最大的字体。

（2）精确调整行高。

精确调整行高的具体操作步骤如下。

① 选定要调整行高的行。

② 单击"开始"选项卡的"单元格"组中的"格式"按钮（　）下方的向下箭头，弹出的"格式"下拉列表如图 4－29 所示，选择其中的"行高"命令，弹出如图 4－30 所示的"行高"对话框。

③ 在"行高"框中输入一个精确值，单击"确定"按钮。

用户在"格式"下拉列表中选择"自动调整行高"命令，Excel 可以根据该行中最大字体的高度来自动改变该行的行高。

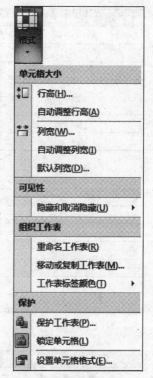

图 4－29　"格式"
下拉列表

2. 调整列宽

（1）使用鼠标调整列宽。要调整某一列的宽度时，单击并拖动列标间的分隔线即可。用鼠标双击列标右分隔线，Excel 会自动调整列宽以满足该列中内容最多的单元格的显示。

（2）精确调整列宽。

精确调整列宽的具体操作步骤如下。

① 选定要调整列宽的列。

② 单击"开始"选项卡的"单元格"组中的"格式"按钮（　）下方的向下箭头，弹出的"格式"下拉列表如图 4－29 所示，选择其中的"列宽"命令，弹出如图 4－31 所示的"列宽"对话框。

③ 在"列宽"框中输入一个精确值，单击"确定"按钮。

用户也可以在"格式"下拉列表中选择"自动调整列宽"命令，快速调整列宽以容纳所选单元格的内容。

图 4－30　"行高"对话框

图 4－31　"列宽"对话框

4.5　公式与函数

4.5.1　公式

1. 运算符

公式中的数据用运算符连接，并进行运算。在 Excel 2007 公式中使用的运算符可以分为以下 4 种类型。

（1）算术运算符。算术运算符可以完成基本的数学运算，如表 4－1 所示列出了可以使用的算术运算符。

（2）比较运算符。比较运算符可以比较两个数值并产生逻辑值 TRUE（真）或 FALSE（假），如表4-2所示列出了比较运算符及举例。

（3）文本运算符。文本运算符可以将一个或多个文本连接为一个组合文本，如表4-3所示列出了文本运算符及举例。

表4-1　算术运算符及举例

操　作	举　例	结　果	含　义
+	= 1 + 50	51	加
−	= 100 − 50	50	减
•	= 3 * 4	12	乘
/	= 5/2	2.5	除
%	= 10%	0.10	百分号
^	= 5^2	25	乘方
−	−6	−6	负号

表4-2　比较运算符及举例

操　作	举　例	含　义
=	A2 = B1	等于
<	A2 < B1	小于
>	A2 > B1	大于
< =	A2 < = B1	小于等于
> =	A2 > = B1	大于等于
< >	A2 < > B1	不等于

表4-3　文本运算符及举例

操　作	含　义	举　例	结　果
&	文字连接	="计算机"&"系统"	计算机系统
&	单元格同文字连接	= B6&"系统"	计算机系统（假设单元格 B6 中的内容是"计算机"）

（4）引用运算符。引用运算符可以将单元格区域合并计算，如表4-4所示列出了引用运算符及含义。

表4-4　引用运算符及含义

操　作	含　义
:（冒号）	区域运算符：用于对两个引用在内的所有单元格进行引用
,（逗号）	联合运算符：用于将多个引用合并为一个引用
（空格）	交叉运算符：用于产生同时属于两个引用的单元格区域的引用

在有些公式中可能包含有加法、乘法、除法、乘方等多种混合运算，这就要求必须了解运算符的运算优先级。如果是同一级运算，则按照从左到右逐步计算；对于不是同一级运算的公式，则按照运算符的优先级进行计算。常用运算符的运算优先级，如表4-5所示。

表4-5　常用运算符的运算优先级

运　算　符（优先级从高到低）	说　明	运　算　符（优先级从高到低）	说　明
:（冒号）	区域运算符	^	乘方
,（逗号）	联合运算符	* 和 /	乘和除
（空格）	交叉运算符	+ 和 −	加和减
−	负号	&	文本运算符
%	百分号	=，>，<，> =，< =，< >	比较运算符

2. 输入公式

输入公式十分简单，下面举例说明输入公式的具体步骤。

（1）创建一个如图 4 - 32 所示的工作表。

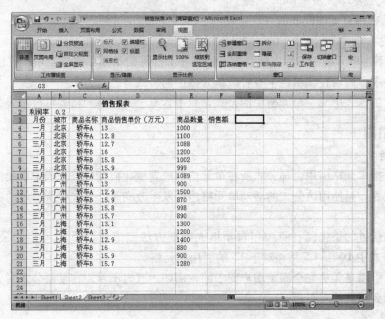

图 4 - 32 新建的工作表

（2）单击单元格 F4。

（3）再输入公式：= D4 * E4，然后按 "Enter" 键，如图 4 - 33 所示。

图 4 - 33 输入公式

（4）其余几项用自动填充数据方法完成。

另一种输入该公式的方法，具体操作步骤如下。

（1）单击单元格 F4 后，输入 " = "。

（2）单击单元格 D4，该单元格周围出现闪烁的边框，同时在 F4 单元格中插入了对该 D4 单元格的引用。

（3）再输入一个"＊"。

（4）单击单元格 E4，按"Enter"键。

（5）其余几项用自动填充数据方法完成。

3. 显示公式

Excel 2007 不在单元格中显示实际公式，而只显示计算的结果。当然，用户可以将光标移到含有公式的单元格中，然后在编辑栏中查看该单元格中的公式。

如果要查看工作表中某一单元格中的公式，双击含有公式的单元格即可显示公式。

4.5.2　引用

1. 相对引用

相对引用是指单元格引用会随公式所在单元格的位置变化而变化，公式中单元格的地址是当前单元格的相对位置。当使用该公式的活动单元格地址发生改变时，公式中所引用的单元格地址也相应地发生变化。

例如，上面所讲的销售额计算中用自动填充数据方法完成后，F5 单元格的公式变为 ＝ D5 ＊ E5，这是因为公式中 D5 和 E5 是相对于 F5 的引用单元格。

只使用相对引用是无法完全满足用户要求的，例如，有时不希望在复制公式时公式中的引用也随其改变，这就要用到绝对引用。

2. 绝对引用

绝对引用是指引用特定位置的单元格，公式中引用的单元格地址不随当前单元格的位置改变而改变。使用时，在单元格地址的列号和行号前增加一个"＄"字符。

例如，在"销售报表"中增加一列"利润额"，利润额 ＝ 销售额×利润率，由于表中商品的利润率一样，都为 B2 单元格中的数值，所以在 G4 中输入公式：＝ H4 ＊ ＄ B ＄ 2，其余几项用自动填充数据方法完成后，发现公式中"销售额"单元格的地址随"利润"单元格的位置改变而改变，而利润率单元格的地址不变，如图 4 – 34 所示。

图 4 – 34　绝对引用

3. 混合引用

除了相对引用和绝对引用以外，根据实际情况，公式中可以同时包含相对引用和绝对引用，即混合引用。例如，＄A1、A＄1 都是混合引用，其中＄A1 表示列地址不变，行地址变化；而 A＄1 表示行地址不变，列地址变化。

4.5.3 函数

1. 函数的输入

函数是一些已经定义好的公式，大多数函数是经常要使用的公式的简写形式。函数由函数名和参数组成，其一般格式为：

函数名（参数）

输入函数有两种方法：一种是在单元格中直接输入函数；另一种是使用"插入函数"对话框输入函数。其中，第一种方法与在单元格输入一个公式的方法相同，只需先输入一个"＝"，然后输入函数本身即可。

下面以求"销售报表"中的销售额合计为例讲解如何使用"插入函数"对话框输入函数。

插入函数的具体操作步骤如下。

（1）单击图 4–34 的 F22 单元格。

（2）单击"输入函数"按钮（ fx ），弹出的"插入函数"对话框如图 4–35 所示。

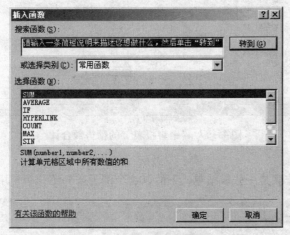

图 4–35 "插入函数"对话框

（3）在"或选择类别"下拉列表中选择"常用函数"。

（4）在"选择函数"列表框中选择 SUM 函数。

（5）单击"确定"按钮，弹出的"函数参数"对话框如图 4–36 所示。

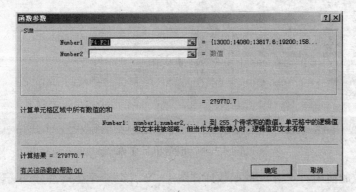

图 4–36 "函数参数"对话框

（6）在 Number1 框中输入 F4：F21；或单击 Number1 输入框右边的"拾取"按钮（），从工作表中选择单元格区域为 F4：F21。在 Number1 右边的框中输入单元格名称后，如果还需求其他单元格的和，可以单击 Number2 框（这时又出现 Number3）输入单元格名称，如此继续操作，便可求出多个单元格值的总和。

（7）单击"确定"按钮，结果如图4-37所示。

图4-37　"销售报表"的销售额合计

2. 常用函数的使用

图4-38所示的工作表是一张成绩单，下面以这个例子来介绍几个常用函数的使用。

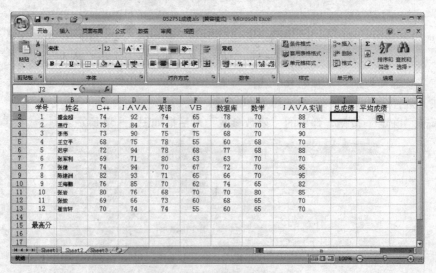

图4-38　成绩单工作表

（1）SUM 函数的使用。使用 SUM 函数计算图4-38中每个学生的总分，其步骤如下。

① 单击 J2 单元格。

② 单击"插入函数"按钮（），弹出的"插入函数"对话框如图 4 – 35 所示。

③ 在"选择函数"列表框中选择 SUM 函数，单击"确定"按钮。

④ 在弹出的对话框中，单击 SUM 选项组中参数输入栏右边的工作表按钮，切换到工作表。

⑤ 在工作表中单击 C2 单元格，弹出活动选定框。按下鼠标左键拖动活动选定框，选中 C2：I2 单元格区域。

⑥ 再单击按钮，切换到"函数参数"对话框。在选项组中单击"确定"按钮，J2 单元格中就显示出了盛金超同学的总成绩，如图 4 – 39 所示。

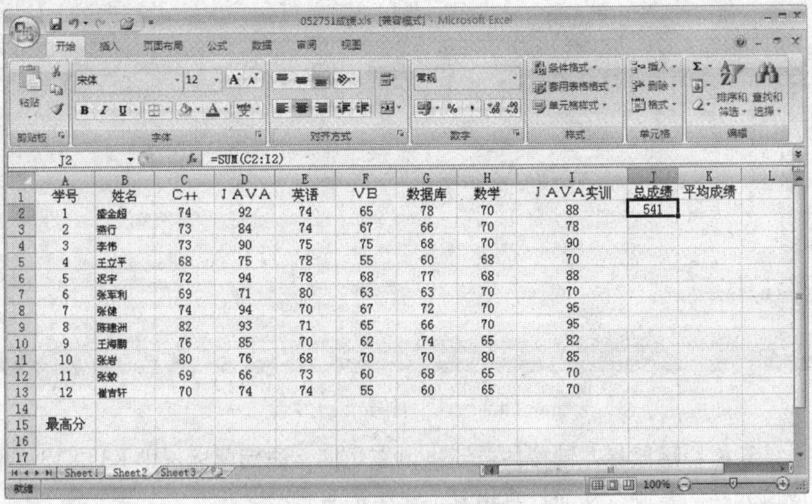

图 4 – 39　计算盛金超同学的总分

⑦ 单击 J2 单元格，用鼠标左键按住单元格填充句柄，拖动鼠标选中 J3：J13 单元格区域，然后释放鼠标完成单元格的复制，从而计算出其他学生的总分。结果如图 4 – 40 所示。

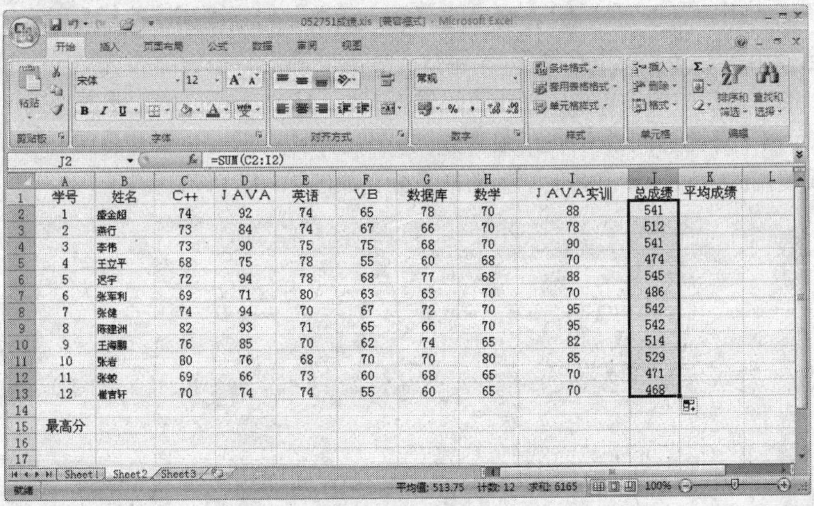

图 4 – 40　计算其他学生的总分

（2）AVERAGE 函数的使用。使用 AVERAGE 函数计算学生的平均成绩，其步骤如下。

① 选定 K2 单元格区域。

② 单击"插入函数"按钮（），弹出的"插入函数"对话框如图 4 – 35 所示。

③ 在"选择函数"列表框中选择 AVERAGE 函数，单击"确定"按钮。

④ 在弹出的对话框中，单击 AVERAGE 选项组中参数输入栏右边的工作表按钮，切换到工作表。

⑤ 在工作表中单击 C2 单元格，弹出活动选定框。按下鼠标左键拖动活动选定框，选中 C2：I2 单元格区域。

⑥ 再单击 ![] 按钮，切换到"函数参数"对话框。在选项组中单击"确定"按钮，K2 单元格中就显示出了盛金超同学的平均成绩，如图 4-41 所示。

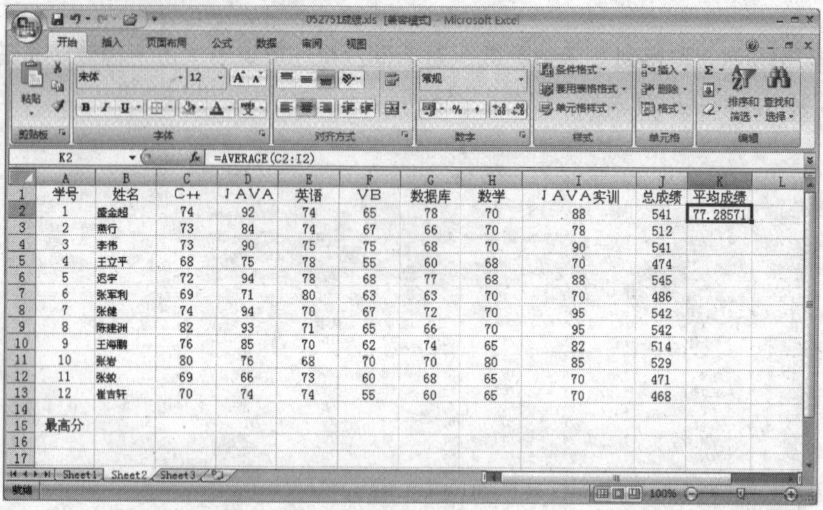

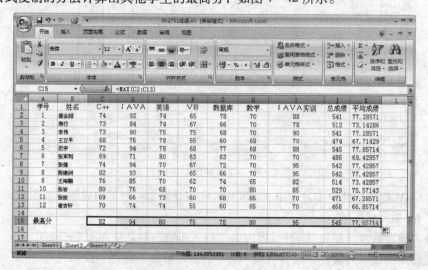

图 4-41　计算平均分

⑦ 单击 K2 单元格，用鼠标左键按住单元格填充句柄，拖动鼠标选中 K3：K13 单元格区域，然后释放鼠标完成单元格的复制，从而计算出其他学生的平均分。

（3）MAX 函数的使用。

下面用 MAX 函数计算每门课程包括总成绩和平均成绩的最高分。

① 选定 C15 单元格区域。

② 单击"插入函数"按钮（![]），弹出的"插入函数"对话框如图 4-35 所示。

③ 在"选择函数"列表框中选择 MAX 函数，单击"确定"按钮。

④ 在弹出的对话框中的参数输入栏中直接输入 C2：C13 单元格区域，单击"确定"按钮，C15 单元格中就显示出了陈建洲同学 C ++ 的最高分。

⑤ 用公式复制的方法计算出其他学生的最高分，如图 4-42 所示。

图 4-42　计算最高分

4.6 图表

4.6.1 创建图表

Excel 2007 的图表有两种形式，一种是嵌入图表，它与数据在同一个工作表内；另一种是图表工作表，它单独占据一个工作表。

创建图表的操作步骤如下。

（1）在工作表中选定要创建图表的区域，如图 4-43 所示。

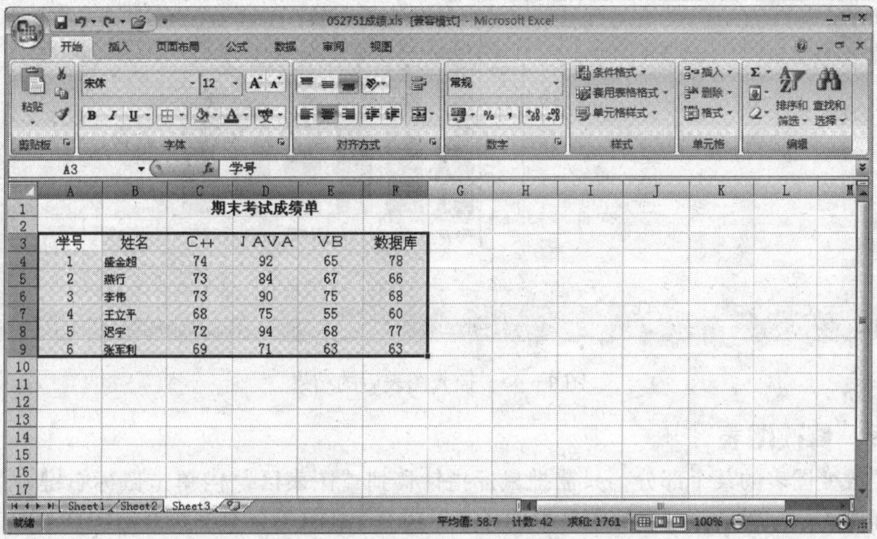

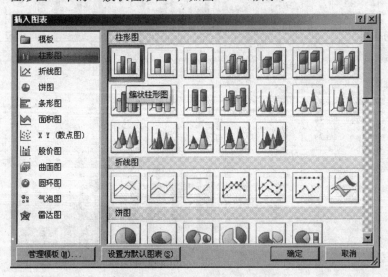

图 4-43 选定要创建图表的区域

（2）单击"插入"选项卡的"图表"组右下角的对话框启动器按钮（ ），弹出"插入图表"对话框，选择"柱形图"中的"簇状柱形图"，如图 4-44 所示。

图 4-44 "插入图表"对话框

（3）单击"确定"按钮，从而完成插入图表的工作，结果如图 4-45 所示。

（4）如果对图表的大小和插入的位置不满意，可以用鼠标调整。

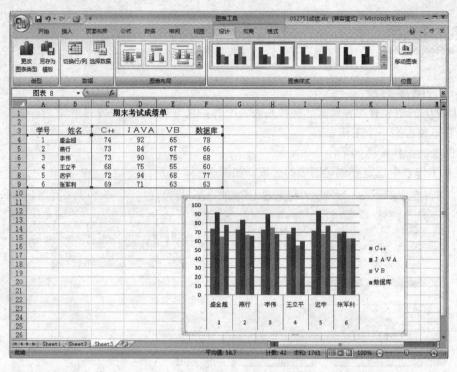

图4-45　插入图表后的结果

4.6.2　修改图表

如果要改变图表的某个部分，只需把鼠标指针移到"图表区"内单击鼠标右键，立即弹出的快捷菜单如图4-46所示。在快捷菜单中选择需要的命令，就可以打开该对话框修改图表。修改方法与建立图表的方法相同。

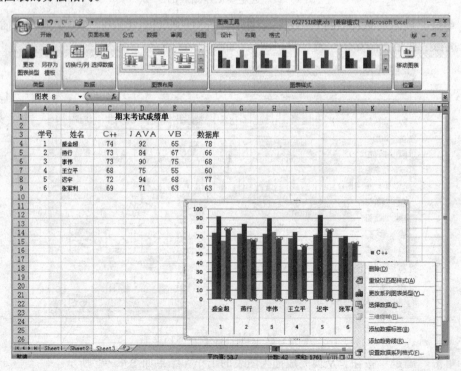

图4-46　"图表区"快捷菜单

4.7　数据管理

4.7.1　数据排序

数据清单是包含一系列相关数据的工作表数据行。对于新建的数据清单来说，它的数据排列顺序是按照记录输入的先后顺序排列的，没有任何规律。利用 Excel 2007 的"排序"功能，我们可以根据某个特定列内容来重排数据清单中的行。

所谓排序，就是根据数值或数据类型来排列数据清单中的记录。在 Excel 2007 中，对工作表中的数据进行排序有以下几种方法。

1．升序排序

如果我们想在如图 4-47 所示的学生成绩表中，按照总成绩的高低对数据清单进行按列升序排列，可以按以下操作步骤进行设置。

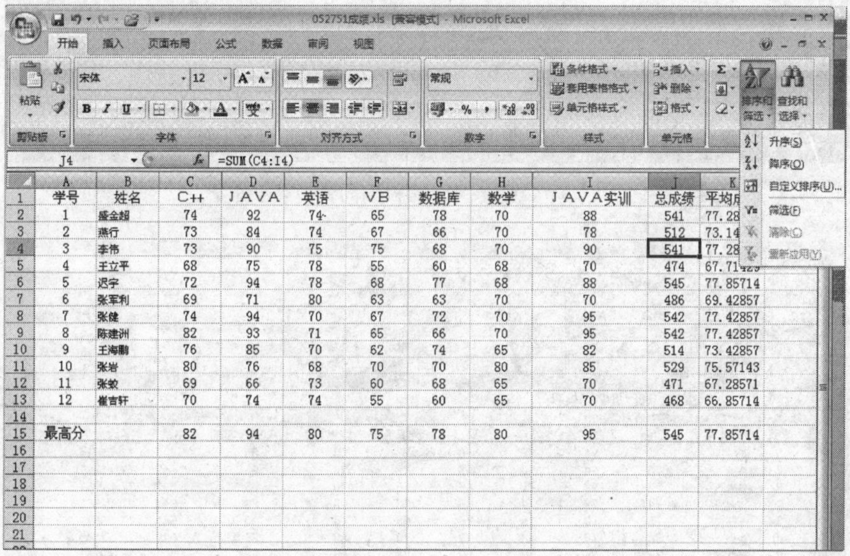

图 4-47　学生成绩表

（1）单击"总成绩"列中的任意单元格。

（2）单击"开始"选项卡的"编辑"组中的"排序和筛选"按钮（🔣）右侧的向下箭头，弹出"排序和筛选"下拉列表，选择其中的"升序"命令（🔼）即可。最后结果如图 4-48 所示。

2．降序排序

如果我们想在如图 4-47 所示的学生成绩表中，按照总成绩的高低对数据清单进行按列降序排列，可以按以下操作步骤进行设置。

（1）单击"总成绩"列中的任意单元格。

（2）单击"开始"选项卡的"编辑"组中的"排序和筛选"按钮（🔣）右侧的向下箭头，弹出"排序和筛选"下拉列表，选择其中的"降序"命令（🔽）即可。最后结果如图 4-49 所示。

3．根据多列内容进行排序

假如我们需要排列的条件不止一个，可以使用多个条件进行排列。

（1）在数据清单中，单击任意单元格。

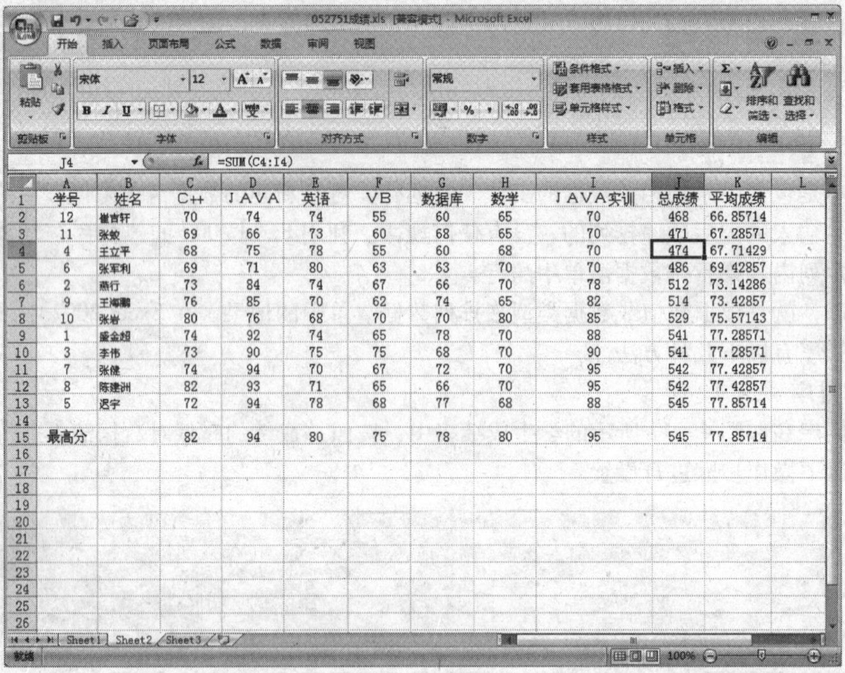

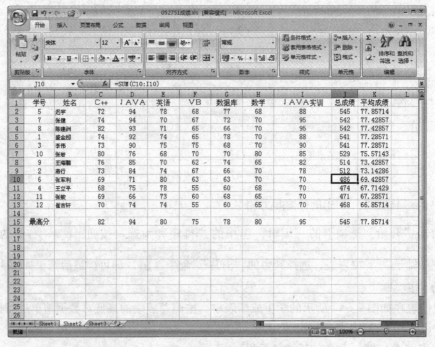

学号	姓名	C++	JAVA	英语	VB	数据库	数学	JAVA实训	总成绩	平均成绩
12	崔吉轩	70	74	74	55	60	65	70	468	66.85714
11	张蚊	69	66	73	60	68	65	70	471	67.28571
4	王立平	68	75	78	55	60	68	70	474	67.71429
6	张军利	69	71	80	63	63	70	70	486	69.42857
2	燕行	73	84	74	67	66	70	78	512	73.14286
9	王海鹏	76	85	70	62	74	65	82	514	73.42857
10	张岩	80	76	68	70	70	80	85	529	75.57143
1	盛金超	74	92	74	65	78	70	88	541	77.28571
3	李伟	73	90	75	75	68	70	90	541	77.28571
7	张健	74	94	70	67	72	70	95	542	77.42857
8	陈建洲	82	93	71	65	66	70	95	542	77.42857
5	迟宇	72	94	78	68	77	68	88	545	77.85714
最高分		82	94	80	75	78	80	95	545	77.85714

图4-48　升序排序

学号	姓名	C++	JAVA	英语	VB	数据库	数学	JAVA实训	总成绩	平均成绩
5	迟宇	72	94	78	68	77	68	88	545	77.85714
7	张健	74	94	70	67	72	70	95	542	77.42857
8	陈建洲	82	93	71	65	66	70	95	542	77.42857
1	盛金超	74	92	74	65	78	70	88	541	77.28571
3	李伟	73	90	75	75	68	70	90	541	77.28571
10	张岩	80	76	68	70	70	80	85	529	75.57143
9	王海鹏	76	85	70	62	74	65	82	514	73.42857
2	燕行	73	84	74	67	66	70	78	512	73.14286
6	张军利	69	71	80	63	63	70	70	486	69.42857
4	王立平	68	75	78	55	60	68	70	474	67.71429
11	张蚊	69	66	73	60	68	65	70	471	67.28571
12	崔吉轩	70	74	74	55	60	65	70	468	66.85714
最高分		82	94	80	75	78	80	95	545	77.85714

图4-49　降序排序

（2）单击“开始”选项卡的“编辑”组中的“排序和筛选”按钮（　）右侧的向下箭头，弹出“排序和筛选”下拉列表，选择其中的“自定义排序”命令（　），在弹出的“排序”对话框中单击“添加条件”按钮（　）。

（3）在“主要关键字”和“次要关键字”下拉列表中选择需要排序的列，如图4-50所示。

（4）选定所需的其他排序选项，然后单击“确定”按钮，排序的结果如图4-51所示。

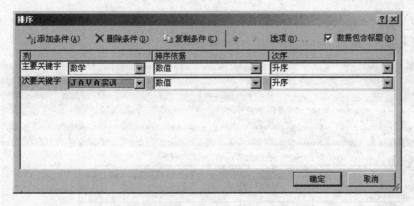

图 4 – 50 "排序"对话框

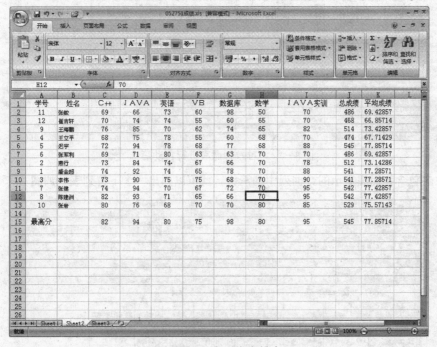

图 4 – 51 多列内容排序

从结果可以看出,当"数学"成绩相同时,按"JAVA 实训"成绩进行了排序。

4.7.2 筛选数据

对于一个较大的数据清单,要想快速地找到自己所需的数据不太容易。通过筛选数据清单可以只显示满足条件的数据记录,将其他一些暂时不用的数据记录隐藏起来。这样,操作就会很方便。Excel 2007 提供两种筛选命令,即自动筛选和高级筛选。

* 自动筛选:包括按选定内容筛选,它适用于简单条件。
* 高级筛选:适用于复杂条件。

与排序不同,筛选并不重排清单,筛选只是暂时隐藏不必显示的行。

1. 使用自动筛选器筛选数据

自动筛选的操作步骤如下。

(1)单击需要筛选的数据清单中的任意单元格。

(2)单击"开始"选项卡的"编辑"组中的"排序和筛选"按钮(![])右侧的向下箭头,

弹出"排序和筛选"下拉列表，选择其中的"筛选"命令（）后，在数据清单中每一列标记的旁边插入了向下箭头，如图4－52所示。

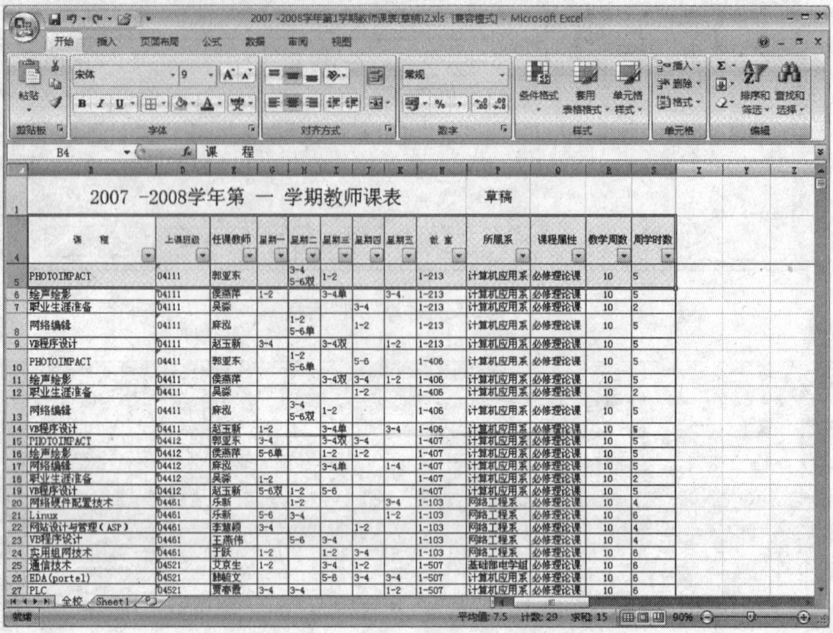

图4－52　对教师课表进行自动筛选

（3）单击包含我们想显示的数据列中的箭头，就可以弹出一个下拉列表，如图4－53所示。

图4－53　单击箭头后弹出的下拉列表

（4）选定要显示的项，在工作表中我们就可以看到筛选的结果，如图4－54所示。

（5）重复步骤3～步骤4，再次使用其他的项筛选数据清单。

2. 撤销筛选

以上面的已经对"上课班级"进行的筛选为例，如果我们要撤销筛选，可以单击"上课班级"下拉箭头，从中选择"全选"即可。

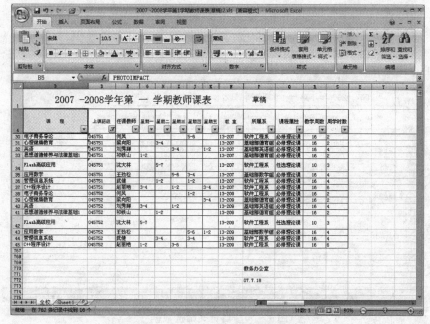

图 4 – 54   自动筛选器筛选数据

如果要撤销数据清单中的筛选箭头，请单击"开始"选项卡的"编辑"组中的"排序和筛选"按钮（ ）右侧的向下箭头，弹出"排序和筛选"下拉列表，再次选择其中的"筛选"命令（ ）即可。

3. 用自定义筛选数据

对于使用自动筛选器筛选数据中的第 4 步，我们还可以通过使用"自定义筛选"功能来实现条件筛选所需要的数据。

下面还是以"上课班级"的筛选为例来讲解具体操作步骤。

（1）单击需要筛选的数据清单中的任意单元格。

（2）单击"开始"选项卡的"编辑"组中的"排序和筛选"按钮（ ）右侧的向下箭头，弹出"排序和筛选"下拉列表，选择其中的"筛选"命令（ ），则在数据清单中每一列标记的旁边插入向下箭头。

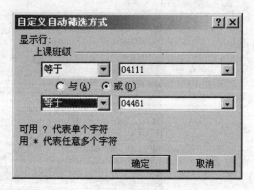

（3）单击包含我们所想显示的数据列中的箭头，就可以弹出一个下拉列表。

（4）单击"上课班级"下拉箭头，选择"文本筛选"中的"自定义筛选"命令，弹出如图4 – 55 所示的"自定义自动筛选方式"对话框。

图 4 – 55   "自定义自动筛选方式"对话框

（5）在第一行下拉列表里选择"等于"、"04111"项。

（6）在第二行下拉列表里选择"等于"、"04461"项。

（7）两个条件的关系，选择"或"单选按钮。

（8）单击"确定"按钮即可。

从图 4 – 56 中可以看到，"上课班级"为"04111"和"04461"的所有信息都被列出来了。

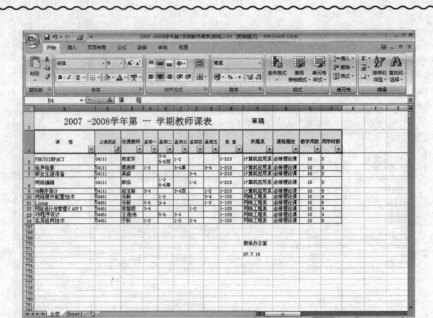

图 4 - 56　自定义筛选数据

4.7.3　分类汇总

我们前面已经学习了筛选和排序的操作，但在数据库中只知道这些操作是不够的。分类汇总是一种很重要的操作，它是对数据清单上的数据进行分析的一种方法。

注意

在进行自动分类汇总前，我们必须对数据清单进行排序，数据清单的第一行里必须有列标记。

1. 简单分类汇总

首先，在"商品名称"列中单击任意一个单元格，选择"升序"按钮（），如图 3 - 57所示。

图 4 - 57　升序排序

分类汇总的操作步骤如下。

（1）在数据清单中选定进行分类汇总单元格。

（2）单击"数据"选项卡的"分级显示"组中的"分类汇总"按钮（），弹出"分类汇总"对话框，如图 4-58 所示。

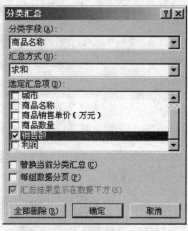

图 4-58 "分类汇总"对话框

（3）在"分类字段"下拉列表中选择"商品名称"命令。

（4）在"汇总方式"下拉列表中选择"求和"命令。

（5）在"选定汇总项"列表框中选择"销售额"项。

（6）选择"替换当前分类汇总"项。

（7）选择"汇总结果显示在数据下方"项。

（8）单击"确定"按钮，分类汇总后的数据清单如图4-59 所示。

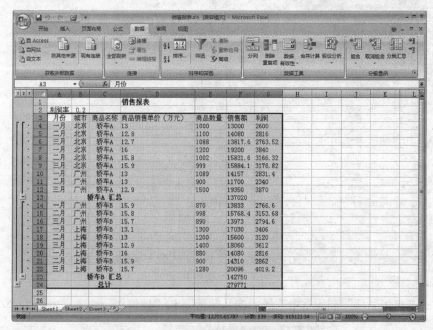

图 4-59 简单分类汇总

2. 多级分类汇总

要进行多级分类汇总，首先要进行多级排序，具体操作方法如下。

在数据清单中，单击任意单元格。再单击"开始"选项卡的"编辑"组中的"排序和筛选"按钮（ ）右侧的向下箭头，弹出"排序和筛选"下拉列表，选择其中的"自定义排序"命令（ ），在弹出的"排序"对话框中单击"添加条件"按钮（ ），在如图 4-60 所示的对话框里进行选择，排序后的结果如图 4-61 所示。

下面我们可以进行多级汇总了，请按如下步骤进行设置。

（1）在数据清单中选定要进行分类汇总的单元格。

（2）单击"数据"选项卡的"分级显示"组中的"分类汇总"按钮（ ），弹出"分类汇总"对话框。

（3）在"分类字段"下拉列表中选择"商品名称"命令。

（4）在"汇总方式"下拉列表中选择"求和"选项。

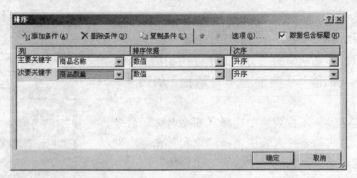

图4-60 "排序"对话框

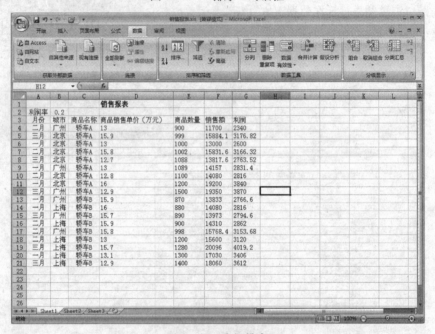

图4-61 多级排序

（5）在"选定汇总项"列表框中选择"商品数量"和"销售额"两项，如图4-62所示。

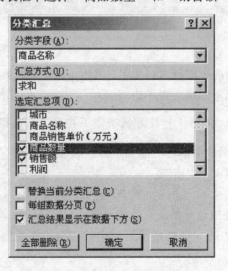

图4-62 "分类汇总"对话框

（6）单击"确定"按钮，从而完成多级分类汇总，结果如图 4 – 63 所示。

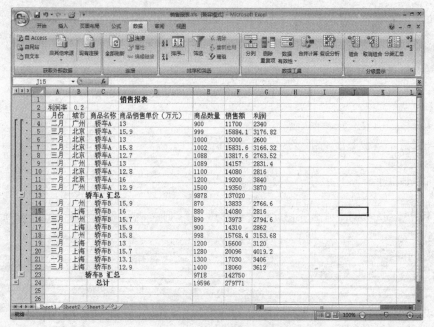

图 4 – 63　多级分类汇总

本 章 小 结

1. Excel 2007 的基本功能与操作

- Excel 2007 的主要功能：包括表格制作、数据运算、数据管理、创建图表等。
- Excel 2007 的启动和退出方法。
- Excel 2007 的窗口组成：包括标题栏、菜单栏、工具栏、编辑栏、滚动条、状态栏、工作簿与工作表等。

2. Excel 2007 的基本操作

（1）文件操作

- 创建新工作簿。
- 打开已有工作簿。
- 保存工作簿。
- 关闭工作簿。

（2）选定单元格操作

- 选定单个单元格。
- 选定连续单元格区域或不连续单元格区域。
- 选定行或列。
- 选定所有单元格。

（3）在工作簿中选定工作表

- 选定单个工作表。
- 选定多个工作表。
- 选定全部工作表。
- 取消工作组。

（4）输入数据

- 输入文本和数字。

- 输入日期和时间。
- 自动填充数据。
- 自定义序列。

（5）编辑工作表
- 编辑单元格。
- 清除单元格数据。
- 移动和复制单元格。
- 插入单元格，以及插入行和插入列。
- 删除单元格，以及删除行和删除列。
- 查找与替换操作。
- 给单元格加批注。
- 命名单元格。
- 编辑工作表：包括设置工作表的页数，激活工作表，插入、删除、移动、复制、重命名工作表、拆分与冻结、隐藏工作表。

3. 格式化工作表
- 设置字符、数字、日期及对齐格式。
- 调整行高、列宽。
- 设置边框。
- 设置底纹和颜色。

4. 公式与函数
- 公式中的运算符：包括算术运算符、比较运算符、文本运算符、引用运算符等。
- 输入公式：单击要输入公式的单元格，输入所要的公式，然后按"Enter"键。
- 引用：它分为相对引用、绝对引用和混合引用。
- 函数的输入：函数由函数名和参数组成。输入函数有两种方法，一种是在单元格中直接输入函数；另一种是使用"插入函数"对话框输入函数。

5. 图表的创建与编辑

6. 数据管理
- 数据排序：包括按列升序排序，按列降序排序，根据多列内容进行排序。
- 筛选数据：使用自动筛选器筛选数据，撤销筛选，用自定义筛选数据。
- 分类汇总：对数据进行排序后，可根据要求进行简单分类汇总和多级分类汇总。

 练习题

一、填空题

1. 表格中行和列相交的格称为_____，在单元格中既可以输入文本，也可以插入图形，还可以插入_____。

2. 当鼠标光标是"I"形时，选定一个空单元格应该_____击鼠标。

3. INT 是_____函数，COUNT 是_____函数。

4. Excel 2007 中用_____来显示工作表的名称和当前工作表在工作簿中的位置。

5. 在单元格中输入_____，系统默认为左对齐；输入_____，系统默认为右对齐；用户也可以自行设置对齐方式。

6. 用户选定所需的单元格或单元格区域后，在当前单元格或选定区域的右下角出现一个黑色方块，这个黑色方块称为_____。

7. Excel 2007 中新建的工作簿，系统默认有_____个工作表。

8. 若要选定区域 A1：C5 和 D3：E5，应_____。

9. 在 Excel 2007 中，复制一个工作表的方法是选中要复制的工作表，按住_____键，拖动鼠标到复制的位置，松开鼠标即可。

10. Excel 2007 单元格的引用是基于工作表的列标和行号，在进行绝对引用时，需在列标和行号前各加_____符号。

11. 在 Excel 2007 中，运算符^,%，＊，&，（），优先级最高的是_____。

12. Excel 2007 编辑栏中的"√"按钮表示_____。

13. 在 Excel 2007 中，选定若干不相邻单元格区域的方法是按下_____键的同时配合鼠标操作。

14. 在 Excel 2007 中，公式必须以_____开头。

二、简答题

1. 什么是工作簿？什么是工作表？两者有何区别？

2. 删除单元格和清除单元格有何区别？

3. 怎样选择相邻与不相邻的单元格区域？

4. 单元格引用的方式有几种？各是什么？

5. 如何在 Excel 窗口下打开一个工作簿文件？

6. 如何确定查找和替换操作的范围？

7. 进行分类汇总操作时要注意什么问题？

三、综合题

1. 创建一个工资簿文件。

序号	科别	姓名	职称	一月	二月	三月	四月	五月	六月	七月	八月	九月	十月	十一月	十二月	总计	平均工资
1	计算机科	王广	高级讲师	1 200	1 200	1 300	1 600	1 350	1 700	1 600	900	1 200	1 780	1 290	1 680		
2	专基科	张红艳	讲师	1 060	800	1 400	1 200	600	700	1 500	680	1 300	1 400	1 520	1 370		
3	机电科	高小宇	讲师	890	870	1 080	1 020	1 200	1 100	1 300	790	1 300	1 300	1 500	1 530		
4	专基科	李飞	助理讲师	700	560	560	720	780	760	900	630	1 010	1 080	1 200	1 200		
5	机电科	宋立国	高级讲师	1 300	1 340	1 430	1 400	1 500	1 560	1 500	920	1 600	1 580	1 520	1 590		
6	计算机科	郭双	助理讲师	720	710	600	780	710	730	1 000	610	1 200	800	1 080	1 300		

2. 插入一个标题行并输入"工资表"。

3. 设置标题"工资表"的格式：字体为楷体，字号为 18 号，合并居中。

4. 设置表格中的列标题：字体为楷体，字号为 12 号，粗体，居中，底纹为浅黄色，字体为红色。

5. 将表格中数据单元格区域设置为数值格式，保留两位小数，右对齐，其他单元格的内容居中。

6. 设置边框线：外边框为粗线，表格内部为细线。

7. 将 Sheet1 工作表命名为"工资"。

8. 用公式和函数计算总计和平均工资，结果分别放在相应的单元格中。

9. 使用工作表中的数据，利用"姓名"和"工资"（不含"总计"和"平均工资"行）的文字和数据制作某个人 12 个月的工资变化折线图，即创建一个三维簇状柱形图。

10. 使用数据清单，用"总计"为关键字，用"递减"方式排序。

11. 使用数据清单，筛选出"平均工资"小于 1 200 的行。

12. 以"职称"为分类字段，将"总计"项进行求和分类汇总，并建立各类职称工资和百分比饼图，插入到一个新的工作表 Sheet2 中。

13. 设标题和表头为打印标题。

14. 打开工作簿，单击"打印预览"按钮，观察打印结果。

15. 打印格式化后的工作表。

第5章 演示文稿软件 PowerPoint 2007

PowerPoint 2007 是 Microsoft 公司推出的 Office 办公软件中的组件之一，它是一种功能强大且可塑性强的图形文稿制作软件程序包。该文稿制作软件提供了在计算机上生成、显示和制作演示文稿、投影片、幻灯片的各种工具，同时在演示文稿中可以嵌入音频、视频剪辑及 Word 2007 或 Excel 2007 等其他应用程序的文档。

【本章学习目标】
- 掌握 PowerPoint 2007 的一些基本概念
- 掌握演示文稿的创建方法
- 掌握编辑演示文稿的一些基本操作
- 了解并掌握演示文稿的一些修饰的方法
- 掌握演示文稿的播放方法
- 掌握演示文稿的打印方法
- 了解演示文稿的打包方法

5.1 PowerPoint 2007 概述

5.1.1 PowerPoint 2007 的工作窗口

启动 PowerPoint 2007 后，弹出如图 5-1 所示的工作窗口。

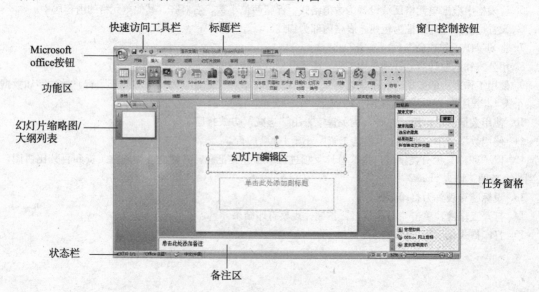

图 5-1 PowerPoint 2007 的工作窗口

PowerPoint 2007 的工作窗口与 Office 2007 其他组件的工作窗口类似，同样具有标题栏、快速访问工具栏、"Microsoft Office" 按钮、窗口控制按钮、功能区、幻灯片编辑区、任务窗格、备注区及状态栏等。对窗口的基本操作与对 Word 2007 或 Excel 2007 窗口的操作一样，下面主要介绍 PowerPoint 2007 特有的窗口元素的功能。

1. 幻灯片编辑区

主窗口中间最大的区域即为幻灯片编辑区，其中显示了幻灯片的具体对象。使用 PowerPoint 的目的就是在其中添加各种对象，并对其进行编辑处理。

2. 幻灯片缩略图/大纲列表

在主窗口的左侧有一个幻灯片缩略图/大纲列表，单击"幻灯片"选项卡，弹出如图 5-2 所示的幻灯片缩略图，可以用来预览各张幻灯片的大致效果，还可以在单张幻灯片中添加图形、影片和声音，并创建超链接及向其中添加动画等。单击"大纲列表"选项卡，弹出如图 5-3 所示的大纲编辑状态，可以用来组织和开发演示文稿中的内容，输入演示文稿中的所有文本，然后重新排列项目符号、段落和幻灯片。

图 5-2　幻灯片缩略图

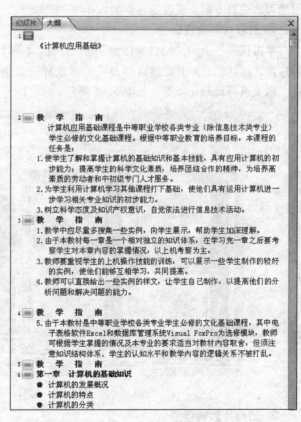

图 5-3　大纲列表

3. 备注区

备注区使得用户可以添加与观众共享的演说者备注或信息。如果需要在备注中含有图形，必须向备注页视图中添加备注。

4. 状态栏

Microsoft PowerPoint 2007 主窗口的底部有一个很实用的状态栏。在默认情况下，它提供了幻灯片编号、主题名称、语言等信息，以及一组"视图快捷方式"按钮、"显示比例"按钮、"缩放滑块"和"缩放至合适大小"按钮。

5.1.2　PowerPoint 2007 的视图方式

在 PowerPoint 2007 中提供了 4 种视图方式显示演示文稿，分别为普通视图、幻灯片浏览视图、幻灯片放映视图和备注页视图。在不同的视图状态下，演示文稿可以有不同的表现形式，每种视图各有所长，如果用户能够灵活地使用，将会大大提高操作效率。一般视图可以通过如图 5-4 所示的视图方式按钮切换，备注页视图可以通过单击"视图"选项卡的"演示文稿视图"组中的"备注页"按钮（▣）来切换。其中，最常使用的两种视图是普通视图和幻灯片浏览视图。

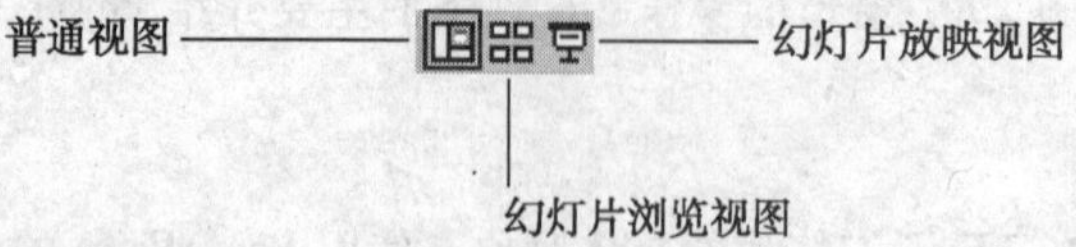

普通视图————⊞ 器 ☴————幻灯片放映视图

幻灯片浏览视图

图 5-4　视图方式按钮

1. 普通视图

图 5-1 是在普通视图方式下的 PowerPoint 2007 窗口，其中包含幻灯片缩略图/大纲列表窗格、幻灯片窗格、备注窗格和其他任务窗格共 4 种。这些窗格使用户可以在同一位置运用演示文稿的各种特征。在该视图方式下，可以输入或查看每张幻灯片的主题、小题及备注，并且可以移去幻灯片图像和备注页方框，或改变它们的大小。

2. 幻灯片浏览视图

单击任务栏上的"幻灯片浏览"视图按钮（器），可以在屏幕上同时看到演示文稿中的所有幻灯片，这些幻灯片是以缩略图显示的。这样可以很容易地在幻灯片之间添加、删除和移动幻灯片，以及选择动画切换等，如图 5-5 所示。

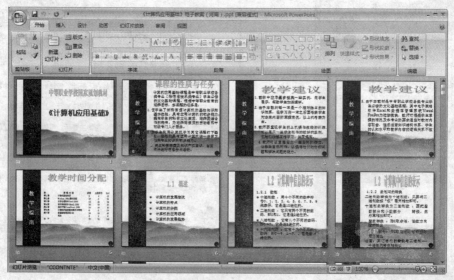

图 5-5　幻灯片浏览视图

3. 幻灯片放映视图

在幻灯片放映视图下可以将整张幻灯片的内容占满整个屏幕，这是演示文稿在计算机上的实际播放效果，也能体验到动画、视频和声音等多媒体效果。单击"幻灯片放映"视图按钮（▣），即可进入幻灯片放映视图，从而使演示文稿中的幻灯片按预设的方式一幅一幅地、动态地显示出来。

4. 备注页视图

备注页用于为演示文稿中的幻灯片提供备注，单击"视图"选项卡的"演示文稿视图"组中的"备注页"按钮（▣），切换到如图 5-6 所示的备注页视图，在该视图方式下可以查看或编辑每张幻灯片的备注信息。

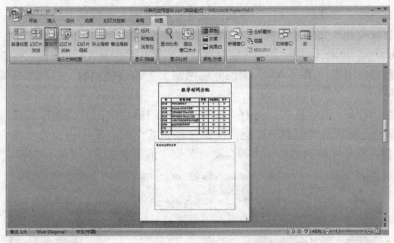

图 5-6　备注页视图

5.2　演示文稿的基本操作

启动 PowerPoint 2007 后，将自动创建一个暂命名为"演示文稿 1"的空白演示文稿。"空演示文稿"由不带任何模板设计，但带有布局格式的空白的幻灯片组成。这种方法给用户提供了最大的自由度，是使用最多的一种创建演示文稿的方式。在空白的幻灯片上，用户可以设计出具有鲜明个性的背景色彩、配色方案、文本格式和图片等对象，创建具有自己特色的演示文稿。

单击窗口左上角的"Microsoft Office"按钮（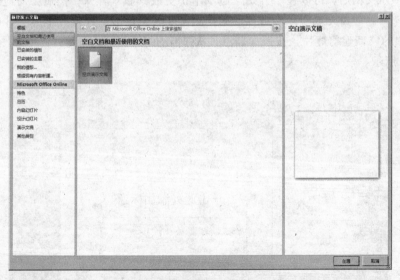），从弹出的菜单中选择"新建"命令，弹出的"新建演示文稿"对话框如图 5-7 所示。

图 5-7　"新建演示文稿"对话框

利用其中的选项可以以多种方法创建演示文稿，具体创建方法有以下几种。

- 创建空白演示文稿：从具备最小设计且未应用颜色的幻灯片开始创建演示文稿。
- 根据已安装的模板创建演示文稿：调用已经安装在本地硬盘上的模板来创建演示文稿，这些模板事先设置好了设计、字体和颜色方案等内容，只需更改其中的对象即可。
- 根据"我的模板"创建演示文稿：除了可以使用 PowerPoint 提供的模板外，用户也可以自定义模板，然后根据这些模板来创建演示文稿。

- 根据现有内容新建演示文稿：即在已经设计过的演示文稿基础上创建新演示文稿，创建时自动创建现有演示文稿的副本，以对新演示文稿进行设计或内容更改。
- 利用 Microsoft Office Online 上的模板创建演示文稿：Microsoft Office Online 上提供了大量演示文稿模板，可以从 Microsoft 公司的专题网站上下载这些模板，然后根据这些模板来创建演示文稿。

在"新建演示文稿"对话框中，选中"演示文稿"图标后单击"创建"按钮或者双击"演示文稿"图标，即可以默认版式创建一个空白演示文稿，其中只有文字占位符而没有其他对象，如图 5－8 所示。空白演示文稿的名称依次被自动命名为"演示文稿 1"、"演示文稿 2"等。

图 5－8　新建空白演示文稿

创建空白演示文稿后，可以在"开始"选项卡中更改其版式样式，然后在对应的占位符中插入文字或插入图片，即可完成一张幻灯片的制作。要继续新建幻灯片，可单击"开始"选项卡的"幻灯片"组中的"新建幻灯片"按钮（　），从弹出的幻灯片版式下拉列表中选择一种需要的版式，如图 5－9 所示。

图 5－9　选择幻灯片版式

安装了 PowerPoint 2007 时自动安装了"模板"和"主题"两种不同类型的模板，利用它们可以快速创建具有相应风格的演示文稿。"已安装的模板"主要是针对标准类型演示文稿而设计的框架结构，可以直接调用这类模板并利用其中通用"要点"来创建标准样式或推荐样式的演示文稿。

使用主题模板可以快速地创建具有统一文字设计和颜色方案的演示文稿，但创建的演示文稿没有其他内容，也只包含一张幻灯片。打开和保存演示文稿的方法与 Word 中的同类操作相同。

5.3　制作幻灯片

5.3.1　使用"大纲"创建文本幻灯片

PowerPoint 2007 的大纲由一系列标题构成，标题下可以有子标题，子标题还可以添加层次小标题。不同层次的文本有不同程度的缩进，还可以使用不同样式的项目符号。

1. 输入主题

下面举例说明在幻灯片输入主题的操作步骤。

（1）单击"大纲"选项卡，进入"大纲"视图，如图 5-10 所示。

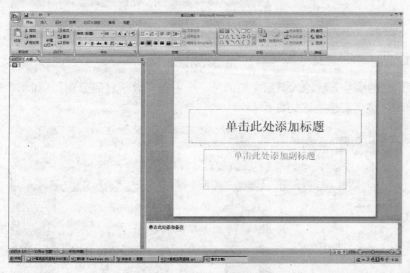

图 5-10　进入"大纲"视图

（2）在大纲栏中输入整个演示文稿的主标题，本例输入"计算机应用基础"，效果如图 5-11 所示。

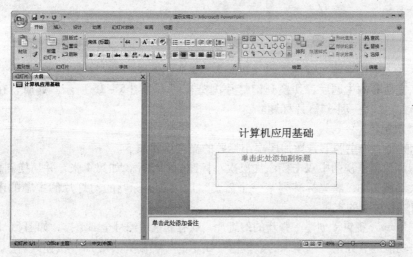

图 5-11　输入演示文稿的主标题

（3）按"Enter"键后，将自动创建一张版式为"标题和内容"的幻灯片，如图5-12所示。

图5-12　系统自动创建的幻灯片

（4）在大纲栏的编号2后输入演示文稿的第一个主题"教学时间分配"，如图5-13所示。完成后，按"Enter"键再新建一张幻灯片。

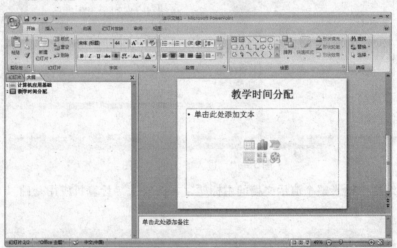

图5-13　输入第一个主题

（5）依次在大纲栏中输入其他主题，如图5-14所示。

（6）输入完所有的主题后，切换到幻灯片浏览视图，如图5-15所示。此时，在大纲视图中输入的每一个主题都是一张幻灯片标题。

2．输入层次标题

在幻灯片的每一个主题下方增加层次小标题的操作步骤如下。

（1）在幻灯片浏览视图中双击要添加层次小标题的幻灯片，如第4张，并切换到普通视图。

（2）在大纲视图中，将光标移到某一个需要添加层次小标题的幻灯片的主题的末尾，本例移动到第4张幻灯片主题的末尾。

（3）按"Enter"键自动创建一张新的幻灯片，现有的主题编号全部重排，如图5-16所示。

（4）单击功能区"开始"选项卡的"段落"组中的"提高列表级别"按钮（），将删除新建幻灯片图标以使主标题编号还原，并将插入点定位在上一个幻灯片的下一行上，如图5-17所示。

（5）输入概述内容，所输入的信息将自动出现在"副标题"的区域中，如图5-18所示。

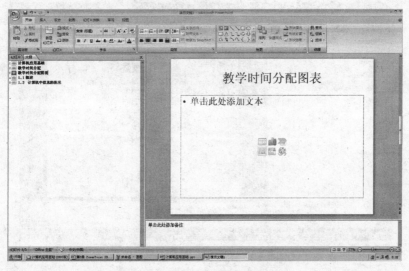

图 5-14　输入其他主题

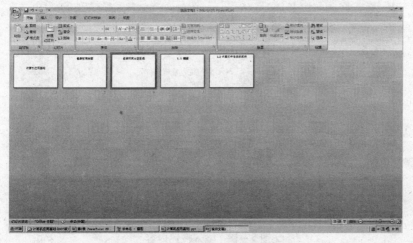

图 5-15　幻灯片浏览视图下的效果

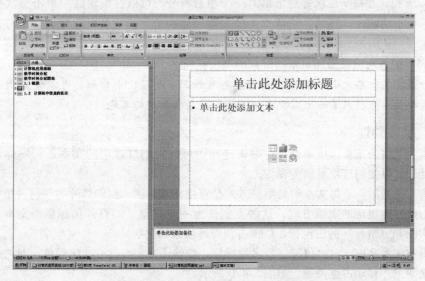

图 5-16　自动创建的幻灯片及编号

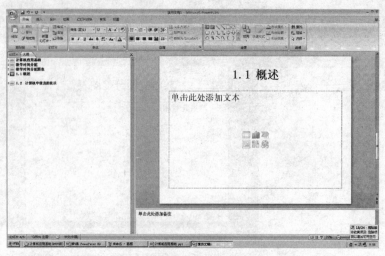

图5-17　提高列表级别的效果

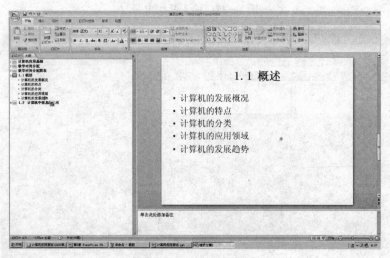

图5-18　输入概述内容

（6）可以看到，在每个层次标题上都有一个项目符号，可以在编辑区中单击层次标题所在的文本框，然后单击功能区"开始"选项卡的"段落"组中的"项目符号"按钮（ :≡ ），一次性将其删除，如图5-19所示。

（7）用同样的方法可以添加每章幻灯片的层次标题。

提示：如果在某个层次小标题的下方还需要添加下一个层次小标题，可以重复上面相同的操作，但要注意把插入点移到某一个需要添加子标题的层次标题的末尾。

5.3.2　文字处理

文本是演示文稿的重要组成部分，在编辑过程中可以对幻灯片中的文本进行字体、字号、位置、颜色等处理，以使幻灯片更加美观。

创建空演示文稿后，添加文本的最简易方式是直接将文本输入到幻灯片的任何占位符中。占位符是创建新幻灯片时出现的虚线方框，这些方框作为一些对象（幻灯片的标题、文本、图表、表格、组织结构图和剪贴画）的占位符，单击占位符可以添加文字。

下面编辑空演示文稿，对占位符进行多种操作，如输入文字，改变文字颜色，对占位符进行格式设置，填充颜色，移动占位符等，如图5-20所示。

在占位符中的具体操作步骤如下：

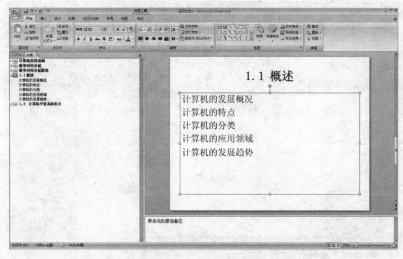

图 5-19　删除项目符号

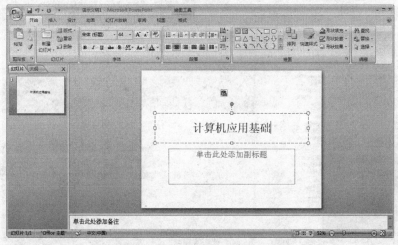

图 5-20　在占位符中输入文字

（1）在 5.2 节中创建的空演示文稿基础上，选择幻灯片上面的占位符，此时原框中提示文字消失，在框中输入文字"计算机应用基础"。

（2）选中输入的文字后，将弹出一个浮动工具栏，从浮动工具栏的"字体"下拉列表中选择一种字体，即可对所选文字的字体进行修改，如图 5-21 所示。用同样的方法还可以设置字形和字号。

● 或者选中输入的文字后，单击"开始"选项卡的"字体"组中的字体工具，也可以设置所选文字的字体、字形和字号，如图 5-22 所示。

● 或者选中输入的文字后，单击"开始"选项卡的"字体"组右下角的对话框启动器按钮（ ），打开的"字体"对话框如图 5-23 所示。在该对话框中可以选择所需的中文字体、字形和字号，还可以在"效果"区域中选择所需要的效果，如删除线、下标等。

（3）选中占位符并将鼠标指针移到边框，当鼠标指针变成十字形时，单击鼠标右键，从弹出的快捷菜单中选择"设置形状格式"命令，弹出的"设置形状格式"对话框如图 5-24 所示，在"线条颜色"选项卡中对"颜色"进行设置。

（4）选中占位符并将鼠标指针移到边框，当鼠标指针变成十字形时，按住鼠标左键将标题移到合适位置。

图 5－21　浮动工具栏的"字体"下拉列表

图 5－22　"开始"选项卡的"字体"组中的"字体"列表

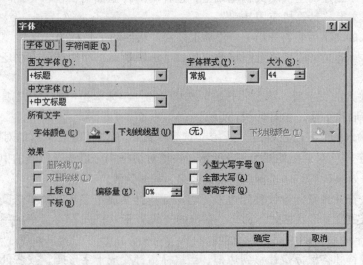

图 5－23　"字体"对话框

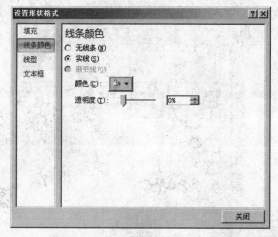

图 5 – 24　"设置形状格式"对话框

 注意

通过对占位符进行设置，可以看出占位符其实就是文本框，在 Word 2007 中所学的操作都适用。即使下面的文本框没有删除，也不会影响放映。

5.3.3　插入图片

PowerPoint 2007 可以直接在幻灯片中插入图片、表格、艺术字等对象，用以丰富主题。在幻灯片中插入剪贴画可按以下步骤进行。

（1）在前面操作的基础上，删除副标题占位符。

（2）单击"插入"选项卡的"插图"组中的"剪贴画"按钮（▯▯），弹出的"剪贴画"任务窗格如图 5 – 25 所示。

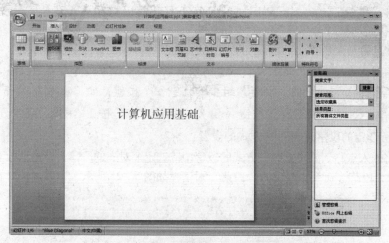

图 5 – 25　"剪贴画"任务窗格

（3）在"剪贴画"任务窗格中，单击"管理剪辑"，弹出的"Microsoft 剪辑管理器"窗口如图 5 – 26 所示。

（4）单击"Office 收藏集"文件夹中的"符号"文件夹，选择相应的剪贴画，选择"编辑"菜单中的"复制"命令或单击工具栏中的"复制"按钮（▣）。

（5）切换到幻灯片窗口中单击鼠标右键，从弹出的快捷菜单中选择"粘贴"命令，即可插入剪贴画。

（6）适当调整剪贴画的大小和位置。

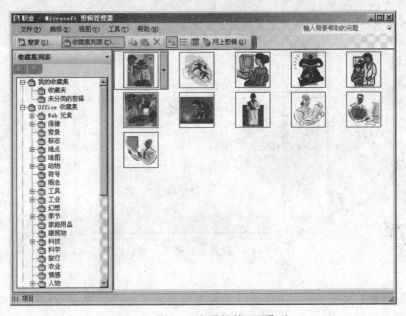

图 5 – 26　"Microsoft 剪辑管理器" 窗口

另外，用户还可以添加来自文件的图形文件、自选图形符号、艺术字等。

5.3.4　段落处理

段落处理主要是指对项目符号、编号的处理，段落间距、行距的设置，以及对齐方式的设置等。

1. 设置对齐方式

对齐方式是指段落中的文字在幻灯片的左右边界之间的横向排列方式。PowerPoint 2007 有 5 种对齐方式，包括"文本左对齐"、"居中"、"文本右对齐"、"两端对齐"和"分散对齐"。其中，"分散对齐"是指文本同时对齐段落的左端和右端。

设置对齐方式的操作步骤如下。

（1）在文本框中选定要对齐的段落，或者将插入点移到要设置对齐方式的段落中。

（2）单击"开始"选项卡的"段落"组中的任意一个按钮，如"文本左对齐"按钮（▤）、"居中"按钮（▤）、"文本右对齐"按钮（▤）、"两端对齐"按钮（▤）或"分散对齐"按钮（▤），用以对所选定的段落进行对齐方式的设置。

（3）或者将插入点移到要设置对齐方式的段落中或选定要对齐的段落，单击鼠标右键，在弹出的快捷菜单中选择"段落"命令，弹出的"段落"对话框如图 5 – 27 所示，用以进行对齐方式的设置。

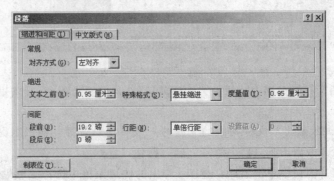

图 5 – 27　"段落" 对话框

2. 添加项目符号或编号

添加项目符号或编号的操作步骤如下。

（1）在文本框中选定要添加项目符号或编号的段落。

（2）单击"开始"选项卡的"段落"组中的"项目符号"按钮（ ）或"编号"按钮（ ）右侧的下拉箭头。

（3）在弹出的项目符号或编号下拉列表中选择需要的样式，如图 5-28 和图 5-29 所示，即可在所选的每个段落的第一个字符前添加一个项目符号或编号。

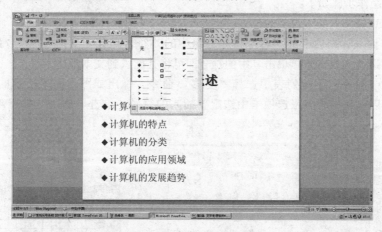

图 5-28　选择项目符号

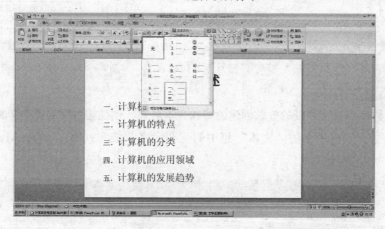

图 5-29　选择编号

另外，还可以切换到"开始"选项卡的"段落"组中单击"项目符号"按钮（ ）或"编号"按钮（ ）右侧的下拉箭头，在弹出的项目符号或编号下拉列表中选择"项目符号和编号"命令，弹出的"项目符号和编号"对话框如图 5-30 所示。在该对话框中可以设置项目符号的大小、颜色，还可以将图片或字符设置为项目符号；对幻灯片文本内容的层次小标题，还可以设置成顺序标号，从而使其更具有逻辑性。

在幻灯片中可以对文本内容的段落间距和行间距进行设置，以使段落和文本更清楚，便于阅读。选中输入的文字后，单击"开始"选项卡的"段落"组右下角的

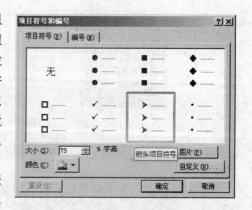

图 5-30　"项目符号和编号"对话框

对话框启动器按钮（），弹出的"段落"对话框中默认打开"缩进和间距"选项卡，在该选项卡中即可设置行距和段落间距。

5.3.5 插入符号

PowerPoint 2007 提供了多种输入符号的方法，在键盘上能找到的符号可以通过键盘直接输入；对于键盘上没有的符号，可以在"插入"选项卡的"特殊符号"组中选择，如图 5－31 所示。要插入其中的符号，直接单击所需的符号即可。

插入符号的操作步骤如下。

（1）将插入点移到要插入符号的位置。

（2）单击"插入"选项卡的"特殊符号"组中的"符号"按钮（ 符号），弹出如图 5－32 所示的"符号"下拉列表，直接单击其中的符号即可将其插入到文本框中。

（3）或者在"符号"下拉列表中选择"更多"命令，弹出如图 5－33 所示的"插入特殊符号"对话框，可以从其中的多张选项卡中选定要插入的符号，单击"确定"按钮，即可将其插入到文本框中。

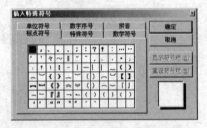

图 5－31 "特殊符号"组　　图 5－32 "符号"下拉列表　　图 5－33 "插入特殊符号"对话框

5.3.6 添加艺术字

艺术字是一种使用系统预设的效果创建的特殊文本对象，创建艺术字的操作步骤如下。

（1）单击"插入"选项卡的"文本"组中的"艺术字"按钮（ ），弹出如图 5－34 所示的"艺术字"下拉列表。

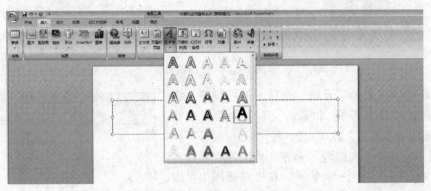

图 5－34 "艺术字"下拉列表

（2）选择一种艺术字样式后，在编辑区中将弹出"请在此输入您自己的内容"的提示，如图 5－35 所示。

（3）单击提示文字定位插入点，再将其中的提示性文字更改为需要的文字即可，如图 5－36 所示。

图 5 – 35　艺术字提示文字

图 5 – 36　输入艺术字文字

5.3.7　使用公式、表格和图表

在每次添加新幻灯片时，可以从"开始"选项卡的"幻灯片"组中的"版式"下拉列表中为其选择一种版式。

1. 使用公式

PowerPoint 2007 中处理公式是通过"Microsoft 公式 3.0"公式编辑器完成的。在幻灯片中添加公式的操作步骤如下。

（1）单击要添加公式的幻灯片。

（2）单击"插入"选项卡的"文本"组中的"对象"按钮（▦），弹出如图 5 – 37 所示"插入对象"对话框，从"对象类型"列表框中选择"Microsoft 公式 3.0"。

（3）单击"确定"按钮，弹出如图 5 – 38 所示的"公式编辑器"窗口，使用其中的工具和菜单创建公式。

（4）公式编辑完成后，选择"文件"→"退出并返回到演示文稿"命令，切换到演示文稿。

（5）适当调整公式的位置和大小。

如果需要对公式进行修改，只要用鼠标左键双击该公式即可进入"公式编辑器"窗口。

2. 使用表格

PowerPoint 2007 中增加了强大的表格功能，可以直接在幻灯片中创建表格，还可以添加其他程序中的表格，并能够像在 Word 2007 中一样方便地对表格进行操作。

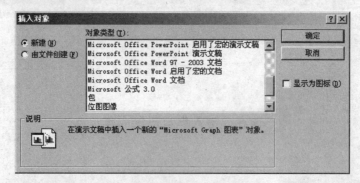

图 5-37　"插入对象"对话框

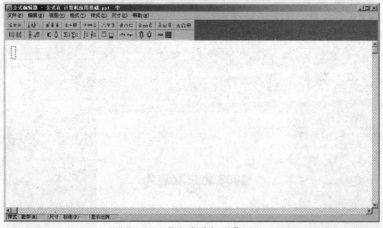

图 5-38　"公式编辑器"窗口

若要创建简单表格，PowerPoint 2007 提供了多种在幻灯片中创建表格的方法，具体方法有以下几种。

- 使用拖放法创建表格：单击"插入"选项卡的"表格"组中的"表格"按钮（▦），在弹出的"表格"下拉列表的"插入表格"下，用鼠标拖动网格到所需的行、列数（例如，3 行 5 列），释放鼠标左键后，即可创建一个 3 行 5 列的表格，如图 5-39 所示。

图 5-39　使用拖放法创建表格

- 使用"插入表格"命令创建表格：单击"插入"选项卡的"表格"组中的"表格"按钮（▦），在弹出的"表格"下拉列表中选择"插入表格"命令，弹出如图 5-40 所示的"插入表格"对话框。在"列数"和"行数"数值框中输入需要的表格行列数，单击"确定"按钮，即可完成在幻灯片中插入表格的操作。

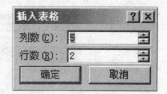

图 5-40 "插入表格"对话框

- 手工绘制表格：单击"插入"选项卡的"表格"组中的"表格"按钮（▦），在弹出的"表格"下拉列表中选择"绘制表格"命令（▨）；选择"绘制表格"命令后，将鼠标指针移动到编辑区时，鼠标指针会变为"铅笔"形状（✎）；在要绘制表格的位置上单击并拖动鼠标（可出现虚线框），拖动到需要的大小后松开鼠标，从而制作出表格的矩形外边框；移动鼠标到表格内，从一个边界开始向另一个边界拖动鼠标画出横线，用类似方法在表格中绘制竖线、斜线，直到绘制出需要的表格为止。如果有画错的线可单击"设计"选项卡的"绘图边框"组中的"擦除"按钮（▨），在要擦除的线上拖动鼠标，再次单击"擦除"按钮（▨），取消擦除表格状态；单击"设计"选项卡的"表格样式"组中的"边框"按钮（▦边框▾）右侧的下拉箭头，弹出含有各种边框样式的下拉列表，可根据需要选择所需要的边框线，如图 5-41 所示。

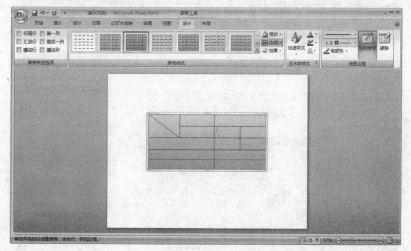

图 5-41 手工绘制表格

3. 使用图表

图表具有一目了然的特点，比罗列大量数据更有说服力，更容易让人接受。创建图表时，可以根据不同的需要，采用系统预先设置好的格式或者用户自定义格式直观地将数据显示出来。预先设置的图形格式既有二维图形，又有三维图形。根据用户提供的不同数据，系统将以柱形图、折线图、饼图、面积图等方式显示出图表。

在 PowerPoint 2007 中，既可以直接创建图表，也可导入 Excel 工作表来创建图表。下面主要介绍直接创建图表的方法。

（1）新建一张幻灯片。

（2）单击"插入"选项卡的"插图"组中的"图表"按钮（▦），弹出如图 5-42 所示的"插入图表"对话框。

（3）选择一种图表类型，然后单击"确定"按钮，将自动启动 Excel 2007 并创建了一张示例工作表，如图 5-43 所示。

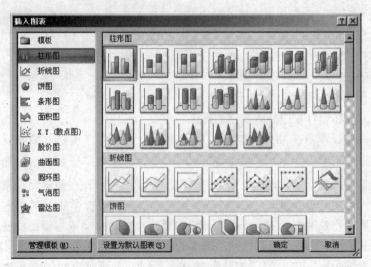

图5-42 "插入图表"对话框

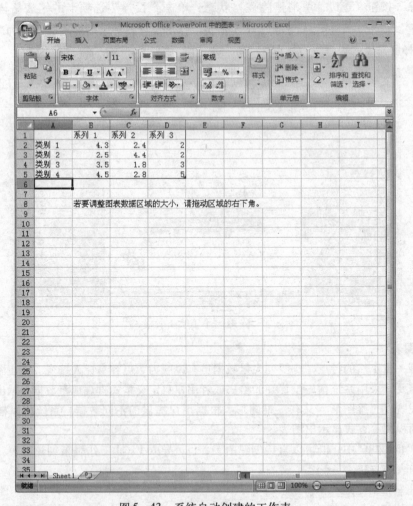

图5-43 系统自动创建的工作表

（4）切换到 PowerPoint 窗口，可以看到，其中已根据 Excel 中的工作表自动创建了一个图表，如图5-44所示。

（5）在 Excel 窗口中修改工作表中的数据，效果如图5-45所示。

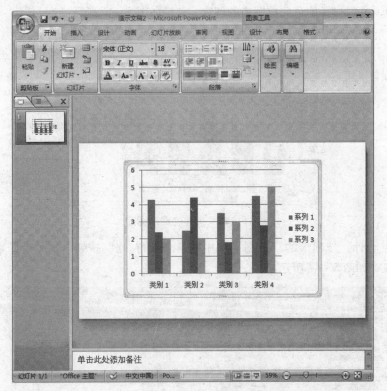

图 5 - 44　系统自动创建的图表

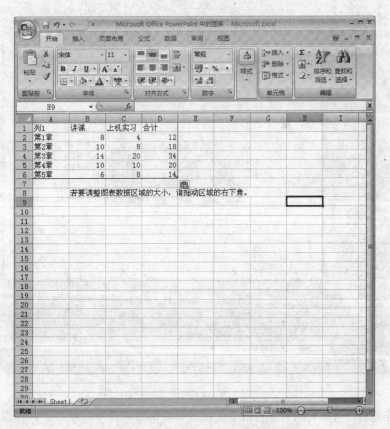

图 5 - 45　修改工作表中的数据

（6）关闭 Excel 窗口，即可完成图表的创建，效果如图 5 - 46 所示。

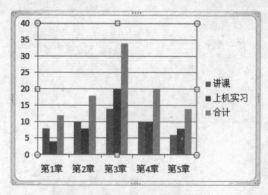

图 5 - 46　创建完成的图表

（7）单击"设计"选项卡的"数据"组中的"切换行/列"按钮（ 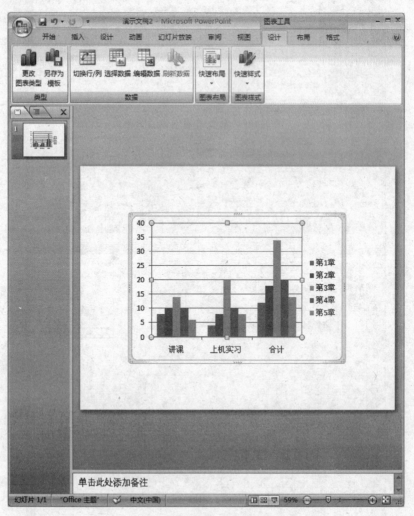 ），即可交换数据的行和列的显示效果，如图 5 - 47 所示。

图 5 - 47　切换行/列效果

图表创建完成后，可以对图表进行格式化设置和其他图表选项的设置，具体设置方法与 Excel 中的图表相同。

5.3.8　调整演示文稿的布局

制作完演示文稿后可能需要对某些幻灯片的前后位置进行调整，或插入、删除部分幻灯片，为便于调整，用户可以切换到幻灯片浏览视图中方便地浏览整体布局，幻灯片下方还显示出有关放映设置的图标，以及每张幻灯片的编号。用户在此视图中可以清楚地看到有没有重复内容，顺序合不合理等问题。

1. 插入新幻灯片

（1）在幻灯片浏览视图中，选定一张幻灯片。

（2）单击"开始"选项卡的"幻灯片"组中的"新建幻灯片"按钮（　），弹出如图 5 - 48 所示的下拉列表，从中选择一种版式。

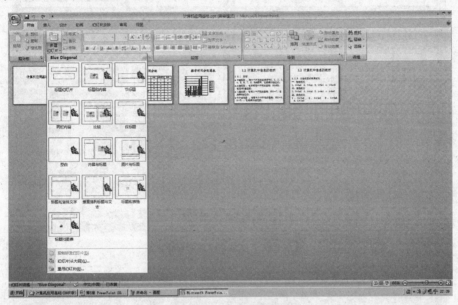

图 5 - 48　选择版式

（3）选择版式后，即可在当前幻灯片后插入一张新幻灯片，如图 5 - 49 所示。

2. 删除幻灯片

在幻灯片浏览视图中可以删除一张幻灯片，或删除一组幻灯片，具体删除的方法如下。

● 删除一张幻灯片：选中要删除的幻灯片，单击"开始"选项卡的"剪贴板"组中的"剪切"按钮（　），或按键盘上的"Delete"键都可以删除该幻灯片。

● 删除一组幻灯片：选中要删除的一组幻灯片，单击"开始"选项卡的"剪贴板"组中的"剪切"按钮（　），或按键盘上的"Delete"键都可以删除该组幻灯片。

3. 复制幻灯片

在幻灯片浏览视图中选中要复制的幻灯片，单击"开始"选项卡的"剪贴板"组中的"复制"按钮（　），在目标位置上单击"剪贴板"组中的"粘贴"按钮（　）即可，也可以将幻灯片粘贴到其他演示文稿中。

4. 移动幻灯片

移动一张幻灯片最简单的方法是拖放法，也可以使用工具栏的按钮。下面介绍使用鼠标拖放法移动幻灯片的操作步骤。

（1）在幻灯片浏览视图中，将鼠标指针指向所要移动的幻灯片，如图 5 - 50 所示。

（2）按住鼠标左键拖动幻灯片，将插入标记移动到某两幅幻灯片之间。

（3）松开鼠标左键，幻灯片就被移动到新的位置，如图 5 - 51 所示。

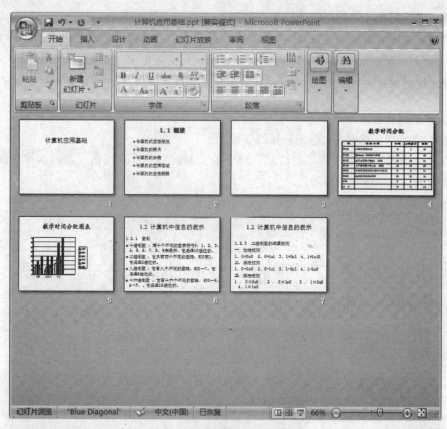

图 5-49 插入新幻灯片效果

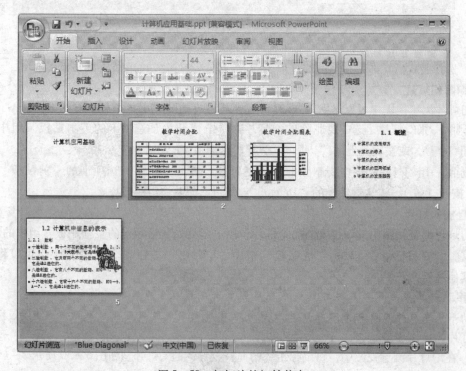

图 5-50 幻灯片的初始状态

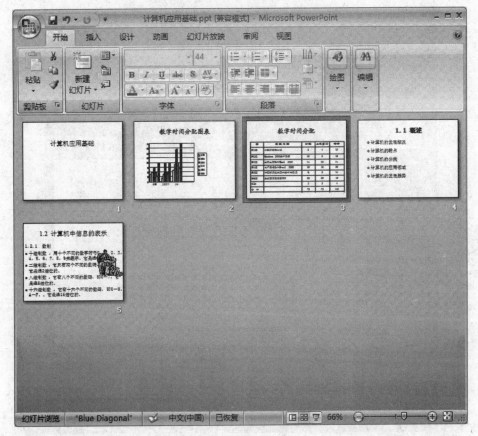

图 5 - 51 移动后的幻灯片

5.4 幻灯片修饰

5.4.1 幻灯片主题及其设置

在 PowerPoint 2007 中，主题是一组统一的设计元素，它使用颜色、字体和图形等主题组件来设置幻灯片的外观。幻灯片主题应用的操作步骤如下。

（1）新建一个空白演示文稿，可以看到该演示文稿没有使用任何主题，如图 5 - 52 所示。

（2）切换到"设计"选项卡，在"主题"组中提供了一系列预设主题，如图 5 - 53 所示，也可以使用其中的"颜色"、"字体"和"效果"选项自定义主题。

（3）单击"主题"组中的一种主题，即可快速地更改当前幻灯片的背景、字体、颜色等属性，如图 5 - 54 所示。

（4）除当前幻灯片外，当前演示文稿的所有幻灯片都将自动应用所选的主题。单击"开始"选项卡的"幻灯片"组中"新建幻灯片"按钮，可以从弹出的版式下拉列表中看到所有版式的幻灯片都自动套用了主题，如图 5 - 55 所示。

（5）要使主题只应用于当前幻灯片，可以用鼠标右键单击"设计"选项卡的"主题"组中某种主题，从弹出的快捷菜单中选择"应用于选定幻灯片"命令。

（6）还可以通过更改颜色、字体（或线条）和填充效果等主题组件来自定义演示文稿的主题。

图5-52　应用主题前的幻灯片

图5-53　"设计"选项卡中的"主题"组

图5-54　应用主题的效果

图 5-55 应用了主题的其他幻灯片

5.4.2 幻灯片的背景设置

用户可以为幻灯片设置不同的颜色、阴影、图案或纹理背景，也可以使用图片作为幻灯片的背景，从而使幻灯片产生更精致的效果。另外，还可以使用渐变色、纹理、图案或图片等填充效果作为幻灯片的背景。具体设置步骤如下。

（1）在普通视图或幻灯片视图中，先显示出要设置背景的幻灯片。

（2）单击"设计"选项卡的"背景"组中的"对话框启动器"按钮（ ），弹出如图 5-56 所示的"设置背景格式"对话框。

（3）在"填充"选项区中选择"渐变填充"单选按钮，弹出渐变填充设置选项，如图 5-57 所示。

（4）要快速应用预设的渐变背景方案，可单击"预设颜色"按钮右侧的下拉箭头，如图 5-58 所示，从弹出的渐变背景方案列表中选择一种效果，即可使幻灯片背景发生变化，效果如图 5-59 所示。

（5）要更改渐变背景的类型，可以从"类型"下拉列表中选择一种合适的渐变类型，也可以对所选类型的参数进行设置。

图 5-56 "设置背景格式"对话框

（6）同样地，还可以为幻灯片设置图片或纹理填充效果。在"填充"选项区中选择"图片或纹理填充"单选按钮，便可以从纹理列表中选择合适的纹理效果作为背景。

5.4.3 母版的设置与使用

母版也可以决定幻灯片的外观。PowerPoint 2007 中提供了 3 种类型的母版，即幻灯片母版、讲义母版和备注母版。

1. 母版类型

PowerPoint 2007 的 3 种视图中均有各自的母版可供应用，其中，幻灯片视图对应于幻灯片母版，幻灯片浏览视图对应于讲义母版，备注页视图对应于备注母版。需注意的是，母版中标题及内文格式的改变会影响到整个文件中的各个幻灯片。

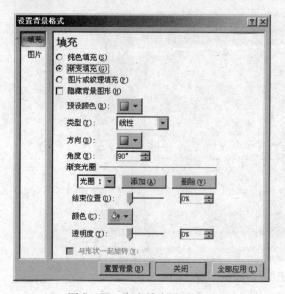

图 5-57　渐变填充设置选项　　　　　　　　　　图 5-58　"预设颜色"下拉列表

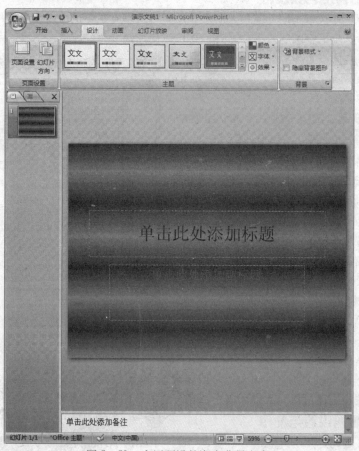

图 5-59　应用预设的渐变背景方案

（1）幻灯片母版。幻灯片母版中含有标题及文本的版面配置区，它会影响幻灯片中文字的格式设定。切换到"视图"选项卡，单击"演示文稿视图"组中的"幻灯片母版"按钮（▣），即可切换到幻灯片母版编辑状态，如图 5-60 所示。

（2）讲义母版。讲义母版可以在一张纸里显示出二三个或 6 个幻灯片的版面配置区。切换到

"视图"选项卡，单击"演示文稿视图"组中的"讲义母版"按钮（▦），即可切换到讲义母版编辑状态，如图 5 - 61 所示。

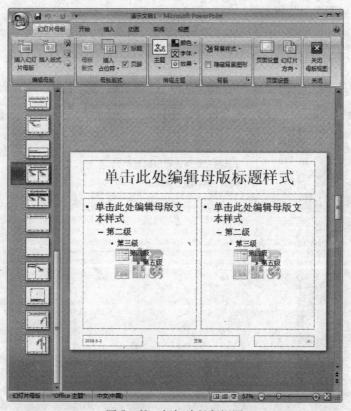

图 5 - 60　幻灯片母版视图

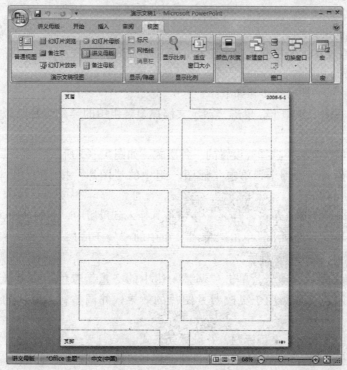

图 5 - 61　讲义母版视图

（3）备注母版。备注母版中含有幻灯片的缩小画面及一个专属参考资料的文本版面配置区。切换到"视图"选项卡，单击"演示文稿视图"组中的"备注母版"按钮（![]），即可切换到备注母版编辑状态，如图5-62所示。

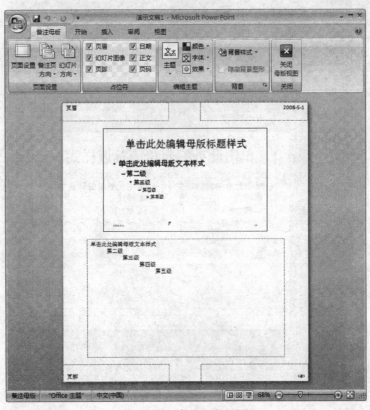

图5-62　备注母版视图

2. 幻灯片母版的设计

幻灯片母版包含文本占位符和页脚占位符，可以控制每张幻灯片上文本特征（如字体、字号和颜色等），以及背景和阴影、项目符号样式等特殊效果。

设计幻灯片母版的一般操作步骤如下。

（1）切换到"视图"选项卡，单击"演示文稿视图"组中的"幻灯片母版"按钮（![]），进入幻灯片母版视图。

（2）在幻灯片母版列表中选择要设置的一种版式，如图5-63所示。

（3）切换到"插入"选项卡，单击"插图"组中的"图片"按钮（![]），弹出的"插入图片"对话框如图5-64所示。

（4）选择要插入的图片，单击"插入"按钮将其插入到母版中，如图5-65所示。

（5）切换到"格式"选项卡，单击"排列"组中的"置于底层"按钮（![]），用于将图片下移到幻灯片的底层，如图5-66所示。

（6）切换到"格式"选项卡，单击"调整"组中的"重新着色"按钮（![]），从弹出的下拉列表中选择一种浅色变体，用于更改背景图片的效果，并调整背景图片的大小，如图5-67所示。

（7）在标题框中输入演示文稿标题，并设置其格式。

（8）在副标题框中输入演示文稿副标题，并设置其格式，如图5-68所示。

（9）如果实际情况需要，还可以为幻灯片添加页眉和页脚。

图 5 - 63　选择版式

图 5 - 64　"插入图片"对话框

　　（10）设置完成后，单击"幻灯片母版"选项卡中的"关闭母版视图"按钮（■），切换到幻灯片编辑状态。

　　（11）切换到"开始"选项卡，单击"幻灯片"组中的"版式"按钮（■），从弹出的下拉列表中选择需要的版式，将当前的幻灯片转换为已设置的母版版式，如图 5 - 69 所示。

图 5 – 65　在母版中插入图片

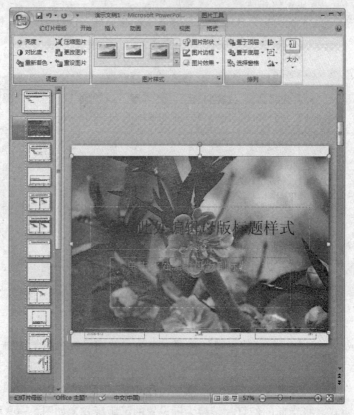

图 5 – 66　更改图片的排列顺序

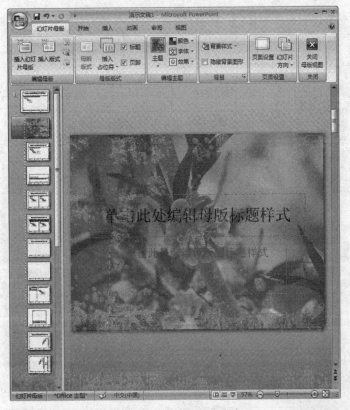

图 5-67　为图片重新着色

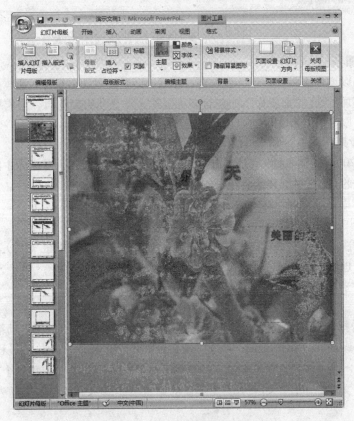

图 5-68　设置标题及副标题占位符

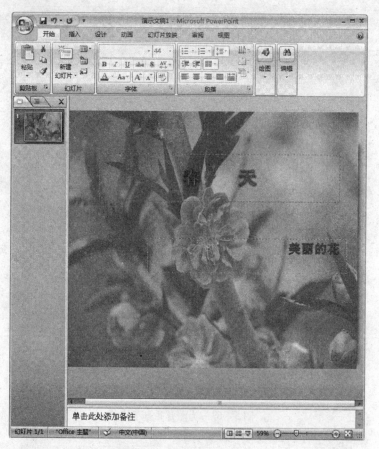

图 5－69　转换幻灯片版式

5.4.4　增加多媒体效果

在幻灯片中可以增加多媒体效果，如声音、音乐、动画、视频剪辑等，适当插入多媒体效果会使整个演示文稿更加生动。"剪辑库"中包含多种图片、声音和视频剪辑，均能插入到演示文稿中使用。此外，还可以使用来自文件的声音和视频。

1. 加入声音效果

在 PowerPoint 2007 中，插入声音效果有多种方式，例如，直接插入剪辑库中的声音或来自义件的声音，插入播放的 CD 乐曲，还能直接录制"旁白"声音。

（1）插入剪辑库中的声音。插入剪辑库中的声音的操作步骤如下。

① 在普通视图中显示出要添加声音文件的幻灯片。

② 切换到"插入"选项卡，单击"媒体剪辑"组中的"声音"按钮（🔊），从弹出的下拉列表中选择"剪辑管理器中的声音"命令。

③ 在弹出的"剪贴画"任务窗格中将出现自动搜索到的剪辑管理器中的声音文件，如图 5－70 所示。

④ 从列表中选择所需的声音，弹出如图 5－71 所示的对话框提示是否自动播放声音。如果希望声音在幻灯片放映时自动播放，单击"是"按钮；如果希望在幻灯片放映过程中只有单击声音图标时才播放声音，可单击"否"按钮。插入声音后，将会在幻灯片中出现一个声音图标（🔊）。

（2）插入来自文件的声音。如果剪辑库提供的声音不能满足需要，可以插入内容更加丰富的来自文件的声音。

插入来自文件的声音的操作步骤如下。

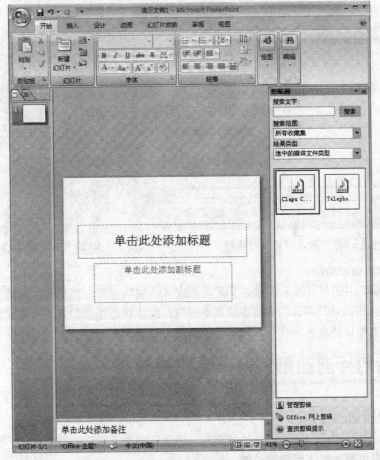

图 5 - 70　自动搜索到的声音文件

① 在普通视图中显示出要添加声音文件的幻灯片。

② 切换到"插入"选项卡，单击"媒体剪辑"组中的"声音"按钮（🔊），从弹出的下拉列表中选择"文件中的声音"命令。

③ 在弹出的"插入声音"对话框中选择需要添加到幻灯片的声音文件，如图 5 - 72 所示。

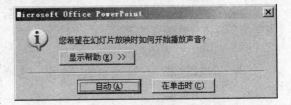

图 5 - 71　选择是否自动播放声音的对话框

④ 单击"确定"按钮，弹出提示是否自动播放声音的对话框，可根据需要选择声音的播放方式。

⑤ 选择声音的播放方式后，将会在幻灯片中出现一个声音图标（🔊）。

（3）插入 CD 乐曲。

要将 CD 光盘的声音文件插入到幻灯片中，具体操作步骤如下。

① 在普通视图中显示出要添加 CD 音乐的幻灯片。

② 切换到"插入"选项卡，单击"媒体剪辑"组中的"声音"按钮（🔊），从弹出的下拉列表中选择"播放 CD 乐曲"命令。

③ 在弹出的"插入 CD 乐曲"对话框中按照需要进行设置，如图 5 - 73 所示。

④ 单击"确定"按钮，也将弹出如图 5 - 71 所示的对话框提示是否自动播放声音，可根据需要选择声音的播放方式。

⑤ 选择声音的播放方式后，将会在幻灯片中出现一个声音图标（🔊）。

图 5-72 "插入声音"对话框

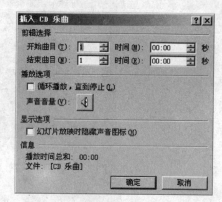

图 5-73 "插入 CD 乐曲"对话框

2. 加入媒体剪辑或动画

PowerPoint 2007 中还可以加入现成的 GIF 动画或 AVI 视频剪辑，当然也可以插入自己制作的视频作品。由于播放的设置与声音的播放方法基本一致，默认状态是当幻灯片播放时鼠标单击对象进行播放，再次单击停止播放，同样可以设置其他播放方式。

5.5 幻灯片的动画效果设置与播放

5.5.1 设置动画效果

在 PowerPoint 2007 中可以设置幻灯片的文本、图形、图表等对象的动画效果，也可以插入各种声音和音乐，还可以插入媒体剪辑和动画。

1. 预设动画设置

PowerPoint 2007 提供了一系列预设动画方案，可以直接从"动画"下拉列表中选择所需要的动画类型，具体操作步骤如下。

（1）打开要设置动画效果的幻灯片。

（2）切换到如图 5-74 所示的"动画"选项卡，其中提供了"预览"、"动画"和"切换到此幻灯片"3 个设置组。

图 5-74 "动画"选项卡

- "预览"组：单击其中的"预览"按钮（图），可以在普通视图中预览动画设置效果。
- "动画"组：该组的"动画"下拉列表（图 无动画 ）中提供了一系列可用于当前对象的预设动画效果。单击"自定义动画"按钮（图），将弹出用于详细定义和设置动画效果的"自定义动画"任务窗格。
- "切换到此幻灯片"组：该组提供了一系列预设动画效果及切换声音、速度等设置选项，还可以在其中设置换片方式。单击"全部应用"按钮（图），可以将当前设置的切换效果应用于所有幻灯片。

（3）在幻灯片中选定要设置动画效果的对象，单击"动画"选项卡的"动画"组中的"动画"下拉列表（ ），选择一种预设动画效果。

（4）单击"动画"选项卡的"预览"组中的"预览"按钮（ ），可以看到动画效果。

2. 自定义动画

自定义动画的操作步骤如下。

（1）打开要设置动画效果的幻灯片，切换到"动画"选项卡，单击"动画"组中的"自定义动画"按钮（ ），弹出的"自定义动画"任务窗格如图 5 - 75 所示。

（2）依次设置"自定义动画"任务窗格中的每一项，从而完成对演示文稿的自定义动画的设置。

5.5.2　幻灯片切换

幻灯片切换效果是指在幻灯片放映视图中从一张幻灯片移到下一张幻灯片时所出现的类似动画的效果。设置幻灯片切换效果的操作步骤如下。

（1）在幻灯片浏览视图中选择一张或多张需要切换效果的幻灯片，如图 5 - 76 所示。

图 5 - 75　"自定义动画"
任务窗格

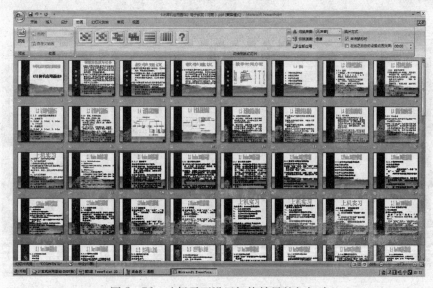

图 5 - 76　选择需要设置切换效果的幻灯片

（2）切换到"动画"选项卡，单击"切换到此幻灯片"组中的"快速样式"列表框中某一种幻灯片切换效果。常见的切换效果有"横向棋盘式"、"纵向棋盘式"、"水平梳理"、"垂直梳理"、"随机水平条"、"随机垂直条"等。

（3）如果要选择更多的切换效果，可以在"快速样式"列表框中单击"其他"按钮（ ），从弹出的下拉列表中选择，如图 5 - 77 所示。

（4）选择某种切换效果后，在播放时当前所选择的幻灯片就将出现相应的效果，如果单击"全部应用"按钮（ ），则所有幻灯片都将使用设置的效果；如果要取消该效果，可再选择"效果"下拉列表中的"无切换"命令。

图 5 - 77　选择更多的切换效果

（5）单击"切换速度"按钮（🔲）右侧的下拉箭头，可以从弹出的下拉列表中选择切换的速度。该系统提供了"慢速"、"中速"、"快速" 3 个命令，如图 5 - 78 所示。

图 5 - 78　切换速度命令

（6）单击"切换声音"按钮（🔊）右侧的下拉箭头，可以从弹出的下拉列表中选择一种从上一张幻灯片切换到当前幻灯片时所出现的声音，如图 5 - 79 所示。

（7）系统提供了两种换片方式，如图 5 - 80 所示。选择"单击鼠标时"复选框，可以在单击鼠标时切换幻灯片；选择"在此之后自动设置动画效果"复选框，可以设置每隔一定的时间自动换片，选择该复选框后应该在后面的数值框中输入一个数字（以 s 为单位），表示经过这段时间自动换片。

5.5.3　设置演示文稿的放映方式

设置放映方式可以根据演示文稿的用途和放映环境的需要而定，以达到随心所欲地控制放映过

图 5 - 79　切换声音命令

图 5 - 80　换片方式

程的目的。切换到"幻灯片放映"选项卡，单击"设置"组中的"设置幻灯片放映"按钮（ ），
弹出如图 5 - 81 所示的"设置放映方式"对话框，可以在其中选择"放映类型"、"换片方式"和
"绘图笔颜色"等。

1. 放映类型

- 演讲者放映（全屏幕）：选择此项后可以以全屏幕方式显示演示文稿。这是最常用的方式，

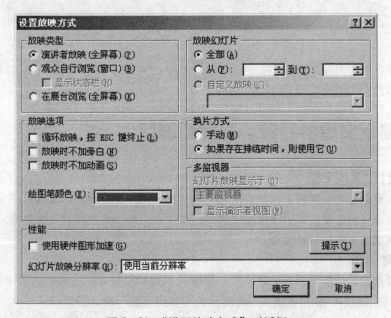

图 5 - 81　"设置放映方式"对话框

通常用于演讲者演讲时。演讲者具有对放映的完全控制能力，可以用自动或人工方式控制幻灯片的放映。另外，还可以在放映过程中播放旁白。

- 观众自行浏览（窗口）：选择此项后演示文稿会出现在小型窗口内，并提供在放映时移动、编辑、复制和打印幻灯片的命令。在此模式中，可以使用滚动条或 Page Up 键和 Page Down 键；同时，可打开其他程序，也可显示"Web"工具栏，以便浏览其他的演示文稿和 Office 文档。
- 在展台浏览（全屏幕）：在展览会场或会议中，选择此项可自动放映演示文稿。观众可以更换幻灯片，或单击超链接和动作按钮，但不能更改演示文稿。如果自动放映结束或某张人工操作的幻灯片已经闲置了 5min，都会重新开始放映。

2. 放映幻灯片

- 全部：播放所有幻灯片。当选择此项时，将从当前幻灯片开始放映。
- 部分放映：在幻灯片放映时，只播放规定范围的幻灯片，而且是从前向后播放。
- 自定义放映：针对不同听众，可以通过自定义放映将演示文稿中的幻灯片组合起来并加以命名，以便于在演示文稿时跳转到自定义的幻灯片上。

创建自定义放映需要切换到"幻灯片放映"选项卡，单击"开始放映幻灯片"组中的"自定义幻灯片放映"按钮（ ），在弹出的下拉列表中选择"自定义放映"命令，弹出如图 5−82 所示的"定义自定义放映"对话框，从"在演示文稿中的幻灯片"中选择要添加到自定义放映的幻灯片，再单击"添加"按钮，添加到"在自定义放映中的幻灯片"中。

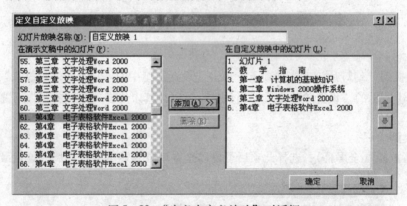

图 5−82 "定义自定义放映"对话框

演示文稿中设置了自定义放映后，只有在图 5−81 所示的"设置放映方式"对话框中才能对幻灯片自定义放映进行选择。

5.6 演示文稿的打印、打包和解包

5.6.1 打印演示文稿

演示文稿主要是用在计算机上放映，但在某些情况下用户需要将演示文稿打印出来。打印时可以用彩色、灰度或黑白形式打印整个演示文稿的幻灯片、大纲、备注和观众讲义等，也可用打印特定的幻灯片、讲义、大纲页和备注页。

1. 页面设置

在打印幻灯片前，需要对格式进行设置。切换到"设计"选项卡，单击"页面设置"组中的"页面设置"按钮（ ），弹出如图 5−83 所示的"页面设置"对话框。

用户可以在"幻灯片大小"中定义打印区域的大小；在"方向"选项区中选择纵向或横向打

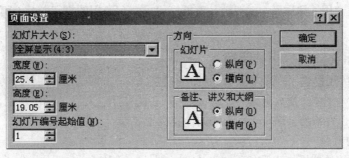

图 5 - 83　"页面设置"对话框

印方式；在"幻灯片编号起始值"中设置打印幻灯片的起始值。设置完毕后单击"确定"按钮，设置生效并退出对话框。

2. 设置"打印"对话框

页面设置完成后，单击"Microsoft Office"按钮（🔘），在出现的"Microsoft Office"下拉菜单中单击"打印"右侧的箭头，选择子菜单下的"打印"命令（🖨），弹出的"打印"对话框如图 5 - 84 所示。

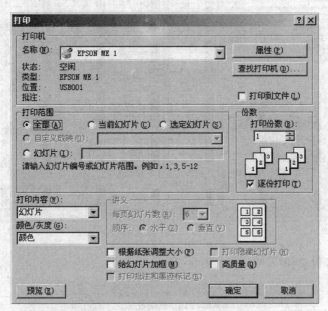

图 5 - 84　"打印"对话框

"打印"对话框与 Word 2007 的类似，在其中可以选择打印机，设置打印纸张大小，确定打印范围、打印份数，决定用灰度或纯黑白的打印方式等。在该对话框中，其具体内容介绍如下。

- "打印内容"可以选择"幻灯片"、"讲义"、"备注页"和"大纲视图"4 项。其中，讲义是提供给观众的相关资料，我们可以将一张或多张幻灯片打印到纸上，并在缩小的幻灯片旁边留下空行，以便于观众做笔记。若选择了每页打印 3 张以上的幻灯片，就需要选择"水平"或"垂直"打印顺序。在打印大纲视图时，无论普通视图下的大纲窗格中字符格式（如加粗、倾斜等）是否隐藏了，都会被打印出来。
- 选择"纯黑白"打印方式后，在黑白打印机上打印彩色文稿时会使用白色填充对象，黑白图案代替彩色图案。要打印一份不带彩色的黑白幻灯片时，可以选择"颜色/灰度"下拉列表中的"纯黑白"命令，并在屏幕上预览效果。
- 单击"属性"按钮后，在弹出的对话框中可以选择打印纸张的"类型"。选择打印用的胶片时要注意其专用性和质量。一般地，喷墨打印机都有专用的打印胶片，而激光打印机需要使用耐热胶片。

5.6.2 演示文稿的打包和解包

PowerPoint 2007 还提供了一个非常有用的"打包"工具，可以使已制作好的演示文稿和相应的链接文件、TrueType 字体、播放器等一起形成一个完整的打包文件，以便于到其他计算机上再解包、放映，甚至可以在没有安装 PowerPoint 的计算机上放映。

1. 演示文稿的打包

演示文稿打包的具体操作步骤如下。

（1）打开要打包的文件。

（2）单击"Microsoft Office"按钮（ ），在弹出的下拉菜单中选择"发布"→"CD 数据包"命令，如图 5-85 所示。

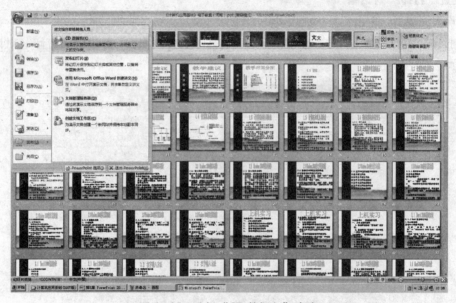

图 5-85　选择"CD 数据包"命令

（3）弹出的"打包成 CD"对话框如图 5-86 所示。

图 5-86　"打包成 CD"对话框

（4）在"将 CD 命名为"框中，为 CD 输入名称。系统默认是打包当前演示文稿，如果要对其他演示文稿打包，单击"添加文件"按钮并使用浏览工具添加路径和演示文稿名称。如果要删除演示文稿，请选中要删除演示文稿并单击"删除"按钮。如果要更改默认设置，单击"选项"按钮，弹出的"选项"对话框如图 5-87 所示。

（5）如果要禁止演示文稿自动播放，或指定其他自动播放选项，请从"选择演示文稿在播放器中的播放方式"下拉列表中选择。如果要包含 TrueType 字体，请选择"嵌入的 TrueType 字体"复选框。如果需要打开打包的演示文稿的密码，请在"打开每个演示文稿时所用密码"右侧框中输入要使用的密码。如果需要编辑打包的演示文稿的密码，请在"修改每个演示文稿时所用密码"右侧框中输入要使用的密码。单击"确定"按钮，从而完成"选项"对话框的设置。

（6）单击"复制到文件夹"按钮，弹出的"复制到文件夹"对话框如图 5 - 88 所示。单击"浏览"按钮，选择文件夹的位置；单击"确定"按钮后，结束本次打包。

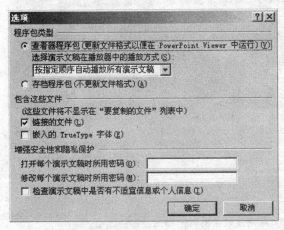

　　　　图 5 - 87　"选项"对话框　　　　　　　　　图 5 - 88　"复制到文件夹"对话框

2. 解开打包文件

要在另一台计算机上播放打开的演示文稿，必须先将其解包。PowerPoint 2007 的打包文件提供了自动解包的批处理文件，其操作很简单，具体操作步骤如下。

（1）在另一台计算机上插入移动存储器，或连接到打包演示文稿的网络或驱动器位置上。

（2）在"资源管理器"中找到打包的演示文稿的位置，双击"Play. bat"文件。

（3）弹出"Office PowerPoint Viewer"欢迎窗口，稍等一会儿，便可以自动放映演示文稿。

本 章 小 结

1. PowerPoint 2007 简介
- 启动与关闭 PowerPoint 2007。
- PowerPoint 2007 窗口的基本元素：包括标题栏、菜单栏、工具栏、工作区、状态栏。
- PowerPoint 2007 的视图方式。

2. 创建演示文稿
- 使用内容提示向导创建演示文稿，以及幻灯片的简单放映。
- 演示文稿的保存和打开已有的文稿。
- 使用"模板"创建演示文稿。
- 创建空演示文稿。

3. 编辑演示文稿的基本操作
- 文字处理：对幻灯片中的文本进行字体、大小、位置、颜色等的处理。
- 插入图片、艺术字：在幻灯片中插入图片、表格、艺术字。
- 段落处理：包括项目符号、编号的处理，段落间距、行距的设置，对齐方式的设置。

- 使用公式、表格和图表：增加组织结构图，使用公式、表格，创建复杂表格，使用图表。
- 大纲视图下编辑文本：有关大纲工具栏的说明及使用。
- 调整演示文稿的布局：插入新幻灯片，删除、复制、移动幻灯片等。

4. 幻灯片修饰

- 应用设计模板：设计模板和内容模板。
- 幻灯片配色方案和背景的调整：设置配色方案，设置背景。
- 母版：包括幻灯片母版，标题母版，讲义母版，备注母版。
- 增加多媒体效果：加入声音效果、媒体剪辑或动画等。

5. 演示文稿的播放、打印和打包

- 设置动画效果：预设动画设置，自定义动画。
- 演示文稿的放映和控制：幻灯片切换，设置放映方式，交互式演示文稿，控制幻灯片放映。
- 打印演示文稿：页面设置，设置"打印"对话框。
- 演示文稿的打包和解包：演示文稿的打包，打包文件的解包。

 练习题

一、填空题

1. 在 PowerPoint 2007 中，能够观看演示文稿的整体实际播放效果的视图模式是_____。

2. 创建新的幻灯片时出现的虚线称为_____。

3. 演示文稿的放映方式可以设置为_____、观众自行浏览和在展台浏览3种方式。

4. 退出 PowerPoint 2007 的快捷键是_____。

5. 要同时选择第1，3，5这3张幻灯片，应该在_____视图下操作。

6. 在幻灯片浏览视图下，可以在屏幕上同时看到演示文稿中的所有幻灯片，这些幻灯片是以_____显示的。

7. 在 PowerPoint 2007 中默认的新建文件名是_____。

8. PowerPoint 2007 演示文稿的默认文件扩展名是_____。

9. 在 PowerPoint 2007 的_____视图下，可用鼠标拖动的方法改变幻灯片的顺序。

10. 启动 PowerPoint 2007 软件的方法：可以从 Windows 2003 的"开始"菜单启动也可以通过_____启动。

11. 为所有幻灯片设置统一的、特有的外观风格，应使用_____。

12. 使用_____命令，可以改变幻灯片的背景。

二、简答题

1. 如何设置演示文稿的幻灯片放映的时间？

2. 在 PowerPoint 演示文稿中如何插入数学公式、组织结构图？

3. 如何在 PowerPoint 演示文稿中设置放映的动画效果？

4. 如何将 PowerPoint 演示文稿打包？

第6章 计算机网络基础

计算机是当今社会发展所必需的一种工具。它的主要功能在于资源的共享，我们可以在任何时间、地点通过访问 Internet 来获得所需的资源与信息。因此，掌握更多的计算机网络知识已经成为必然。

【本章学习目标】
- 了解计算机网络的常识性知识
- 掌握计算机网络的基本操作，包括 Internet 的设置、电子邮件的收发、Internet 的网络操作
- 了解无线网络的基本概念

6.1 网络概述

6.1.1 计算机网络的发展、组成及功能

1. 计算机网络的发展

计算机网络是现代计算机技术与通信技术密切结合的产物，是随社会对信息共享和信息传递的要求而发展起来的。所谓计算机网络，就是利用通信线路和通信设备将不同地理位置的、具有独立功能的多台计算机系统或共享设备互联起来，配以功能完善的网络软件（即网络通信协议、信息交换方式及网络操作系统等），使其实现资源共享、信息传递和分布式处理的整个系统。

计算机网络涉及通信与计算机两个领域，计算机与通信日益紧密的结合已对人类社会的进步做出了极大的贡献。计算机与通信的相互结合主要有两个方面：一方面，通信网络为计算机之间的数据传递和交换提供了必要的手段；另一方面，数字计算机技术的发展渗透到通信技术中，又提高了通信网络的各种性能。这两个方面都离不开人们在半导体技术上取得的成就。

计算机网络的发展可分为 4 个阶段。

（1）以单个计算机为中心的远程联机系统，构成面向终端的计算机网络。

（2）多个主计算机通过线路互联的计算机网络。

（3）具有统一的网络体系结构、遵循国际标准化协议的计算机网络。

（4）千兆位网络。

在我国最早着手建设专用计算机网络的是铁道部。在 1980 年就开始进行计算机联网实验，其目的是建立一个为铁路指挥和调度而服务的运输管理系统。当时的几个节点是北京、济南、上海等铁路局及其所属的 11 个分局。现在铁道部的计算机网络已经覆盖了 12 个铁路局和 56 个分局，当前这个计算机网络正在扩建，发展了铁路客票发售和订票系统，用以加快我国铁路客票管理和发售工作现代化步伐。

在 20 世纪 80 年代后期，公安、银行、军队及其他一些部门也相继建立各自的专用计算机网络，这对迅速传递重要的数据信息起着重要的作用。我国目前在接入 Internet 网络基础设施已进行了大规模投入，例如，建成了中国公用分组交换数据网（CHINAPAC）和中国公用数字数据网（CHI-

NADDN）。覆盖全国范围的数据通信网络已初具规模，为 Internet 在我国的普及打下了良好的基础。

2. 计算机网络的组成

计算机网络按功能可以分为两种子网：资源子网和通信子网

- 资源子网。资源子网提供访问的能力，它由主计算机、终端控制器、终端和计算机所能提供共享的软件资源和数据源（如数据库和应用程序）构成。主计算机通过一条高速多复用线或一条通信链路连接到通信子网的节点上。

终端用户通常是通过终端控制器访问网络的。终端控制器对一组终端提供几种控制，因而减少了终端的功能和成本。

- 通信子网。通信子网是由用做信息交换的节点计算机 NC 和通信线路组成的独立的数据通信系统，它承担电报全网的数据传输、转接、加工和变换等通信处理工作。

网络节点提供双重作用，一方面作为资源子网的接口，另一方面也可作为对其他网络节点的存储转发节点。作为网络接口节点，接口功能是按指定用户的特定要求而编制的。由于存储转发节点提供了交换功能，故报文可以在网络中传送到目标节点。它同时又与网络的其余部分合作，以避免拥塞并提供网络资源的有效利用。

3. 计算机网络的功能

计算机网络的实现，为用户构造分布式的网络计算提供了基础。它的功能主要表现在以下 3 个方面。

（1）硬件资源共享。可以在全网范围内提供对处理资源、存储资源、输入输出资源的共享，特别是对一些较高级和昂贵的，如巨型计算机、具有特殊功能的处理部件、高分辨率的激光打印机、大型绘图仪及大容量的外部存储器等，从而为用户节省投资，以便于集中管理，均衡分担负荷。

（2）软件资源共享。允许 Internet 上用户远程访问各种类型的数据库，可以得到网络文件传送服务、远程管理服务和远程文件访问，从而可以避免软件研制上的重复劳动及数据资源的重复存储，便于集中管理。

（3）用户之间的信息交换。计算机网络为分布在各地的用户提供了强有力的通信手段。可以通过计算机网络传送电子邮件、发布新闻消息和进行电子数据交换（EDI），从而极大地方便了用户，提高了工作效率。

计算机网络在以上 3 个方面所具有的功能，是其他系统所不可替代的。因此也为用户带来了高可靠性，更高的性价比和易扩充性等好处，使它在工业、农业、交通运输、邮电通信、文化教育、商业、国防，以及科学研究等各个领域获得越来越广泛的应用。

6.1.2　网络的协议与体系

在计算机网络的基本概念中，分层次的体系结构是最基本的。为进行网络中的数据交换而建立的规则、标准，或约定，即称为"网络协议"。一个网络协议主要由语法、语义、同步 3 个部分组成。将计算机网络的各层及其协议的集合，称为"网络的体系结构"（architecture）。换种说法，计算机网络的体系结构就是这个计算机网络及其部件所应完成的功能的精确定义。体系结构是抽象的，而实现则是具体的，是真正的在运行的计算机硬件和软件。

计算机网络体系结构可分为 OSI 7 层协议和 TCP/IP。

1. 开放系统互联参考模型

OSI/RM 全称为开放系统互联参考模型（Open Systems Interconnection Reference Model），简称为 OSI。OSI 参考模型中采用了 7 个层次的体系结构，可以分为高层、中层和低层。其中，高层（包括应用层、表示层、会话层）论述的是应用问题，并且通常只以软件的形式来实现，应用层最接近用户，用户和应用层通过网络应用软件相互通信；中层（包括传输层、网络层）负责处理数据传输的问题，让数据包穿过所有网络，实现端到端的传输；低层（包括数据链路层、物理层）负责网络链路两端设备间的数据通信，物理层和数据链路层的功能主要由硬件实现。这 7 个层次的具体功能如下。

（1）物理层。物理层是 OSI 中最低的一层，它的任务是透明的传送比特流。在物理层上所传数据的单位是比特。该层将网络中计算机的数据一位一位地从一个物理层通过线路传送到另一台计算机上。传递信息所用的通信线路即为物理传输媒体，如双绞线、同轴电缆、光缆等，这些物理媒体并不在物理层内，而是在物理层下面。物理层的作用是规定了传输媒体上流动信号的编码和译码、发送和接收的顺序等，并在传输时建立、维持、结束物理线路链接。物理层并不与数据链路层有直接关系。数据链路层是将数据按帧传送到物理层，由物理层负责透明传送。物理层要确定是用多大电压来代表传送数据的二进制代码 1 和 0，以及当发出比特 1 时在接收方能够识别是比特“1”而不是比特“0”。

（2）数据链路层。数据链路层的任务是在两个相邻节点间的线路上无差错的传送以帧（frame）为单位的数据。其中，每一帧包括数据和必要的控制信息。在传送数据时，若接收节点检测到所收到的数据中有差错，就要通知发方重发这一帧，直到这一帧正确无误地到达接收节点为止。在每一帧所包括的控制信息中，有同步信息、地址信息、差错控制，以及流量控制信息等。这样，数据链路层就把一条可能出差错的实际链路，转变成为沿网络层向下看起来好像是一条不出差错的链路。

（3）网络层。在计算机网络中进行通信的两个计算机之间可能要经过许多个节点和链路，也可能还要经过好几个不同的、通过路由器互联的通信子网。在网络层，数据的传送单位是分组或包。网络层的任务是要选择合适的路由，使发送站的运输层所传下来的分组能够正确无误地按照地址找到目的站，并交付给目的站的运输层。这就是网络层的寻址功能。这里需要指出的是，网络层的网络不是我们通常谈到的网络的概念，而是在计算机网络体系结构模型中的专用名词。

（4）传输层。传输层也称为运输层，运输层的任务是进行可靠、透明的报文传送。报文是运输层传送的单位，传输层位于 7 层模型层次结构中的最中间一层，它是用来从会话层接收数据的。必要时，把它们划分成较小的单元，将小单元的数据块传送给网络层，以确保数据准确到达目的地。运输层是端到端的服务，利用报文头控制报文，与目的机上的运输层进行对话。

传输层实现了向高层传输可靠的互联网络数据的服务。一般传输层包括流控、多路传输、虚电路管理等功能。流控管理设备用于控制数据流传输问题，以确保发送设备不发送比接收设备处理能力强的数据；多路传输使多个应用程序的数据可以传输到一个物理链路上；虚电路则由传输层建立、维护和终止的，差错校验包括为检测传输错误而建立各种不同机制。

（5）会话层。会话层是面向应用的，可以看成是网络用户和网络的接口。其主要任务是在传输服务基本上，提供对两个通信系统之间的数据流管理和控制。会话层对会话用户之间的对话和活动进行协调管理，和两人讲话相似。两个人在一起谈话，一般都是交替进行，也可以由一方单独说话或两个人都说话。按以上的区分，会话层的工作方式可分为半双工、单工方式，还有全双工方式。

在两个会话用户之间建立一条会话链接称为公话，表示实体请示建立会话链接时所用的会话地址来标识会话链接，并将会话链接映射到运输链接上，通过运输链接实现会话。会话层协议包括区域信息协议和会话层控制协议及会话层协议。

（6）表示层。表示层是为应用层提供服务的。表示层的任务是把源端机器的数据编成适合传输的比特编码，传送到达目的端后再进行解码，在保持数据含义不变的条件下转换成用户所需要的形式。具体来讲，表示层的功能如下。

① 表示链接的建立与释放：此功能用来为两个应用实体建立和释放链接。

② 数据传送：表示层用于提供正常数据、加密数据和压缩数据的传送。

③ 语法变换：将应用数据的抽象语法表示转换为传送语法表示或进行反变换，包括加密、解密、压缩、还原。

（7）应用层。应用层是开放系统互联参考模型的最高层，是网络协议中与用户的接口，负责提供 OSI 的用户服务，管理和支配网络资源。也可以说，OSI 的应用层与用户之间是通过软件直接相互作用的。它是 OSI 的 7 层协议模型中最复杂的一层，其也是所包含协议最多的一层。

2. TCP/IP 体系

TCP/IP 是传输控制协议/互联网协议（Transmission Control Protocol/Internet Protocol）的缩写。但是它不仅仅只代表这两种协议，而是代表一个协议族、一个网络结构体系。TCP/IP 体系是国际 Internet 上使用的著名协议，是实现网络互联的核心，必不可少的协议，它包括 4 层：应用层、传输控制层（TCP/UDP）、网际层（IP）和网络接口层。其中，TCP 和 IP 是 TCP/IP 体系中两个非常重要的协议，TCP 是传输控制协议，IP 是网际协议。这 4 个分层之间是一种依赖后者的关系，其功能如下。

（1）网络接口层。网络接口层是 Internet 协议的最低一层，其作用是接收 IP（上层协议）的数据报，并通过特定的网络进行传输或从网络上接收数据帧，选出 IP 数据报交给 IP 层。

网络接口有两种，一种是局域网的网络接口，为设备驱动程序；另一种是 X.25 网中的网络接口，为含数据链路协议的复杂子系统。

（2）网际层（IP）。IP 在 TCP/IP 协议族中处于核心地位，一般来讲，IP 是由 3 个部分所组成的，分别是地址解析协议（ARP）、反向地址解析协议（RARP）、控制报文协议（ICMP）。IP 层需要通过 ARP 解析物理地址，得到物理地址后便抛开 ARP 直接利用网络接口传送数据报。无论是 IP 层以上的软件的处理数据还是 IP 层以下，所进入的信息都要经过 IP 处理来判断其正确与否。IP 层就是负责主机间通信的，归纳起来，主要有以下 3 种功能。

① 将传输层的分组装入 IP 数据报。填充报头，将数据报发往适当的网络。

② 主机网络接口收到的数据报，首先检查其合理性，若该数据报已达到目的地，则去掉报头并将剩下的部分交给传输层。

③ 处理网间差错与控制报头 ICMP，处理路径和流控拥塞等问题。

（3）传输层（TCP）。传输层的根本任务是提供一个应用程序到另一个应用程序之间的通信，这样的通信常被称为"端到端"的通信。传输层对信息流具有调节作用，用于提供可靠性传输，确保数据到达无误，也不错乱顺序。传输层提供两个协议，即 TCP（传输控制协议）与 UDP（用户数据报协议）。它们是建立在 IP 基础上的。TCP 提供可靠的面向连接的端到端的服务，具有良好的安全、可靠性，适用于大量数据传输；UDP 提供简单的无连接服务，适用于简单数据传输。

（4）应用层。TCP/IP 是应用层面向用户提供了一组常用的应用层协议，包括虚拟终端协议（TELNET）、简单邮件传输协议（SMTP）、文件传送协议（FTP）等，都依赖于面向连接的 TCP。还有依赖于无连接的 UDP 的单纯文件传输协议（TFTP）、简单网络管理协议（SNMP）与远程过程调用协议（RPC）等。而域名系统 DNS 既可依赖于 TCP，又可依赖于 UDP。

6.1.3 网络的分类

计算机网络发展迅速，应用广泛，其技术更新也非常快，所以各种各样的网络在不断出现。对现有的网络，按照不同的分类方法，可以有以下多种分类。

（1）按照规模大小和延伸范围来分类，把计算机网络划分为局域网（LAN）、城域网（MAN）和广域网（WAN），有人还特意加上一类因特网。

- 广域网（Wide Area Network，WAN）的作用范围通常为几十到几千千米。有时，也称为远程网。
- 局域网（Local Area Network，LAN）一般用微型计算机通过高速通信线路相连，地理位置上则局限在较小的范围（1km 左右）。
- 城域网（Metropolitan Area Network，MAN）的作用范围在广域网和局域网之间。
- 国际因特网（Internet）实际上是最大的广域网，但它又发展了广域网，是世界上各种各样的同构网和异构网的综合，是网中的网，因此又是一个特殊的广域网。

不同的场合，不同的时间，根据不同的需要，计算机网络又可以有不同的分类。

（2）按照网络的拓扑结构来划分，计算机网络可以分为星形网、环形网、总线型网、树形网、混合型网、网形拓扑网。

（3）按通信传输的介质来划分，计算机网络可以分为双绞线网、同轴电缆网、光纤网、无线网和卫星网等。

（4）按信号频带占用方式来划分，计算机网络又可以分为基带网和宽带网。

（5）按照网络的使用范围来划分，计算机网络又可分为公用网和专用网。公用网一般是国家邮电部门组建的网络，为全社会的人提供服务。例如，中国的 ChinaNet、UNInet、Cmnet 就是公用网，它们为公众开放。而专用网是为某部门的特殊业务工作需要而组建的网络，不向外单位的人提供服务，例如，军队、铁路等系统均为专用网。

（6）按照网络的物理结构和传输入技术来划分，计算机网络又可分为点对点式网络和广播式网络。点对点式网络的拓扑结构又分为星形、环形、树形、完全互联网、相交环形和不规则型等。广播式网络又分为总线型、环形和卫星网等。

6.1.4　计算机网络硬件

1. 双绞线

双绞线是最古老但又是最常用的传输媒体。把两根互相绝缘的铜导线并排放在一起，然后用规则的方法绞合起来就成了双绞线（见图 6-1）。采用这种绞合起来的结构是为了减少对相邻的导线的电磁干扰。使用双绞线最多的设备是电话系统，差不多所有的电话都用双绞线连接到电话交换机，从用户的电话机到交换机的这段线称为电用线或用户环路。其中，模拟传输和数字传输都可以使用双绞线。

图 6-1　双绞线

2. 光纤

光纤是光纤通信的传输媒体。光纤通信是利用光纤传递光脉冲来进行通信的，它的传输带宽远远大于目前其他各种传输媒体的带宽。光纤通常由非常透明的石英玻璃（见图 6-2）拉成细丝，主要由纤芯和包支构成双层通信圆柱体。其中，纤芯用于传导光波，包层较纤芯有较低的折射率。另外，光纤在传输过程中有较低的衰耗。

3. 计算机网络终端设备（网卡）

网络中每台计算机都必须安装网络适配卡，常称为"网卡"，如图 6-3 所示。有时，也称为网络适配器或网络接口卡（NIC）。像显示卡一样，网卡插在每个工作站和服务器主机板的扩展槽里。市场上有许多种不同的网卡，它们的基本功能是一样的，即一个计算机节点通过网卡发出用户请求，则另一个计算机节点通过自己的网卡接收请求并做出响应，第一个节点再通过网卡接收响应。简而言之，网卡的功能是向网上发送信息和从网上获得信息，因而网卡又常常被称为网络访问设备。

4. 集线器

集线器（Hub）可以说是一种特殊的中继器（见图 6-4），作为网络传输介质间的中心节点，它可用于连成星形拓扑结构，并克服了介质单一通路的缺陷。集线器按照所提供的接口数不同，有 8 接口集线器、12 接口集线器、16 接口集线器、24 接口集线器；按照不同的网络协议划分，有以太网集线器、FDDI 集线器、令牌环网集线器等；按有源和无源划分可分为有源集线器和无源集线器；按照网段中各节点享用频宽的方式不同，有交换式 Hub、共享式 Hub 和堆叠共享式 Hub。

图 6-2　光纤

图 6-3　网卡

5. 路由器

路由器的主要功能是连接多个独立的网络或子网实现因特网间的最佳寻径及数据报传送，以及进行流量管理、实现过滤、负载分流、负载均衡和冗余容错等。路由器工作在网络层以下的低 3 层协议中。具体的路由器产品（见图 6-5）中 CISCO 公司已占据了大部分市场。

图 6-4　集线器

图 6-5　路由器

6. 调制解调器

调制解调器（MODEM）的功能是将计算机的数字信号转换成模拟信号（或反之），以便在电话线路或微波线路上传输。调制是把数字信号转换模拟信号；调解是把模拟信号转换成数字信号。它一般通过 RS—232 与计算机网络接口连接，如图 6-6 所示。

图 6-6　调制解调器

一个调制解调器包括了为发送信号用的调制器和为接收信号用的解调器。调制解调器是由调制器（MODULATOR）和解调器（DEMODULATOR）这两个词合并而成的，它又称为数传机。如果没有特殊说明，调制解调器就是为一条标准话路使用的。为群路用的调制解调器自然属于宽带调制解调器，群路是由许多条话路复用而成的。常见 MODEM 较高的速率是 56Kbps，需要指出的是，信息传输的速率越高，对传输线路质量的要求也越高。也就是说，如果线路传输速率较低，高速 MODEM 是发挥不出它的作用的。

6.1.5　客户机/服务器模式

参与通信的计算机可以分为两类，一类是提供服务的程序，属于服务器；另一类是访问服务的程序，属于客户机。

1. 客户机

通常，使用 Internet 来服务的用户运行客户软件。例如，下面要介绍的 Internet Explore 软件、E-mail 软件和 FTP 软件等都是工作在用户端的客户软件。客户机使用 Internet 与服务器通信时，对于某项服务来说，客户机利用客户软件与服务器进行交互，生成一个请求，并通过网络将请求发送到服务器，然后等待回答。

2. 服务器

服务器则由另一些更为复杂的软件组成，它在收到客户机发来的请求后，便要分析其请求并给出回答，回答的信息（数据包）也通过网络发到客户机。客户机收到回答信息以后，再将结果显示给用户。与客户软件不同，服务器的程序必须一直运行着，随时准备好接收请求，客户机可以在任何时候访问服务器。

服务器由于负担较重，一般运行在高性能计算机上，而且服务程序也有许多个副本同时运行，以便响应多个客户机请求。一台大型计算机上可以运行多种服务程序，不过在大负载的情况下，上述服务器一般分别由不同的计算机承担。另外，为了防止掉电和操作系统崩溃，比较重要的服务器均需要双机备份。

3. 客户机/服务器计算模式

Internet 上使用了一种单一的客户机/服务器计算模式，它的基础就是分布式计算。这种计算模式的思想很简单，Internet 上的某些计算机提供一种其他计算机可以访问的服务。例如，某些服务器管理着文件，而一个客户程序便能与该服务器连接，请求访问服务器复制其中一个文件，在 Internet 中这类服务器称为 FTP 服务器。

在 Internet 上，两个程序之间的通信必须使用 TCP/IP，但是 TCP/IP 本身并不生成或运行应用程序，在某种意义上，Internet 类似于一个电话系统，允许一个应用程序呼叫另一个应用程序，并且是被呼叫的应用程序在通信前必须对呼叫方做出应答。因而，一个应用程序只有在另一个应用程序与其建立连接前已开始运行，并且在同意对呼叫方做出应答的情况下，两个应用程序才能进行通信。虽然大多数计算机只有一个 CPU，但是操作系统通过在应用程序之间快速切换 CPU，可以保证计算机同时有多个应用程序运行。

6.2　Internet 的基本术语

6.2.1　Internet 简介

到 Internet 海洋去冲浪，如今已成为一种时尚。每当我们拿起一张报纸、一本杂志或者打开收音机、电视机的时候，都可以看或听到一个词为"Internet"。而每每谈到 Internet，必然离不开 WWW、环球网、信息高速公路之类的时髦词儿，人们可能要问，Internet 是什么？从广义上讲，Internet 是遍布全球的联络各个计算机平台的总网络，是成千上万信息资源的总称；从本质上讲，Internet 是一个使世界上不同类型的计算机能交换各类数据的通信媒介。从 Internet 提供的资源及对人类的作用来理解，Internet 是建立在高灵活性的通信技术上的一个已硕果累累，且正在迅猛发展的全球数字化数据库。

从 20 世纪 60 年代末以来，Internet 经历了 APPANET 网的诞生、NSFnet 网的建立、美国国内互联网的形成，以及 Internet 在全世界的应用和发展等阶段。

6.2.2　IP 地址与域名

1. IP 地址

地址用来标识网络系统中的某个对象，所以也称为标识符。通常标识符可分为 3 类：名字、地址和路径。它们分别告诉人们，对象是什么、它在什么地方和怎么样去寻找。不同的网络所采用的地址编制方法和内容不相同。

网际协议地址（即 IP 地址）是为标识 Internet 上主机位置而设置的。Internet 上的每一台计算机都被赋予一个世界上唯一的 32 位 Internet 地址（Internet Protocol Address，简称 IP Address），这一地址可用于与该计算机有关的全部通信。为了方便起见，在应用上我们以 8bit 为一单位，组成 4 组十进制数字来表示每一台主机的位置。

一般的 IP 地址由 4 组数字组成，每组数字介于 0 ~ 255 之间。按照网络的规模大小，可以将 Internet 的 IP 地址分为 A、B、C、D、E 这 5 种类型，其中 A、B、C 是 3 种主要类型地址。除此以外，还有两种次要类型的地址，一种 D 类地址是留给 Internet 体系结构委员会（IAB）使用的一种组播地址，另一类是扩展备用地址 E。在每类地址中还规定了网络编号和主机编号，网络编号与主机编号都是唯一的。不同类型的网络对网络编号与主机编号有不同的要求。对于常用的 B 类地址而言，第一高端前 2 位必须是二进制数 10，余下 6 位和第二段 8 位，共 14 位二进制数用于表示网络编号。第三四段共 16 位二进制数用于表示子网中的主机编号。

　　IP 地址的最高管理机构称为"Internet 信息网络中心"，即 InterNIC。它专门负责向提出 IP 地址申请的网络分配网络地址，然后，各网络再在本子网络内部对其主机号进行本地分配。InterNIC 由 AT&T 拥有和控制，读者可以利用电子邮件（地址：mailserv@ ds. internic. net）访问 InterNIC。

　　由于 IP 地址不便于记忆，从 1985 年起在 IP 地址基础上开始向用户提供 DNS 域名系统（Domain Name System，DNS）服务，即用字符串来识别网上的主机。DNS 是提供 IP 地址和域名之间的转换服务的服务器。使用者只需了解易记的域名地址，其对应转换工作就留给了域名服务器 DNS。

　　2. 域名系统及结构

　　Internet 服务器或主机的域名采用多层分级结构，一般不超过五级。采用类似西方国家邮件地址由小到大的顺序从左向右排列，各级域名也按低到高的顺序从左向右排列，相互间用小数点隔开，其基本结构为子域名. 域类型. 国家代码。例如，dns. hebust. edu. cn，这里的 dns 是河北科技大学的一个主机的机器名，hebust 代表河北科技大学，edu 代表中国教育科研网，cn 代表中国，顶层域一般是网络机构或所在国家地区的名称缩写。

　　（1）国家或地区代码。以国家或地区代码命名的域，一般用两个字符表示，是为世界上每个国家和一些特殊的地区设置的，其命名的域如表 6-1 所示。

表 6-1　世界各地区域名一览表

地区代码	国家或地区	地区代码	国家或地区	地区代码	国家或地区
AR	阿根廷	FR	法国	NL	荷兰
AU	澳大利亚	GL	希腊	NZ	新西兰
AT	奥地利	HK	中国香港	NO	挪威
BE	比利时	ID	印度尼西亚	PT	葡萄牙
BR	巴西	IE	爱尔兰	RU	俄罗斯
CA	加拿大	IL	以色列	SG	新加坡
CL	智利	IN	印度	ES	西班牙
CN	中国	IT	意大利	SE	瑞典
CU	古巴	JP	日本	CH	瑞士
DE	德国	KR	韩国	TW	中国台湾
DK	丹麦	MO	中国澳门	TH	泰国
EG	埃及	MY	马来西亚	UK	英国
FI	芬兰	MX	墨西哥	US	美国

　　（2）域类型。国际流行的域类型如表 6-2 所示，我们采用的域类型分为团体和行政区域两个，绝大部分采用两个字母。

表 6-2　域类型及对象

域类型	适用对象
com	公司或商务组织
edu	教育机构
gov	政府机构
mil	军事单位
net	Internet 网关或管理主机
org	非营利组织

（3）子域名。子域名由一级或多级下级子域名字符组成，各级下级子域名也用小数点隔开。如子域名为多级子域名，则从左向右由下级到上级顺序排序。

国际域名可以使用英文 26 个字母，10 个阿拉伯数字及横杠"—"，横杠不能作为开始符或结束符，国际域名不能超过 67 个字符，国内域名不能超过 26 个字符，域名大小写无关，且域名不能包括空格。2002 年 7 月召开的国际因特网名字与编号分配机构理事会上，正式决定在现行域名体系内引入多语种域名，并将在服务器中分类设立多语种顶级域名，包括地理区域顶级域名、语言顶级域名、文化和种族顶级域名等。此举意味着，以"．中国"和"．中文"结尾的中文域名将获得全球认可。为了适应 Internet 的迅速发展，我国成立了"中国互联网络信息中心"，并颁布了中国互联网络域名规定。

两台服务器不能具有完全相同的域名，但一台服务器可以具有多个域名，以区别它提供的多种服务。

（4）统一资源定位器。统一资源定位器，又称为 URL（Uniform Resource Locator），是专为标识 Internet 网上资源位置而设的一种编址方式，我们平时所说的网页地址指的即是 URL，它一般由 3 部分组成，格式为传输协议：//主机 IP 地址或域名地址/资源所在路径和文件名，如今日上海联线的 URL 为 http：//china-window.com/shanghai/news/wnw.html，这里"http"指超文本传输协议，china-window.com 是其 Web 服务器域名地址，shanghai/news 是网页所在路径，wnw.html 才是相应的网页文件。

标识 Internet 的网上资源位置的 3 种方式如下。

- IP 地址：如 202.206.64.33 等。
- 域名地址：如 dns.hebust.edu.cn 等。
- URL：如 http://china-window.com/shanghai/news/wnw.html 等。

这 3 种方式无论输入哪种方式都可以在 Internet 上对同一地址进行访问。

6.2.3　Internet 的接入方式

用户与 Internet 的连接方式，通常可以分为专线连接、电话拨号连接、通过局域网连接、通过 ISDN 连接和无线连接等。不同的接入方式，所要求的硬件配置特别是软件配置各不相同。

1. 专线接入 Internet

专用接入又可分为 DDN 专线接入与光纤接入。

DDN 是数字数据网（Digital Data Network）的简称，它是由光纤、数字、微波或卫星等数字传输通道和数字交叉复用设备组成，为用户提供高质量的数据传输通道，传送各种数据业务。DDN 是半永久性连接电路的数据传输网，相对于拨号上网来说，通过 DDN 上网有速度快、线路稳定、长期保持联通等特点。因此，对于那些上网业务量较大或需要建立自己网站的单位来说，租用 DDN 专线是比较理想的选择。

光纤接入网是指从业务节点到用户终端之间全部或部分采用光纤通信。光纤接入网的接入方式，一种是使用光纤同轴电缆接入技术（HFC），该技术只是指用光纤接到 ISP，而从 ISP 到用户端则采用有线电视部门的同轴电缆；另一种是以接入网的主干系统与配线系统的交接点——光网络单元（ONU）的所在位置来划分的，这些位置更接近用户，其中有光纤到路边（FTTC）、光纤到大楼（FTTB）、光纤到小区（FTTZ）和最终的光纤到家庭（FTTH）等几种。

2. 通过局域网接入 Internet

目前，我们已有很多单位已经建立了局域网，例如，NOVELL 网、NT 网等。这个局域网本身可以通过前面所讲的专线连接方式和 ISDN 方式连接入 Internet。当然，还可以连接到已经与 Internet 连接的局域网，从而达到接入 Internet。

3. 通过 ISDN 连接上 Internet

ISDN（Integrated Service Digital Network），即综合业务数字网，俗称为"一线通"。它是以综合数字网（IDN）为基础发展而成的，能提供端到端的数字连接，支持一系列广泛的语音和非语音业务，为用户进网提供一组有限的、标准的多用途用户/网络接口。ISDN 是数字交换和数字传输的结合，它以迅速、准确、经济、有效的方式提供日常各种通信网络中现有的业务，如电话、传真、数据、图像等，并且将它们综合在一个统一的数字网络中进行传输和处理，还开创了很多前所未有的新业务。ISDN 是一个全数字的网络。也就是说，无论原始信号是语音、文字、数据还是图像，只要可以转换成数字信号，都能在 ISDN 网络中进行传输。

ISDN 可以向用户提供各种各样的业务。目前，CCITT 将 ISDN 的业务分为 3 类：承载业务、用户终端业务和补充业务。

ISDN 具有如下特点。

- 费用低廉。
- 使用方便。
- 自动识别通信业务。
- 高速数据传输入。
- 传输质量高。
- 网络互通性强。

对于普通的上网用户来说，接入 ISDN 的必要设备主要有两种：网络终端（NT1）或智能网络终端（NT1＋），外置的调制解调器即 TA 信号转换器（有的也称为 TA 适配器）或内置调制解调器即 ISDN 内置卡（有的也称为 ISDN 适配卡）。计算机先与内置或外置的 ISDN 调制解调器相连，再与 NT 终端相连，通过终端进行数据传输。与此相对应的有两个接入方式：一是使用外置 TA，另一种是使用 ISDN 内置卡。

4. 宽带接入法

宽带接入法是人们向往的一种接入 Internet 的方法，也是一些正在蓬勃发展的接入技术。随着时间的推移，现有的技术还将不断地完善，同时会有更多更好的接入新技术诞生。常用宽带接入法有如下几种。

- 个人宽带流行网——ADSL。ADSL（Asymmetrical Digital Subscriber Line，非对称数字用户线路）是一种能够通过普通电话线来提供宽带数据业务的技术，也是目前极具发展前景的一种接入技术。ADSL 素有"网络快车"之美誉，因其下行速率高、频带宽、性能优、安装方便，不需交纳电话费等特点而深受广大用户喜爱，成为继 MODEM、ISDN 之后的又一种全新的高效接入方式。
- 高速的宽带接入法——VDSL。VDSL 比 ADSL 还要快。使用 VDSL，短距离内的最大下传速率可达 55Mbps，上传速率可达 2.3Mbps，VDSL 使用的介质是一对铜线，有效传输距离可超过 1km。但 VDSL 技术仍处于发展初期，长距离应用仍需测试，端点设备的普及也需要时间。
- 无源光网络接入——光纤入户。PON（无源光网络）技术是一种点对多点的光纤传输和接入技术，下行采用广播方式，上行采用时分多址方式，可以灵活地组成树形、星形、总线型等拓扑结构。在光分支点不需要节点设备，只要安装一个简单的光分支器即可。它具有节省光缆资源、带宽资源共享、节省机房投资、设备安全性高、建网速度快、综合建网成本低等优点。
- 无线宽带通信接入——LMDS。这是目前可用于社区宽带接入的一种无线接入技术，采用这种方案的好处是可以使已建好的宽带社区迅速开通运营，缩短建设周期。但是目前采用这种技术的产品在中国还没有形成商品市场。

6.3 Internet 的基本操作

6.3.1 使用调制解调器拨号上网

1. 通过电话接入 Internet

首先，我们认识一下 ISP。ISP（Internet Service Provider）被称为网络服务供应商，或称为 Internet 服务供应商。当用户拥有一个从 ISP 那里获得的账号后，便可以利用 MODEM 把自己的计算机接入 ISP 的主机，从而接入 Internet。对于采用电话拨号方式上网的用户来说，除了需要一台计算机，一个 MODEM 和 1 条有权电话线外，还需要有 3 个软件一起协同工作，这 3 个软件分别是 TCP/IP 驱动软件、SLIP/PPP 拨号连接软件，以及提供访问 Internet 的应用软件。只有通过拨号软件建立与主机的连接以后，才能利用浏览器或电子邮件等软件对 Internet 进行访问。

如果采用 Windows 系统，用户只要正确配置了 MODEM 网络通信协议、网络适配器及为拨号创建连接，就可以利用拨号网络拨号上网。

2. 拨号网络的设置、网络连接及断开

（1）安装拨号网络。双击桌面上"我的电脑"图标，查看是否有"拨号网络"图标存在。

如果有，请直接查看其下面的设置拨号网络。如果没有，请先安装拨号网络，具体操作步骤如下。

选择"开始"→"设置"→"控制面板"→"电话和调制解调器"命令，然后选择"调制解调器"选项卡。如图 6 - 7 所示，单击"添加"按钮，从而完成添加调制解调器的操作。

此时，将调制解调器插入到外设接口处（外置调制解调器插入到 COM 端口，内置调制解调器根据硬件条件，一般插入 PCI 插口），直接单击"添加"按钮，根据向导提示，安装硬件所需的驱动程序，即可完成调制解调器的添加与安装过程。

（2）设置拨号网络。拨号网络安装完成后，我们还需要建立一个连接账号。

在建立连接前，我们必须已经从本地的 Internet 服务供应商（ISP）那里得到了一个上网的账号，并知道账号名称、账号密码、网络接入电话。

下面我们就以网络直通车为例，账号名称为 169，密码为 169，网络接入电话为 169 来建立一个连接账号。除此以外，目前的 ISP 服务商们已经为我们提供了很多公用账号，如 95700、95963 等，用户无须申请即可应用。具体操作步骤如下。

① 选择"开始"→"设置"→"网络连接"命令，在打开的"网络连接"对话框中选择"创建一个新的链接"命令，如图 6 - 8 所示。

② 根据创建一个新的连接向导的提示，单击"下一步"按钮。

③ 在网络连接类型中，选择"连接到 Internet，单选按钮如图 6 - 9 所示，单击"下一步"按钮。

④ 在设置 Internet 连接中，选择"手动设置我的连接"单选按钮，如图 6 - 10 所示。在接下来的选项当中，选择"通过拨号网络进行连接"单选按钮，单击"下一步"按钮。

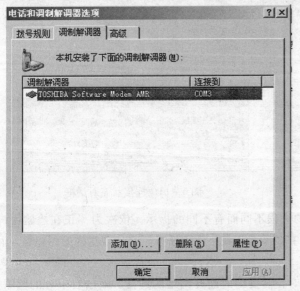

图 6 - 7   添加调制解调器   图 6 - 8   "创建一个新的连接"命令

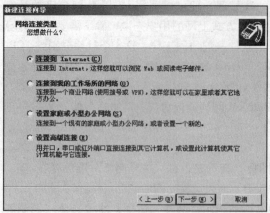

图6-9　选择网络连接类型

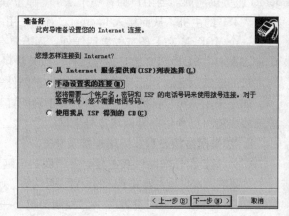

图6-10　设置连接对话框

⑤ 在连接名选项中，输入 ISP 名称，这里我们输入"169"，单击"下一步"按钮。

⑥ 输入电话号码"169"和接下来的用户名"169"，密码"169"，确认密码"169"后，我们

图6-11　169连接图标

完成了使用网络网络直通车169来设置拨号网络的过程。

可以看到，在"拨号网络"文件夹里多了一个称为"169"的图标，如图6-11所示。

（3）网络的连接。拨号网络设置好后，就可以进行连接网络了。首先请把 MODEM 接上电源，打开开关。具体操作步骤如下。

① 双击"连接169"的图标，在弹出的对话框中输入用户名和密码，如图6-12所示。

② 单击"连接"按钮，会弹出如图6-13所示的连接状态对话框。

图6-12　用户名与密码对话框

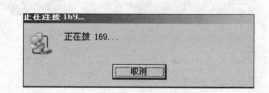

图6-13　连接状态对话框

这个对话框中的提示信息会随着拨入的进程不同而有不同的提示，依次为"正在检验用户名和密码"、"正在登录网络"。请耐心等待，直到其自动最小化到任务栏并出现这样的图标，说明已连接到网络了。

（4）网络的断开。不想继续浏览网络时，需要即时断开网络的连接。双击右下方的图标，弹出如图6-14所示的连接提示对话框，单击"断开连接"按钮即可。

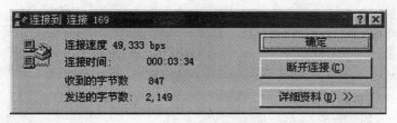

图 6 – 14　连接提示对话框

6.3.2　收发电子邮件

1. 电子邮件的基础知识

电子邮件（E-mail）服务是 Internet 所有信息服务中用户最多和接触面最广泛的一类服务。电子邮件不仅可以到达那些直接与 Internet 连接的用户，以及通过电话拨号可以进入 Internet 节点的用户，还可以用来同一些商业网（如 CompuServe、America Online）及世界范围的其他计算机网络（如 BITNET）上的用户通信联系。电子邮件的收发过程和普通信件的工作原理是非常相似的。

电子邮件和普通信件的不同在于，它传送的不是具体的实物而是电子信号，因此它不仅可以传送文字、图形，甚至连动画或程序都可以寄送。电子邮件当然也可以传送订单或书信。由于不需要印刷费及邮费，所以大大节省了成本。同时，您在世界上只要可以上网的地方，都可以收到别人寄给您的邮件，而不像平常的邮件，必须回到收信的地址才能拿到信件。Internet 为用户提供完善的电子邮件传递与管理服务。电子邮件（E-mail）系统的使用非常方便。

在网络中收发电子邮件的方式有两种，一种方式是直接登录网页进入到远程邮件服务器；另一种方式是通过本地设置邮件接收管理器，将远程服务器的邮件接收到本地计算机或从本地计算机直接发送邮件。两种方式比较起来，第一种方式不占用本地计算机硬盘的存储空间，但缺点是登录收发的速度较慢。第二种方式能够快速地进行邮件的收发，但是很容易将病毒文件下载到本地计算机中，所以存在安全隐患。

电子邮件在发送和接收过程中需要遵循一些基本协议和标准，它们是 SMTP、POP3、MIME 等。只有遵循这些协议和标准的情况下，一个电子邮件才能顺利地进行发送和接收。目前，几乎所有的 E-mail 客户软件都支持上述这些协议和标准。

2. 电子邮件的一般格式

下面以电子邮件客户程序为例来说明电子邮件的具体格式和操作方法。Internet 用户使用电子邮件进行通信，首先必须了解如何编写一份合乎要求的电子邮件，一份完整的电子邮件一般包括两个部分：邮件头部和邮件主体。其中，邮件主体是指邮件的具体内容，一般没有什么特殊的规定。但是，邮件头部相对而言却比较复杂，而且还包含有电子邮件的地址写法。一个完整的 E-mail 地址是一个由字符串组成的式子。这些字符串被@分成两部分，其结构为

（登录名）@（主机名）. 域名

其中，"@" 表示 "在"（即英文 at）；在@ 的左边为登录名，也就是用户的账号，用户在入网时所取的名字；在@ 的右边由主机名和域名组成，例如，zhangsan@ etang. com。

3. 收发电子邮件

使用 Outlook 接收和发送电子邮件非常方便。当启动 Outlook 时，它会自动访问服务器，查看有没有新邮件。如果有新邮件，Outlook 会立刻把它们下载到你的计算机上，并给出通知。

（1）接收邮件。根据默认设置，启动 Outlook 时，将自动连接到邮件服务器接收新邮件，并且每隔 30min 就查一次新邮件。Outlook 下载新邮件后，并且在收件箱文件夹将显示下载文件数，单击 "收件箱" 文件夹，工作区的上半部分出现邮件列表，下半部分是浏览区，用于显示信件内容，如图 6 – 15 所示。

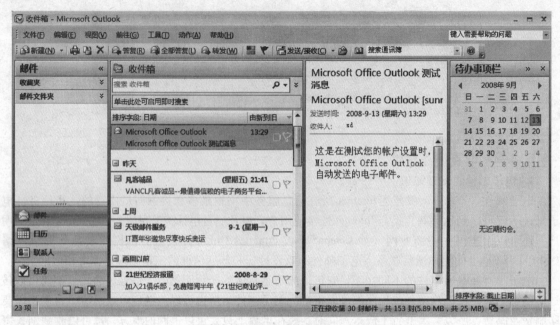

图 6 - 15　Outlook 接收邮件窗口

（2）阅读邮件。邮件下载后就可以阅读了，只要单击邮件列表中的一封邮件，内容将显示在下面的浏览区内，单击工具栏上的不同按钮可实现不同的操作。例如，单击"打印"按钮，可以把信的内容打印出来。单击"答复"或"转发"按钮，还能回复或转发你正在查看的邮件，如图6 - 16 所示。

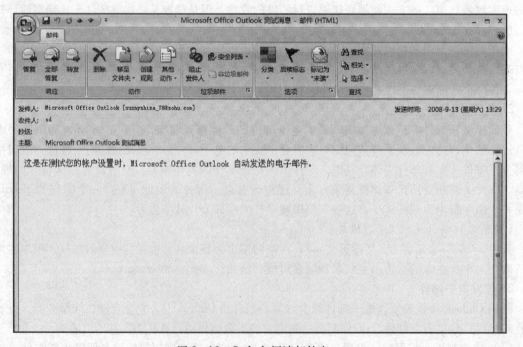

图 6 - 16　Outlook 阅读邮件窗口

（3）撰写邮件。使用 Outlook 撰写邮件是一件很轻松的事情，你只要单击工具栏上的"创建邮件"按钮，就能打开邮件编辑器书写邮件。该界面中的具体参数说明如下。

● 收件人：可输入一个或多个收件人的电子邮件地址，分别用逗号或分号隔开。

- 发件人：将选用邮件账号的默认设置，如果你有多个账号，可单击发件人栏右端的按钮，更换发件人地址。
- 抄送：用于告诉收件人有其他用户也将同时收到这封电子邮件，如果需要，可在抄送框中输入每位收件人的电子邮件地址，分别用逗号或分号隔开。
- 主题：输入邮件主题，告诉收件人该邮件的主要内容是什么，相当于邮件名。

输入邮件时，很容易造成拼写错误。要想减少错误，可从通讯簿中添加电子邮件地址，条件是你已经把他们加入到你的通讯簿中了，单击收件人或抄送旁的书本图标就可打开通讯簿，选择所需的联系人。

上述 4 个栏目输入完毕后，即可进入编辑区撰写邮件。一般情况下，应在脱机状态下撰写邮件，以减少费用。撰写完毕后，单击"发送"按钮，邮件将保存在"发件箱"文件夹中，下次联机时会自动发出。

（4）发送邮件。邮件撰写完毕，单击"发送"按钮，如果此时已联机上网，邮件将立即发出；如果未联机，Outlook 将启动拨号连接程序进行联机，上网后即将邮件发生。

4. 电子邮件软件的应用与安全

（1）免费邮箱的使用。人们除了到 ISP 开户交费获得电子邮箱外，还可以登录许多网站获得免费电子邮箱。各网站的免费电子邮箱是靠广告支持的，现在许多 Internet 站点都在增加服务以吸引更多的访问者，免费电子邮箱就是这类服务之一，它是一种无须付费即可获得的邮箱。

免费电子邮箱服务大多在 Web 站点的主页处提供，它们分为 3 种类型，Web 页面邮箱、POP3 邮箱和转信邮箱。Web 邮箱的特点是你若要读信时，必须登录该网站才行，用户无法用 E-mail 软件直接取信。POP3 邮箱和各 ISP 提供的邮箱没有什么不同之处，使用免费 POP3 邮箱的用户可以用各种 E-mail 软件，在未登录 Web 页面的情况下，直接就能取信，离线读信、写信，大大节省了上网的时间。

（2）国产精品 Foxmail 简介。Foxmail 是一款国产的中文版电子邮件客户端软件，支持全部的 Internet 电子邮件功能，全面兼容 Outlook，而且具有很多特点，能够在 Windows 95/98/2000/XP 环境下运行。Foxmail 因其设计优秀、体贴用户、使用方便、提供全面而强大的邮件处理功能、具有很高的运行效率等特点，赢得了广大用户的青睐。

（3）邮箱的安全。危及邮箱安全的因素主要是邮件病毒、邮件炸弹和垃圾邮件。邮件病毒也是计算机病毒，只不过由于它们的传播途径主要是通过电子邮件，所以才被称为邮件病毒。它们一般是通过邮件中附件夹带的方法进行扩散，如果运行了该附件中的病毒程序，就会使你的计算机染上病毒。

为了防止邮件病毒侵入你的邮箱，应注意以下几点。

- 慎重收取邮件附件。
- 发送无毒的程序文件。
- 慎重转发邮件。

6.3.3　网页浏览

随着 Internet 的迅速发展，人们为了充分利用 Internet 上的信息资源，迫切需要一种更加方便、快捷的信息浏览和查询工具。在这种情况下，由蒂姆和马克创建的"万维网"（WWW，World Wide Web，有人简称它为 Web）诞生了。它的出现使 Internet 上的用户获取信息的手段有了本质上的改变。通过 Internet 将位于世界各地的相关信息资源有机地编织在一起，它采用把菜单项直接嵌入到文本之间的所谓超文本方式，为用户提供世界范围的多媒体信息服务。人们只要操作计算机的鼠标，就可以通过 Internet 从世界任何一个地方调来希望得到的文本、影视和音像等信息。WWW 的出现被认为是 Internet 发展史上的一个重要里程碑，它对 Internet 的发展起到了推动作用，做出了重大的贡献。它是人们通过 Internet 在世界范围内查找信息和共享信息资源最理想的工具。

1. 使用 Internet Explorer 工具浏览

Internet Explorer 是微软公司开发研制的应用软件，适合于在网上进行浏览的工具。双击桌面上的 Internet Explorer 图标，运行 IE 浏览器。运行 IE 以后，这个浏览器窗口就自动打开了微软公司的 WWW 网页，如图 6 – 17 所示。

图 6 – 17　IE 打开微软公司网页

打开 IE 浏览器窗口，我们可以看到以下这几部分的内容。
- 标题栏：在这里显示了当前打开页面的标题。
- 菜单栏：这里是 IE 浏览器的菜单条，IE 的所有功能指令都可以在这里找到。
- 快捷菜单栏：这里是一些常用命令的快捷图标。
- 地址栏：在这里输入 URL 地址来访问网站，我们已经介绍过了。
- 浏览窗口：这里就是所访问站点的内容。
- 状态栏：这里显示了当前窗口的状态。

下面我们就详细介绍 IE 的快捷菜单条中一些常用按钮，如图 6 – 18 所示。

图 6 – 18　IE 常用按钮

（1）"后退"按钮和"前进"按钮。使用"后退"和"前进"按钮可以使我们按原路返回或前进。比如，我们在看新闻网站的时候会有许多不同的新闻标题，单击其中一个标题的超级链接就可以看到标题下面的新闻内容。看完这则新闻后只要单击"后退"按钮就可以返回到新闻标题的页面，再选择其他标题来进行浏览。通过"后退"按钮可以一直返回到前面看过的所有页面，而单击"前进"按钮则可以返回到后面你看的新闻内容。

直接单击后退和前进按钮就会按顺序切换页面。如果你不想一页一页地返回，可以单击在"后退"和"前进"按钮旁边的黑色小箭头，在其下拉菜单里直接选择要返回的页面标题即可。

（2）"停止"按钮和"刷新"按钮。Internet 服务器允许很多人在同一时间访问同一页。但是有时候服务器可能来不及处理多人发来的浏览器请求。如果下载一页时要花费的时间很长，就不妨过一会再试。这时候就要使用"停止"按钮暂停对它的访问，而先打开另一个窗口访问其他站点。等过了一段时间后，只要单击"刷新"按钮是可以继续访问、下载这个页面了。

如果你的网速很慢，"停止"按钮和"刷新"按钮是我们经常会使用到的功能了。当一个页面上我们需要的部分已经下载而不耐烦等待其他部分打开就可以使用"停止"按钮；当一个页面由于网速过慢而出现"超时"提示时，就可以使用"刷新"按钮继续下载该页。总之，合理使用"停止"和"刷新"按钮可以节省你的上网时间，提高浏览效率。

（3）"主页"按钮 。不论你现在在浏览哪个站点，不论你访问过了多少站点，单击"主页"按钮，就可以迅速地回到设置为"主页"的站点，而不用在地址栏里输入地址，或者不断地单击"后退"按钮。

这里说的"主页"是指你的浏览器一打开时所连接的那个页面。比如，IE 的默认主页是微软中文版，那么只要我们一单击"主页"按钮，浏览器就自动链接到微软中文版站点。通常为了使用方便，我们都把速度最快或者自己最常使用的站点设为主页。有关主页的设置可以参阅 Internet 选项的介绍。

（4）"收藏夹"按钮 ☆收藏夹。单击"收藏夹"按钮后，在浏览窗口的左侧出现了一个新的分栏。这里面列出了你的收藏夹中收藏的站点。要访问哪个站点，只要直接单击这个站点的链接就可以了，如图 6-19 所示。如果当前的网页要想保存到收藏夹，可以直接在"地址"栏中选择当前将要保存的网页地址，单击"添加"按钮即可。

图 6-19　收藏夹使用对话框

（5）"历史"按钮 。我们每一次登录网络所浏览的网页都将被 IE 浏览器中的历史功能所记录，单击"历史"按钮，即可查看最近登录浏览过的网页的情况，如图 6-20 所示。

在新出现的分栏中列出的，就是你在最近几天内所有曾经去过的站点和访问过的页面，找到要去的地方，直接单击吧！要隐藏分栏，只需要再次单击"历史"按钮就可以了。

默认历史栏里可以记录最近 20 天内访问的站点，可以自行更改 Internet 选项的设置。

Internet 上像这样的网页有许许多多，那么我们怎样到自己想去的网页呢？

每个网页都有一个独一无二的地址，称为"网址"。用专业一点的术语来讲，就称为"统一资源定位器"地址，又称为 URL 地址。我们只要在浏览器的"地址"栏里输入网页的 URL 地址，浏览器就会在 Internet 上找到那个网页，并把它显示出来。比如，我们输入"首都在线 263"的网址 http：//www.263.net，就可以看到首都在线的网页了。

Internet 上的网页多种多样，公司、报社、国家机关等很多都有自己的网页，如输入网址 www.disney.com，然后按"Enter"键，就可以对远在地球另一端的美国迪斯尼乐园的网页进行浏览。输入网址 www.cctv.com.cn，然后按"Enter"键，就可以对中央电视台的网页进行浏览。网页就是这样的，我们坐在家中就可以看到各种报纸，也可以去访问白宫，还可以去参观大英博物馆。学会使用 IE 进行网页的浏览，就可以接触到 WWW 上世界各地的信息。

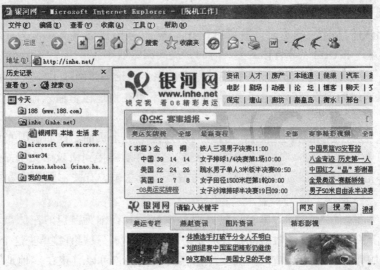

图 6-20　历史选项

在进行网页浏览时，其中最重要的一个特性是超级链接的应用。我们把鼠标指针移到某一个文字上面时，鼠标指针变成了一只小手，单击一下，浏览器里显示的就换成了另外一个网页。这种能够跳到别的网页的可以单击的地方称为"超级链接"。它可以让我们根据自己的兴趣通过站点导航到达其他网站，而不需要自己输入 URL 地址了。

2. 浏览技巧

（1）加速浏览。采用高速的硬件（如大容量内存、高速显卡、高速 MODEM），避开上网高峰时段，利用系统的多任务功能，采用网络优化或加速软件，选择高级提速设置，使用 IE 的快捷键，充分利用"高级"设置，关闭多媒体等措施都可以加快上网速度。

（2）使用收藏夹。用户找到自己喜欢的 Web 页或者站点时，可以保存其地址，将站点添加到收藏夹中，以后每当需要打开该站点时，只要在工具栏上单击"收藏夹"按钮并从收藏夹列表中选择，就能轻松打开这些站点了。

（3）脱机离线浏览。脱机浏览方式是指启动浏览器不连接到 Internet，在不占联网电话线的情况下查看网页，当然，此时查看的网页只是以前上网时曾经打开过的网页，它们被保存在临时文件夹里，脱机浏览不能打开新网页。

6.3.4　软件下载

1. 文件的下载

除了在网络上浏览各种信息和收发电子邮件外，我们还可以从网络上获得很多好东西。不管是软件/游戏/视频，通过下载我们都可以把它从网络上搬回家。

所谓"下载"，就是指我们把远程服务器上的数据复制到本地硬盘上的过程。广义来讲，其实我们在网络浏览的过程中就已经应用到了下载。比如，我们浏览网页，其实就是把这个页面的信息从服务器下载到本地硬盘上的过程。不过这里要涉及的主要是下载的狭义概念，我们主要介绍如何利用专门的工具软件来进行数据量比较大的软件的下载。

下载的过程就是进行文件传送，在 Internet 中进行文件的传送不得不提到 FTP（File Transfer Protocol，文件传输协议），它是 TCP/IP 协议族中的一个，位于应用层。对于连入 Internet 的计算机，只要装上 FTP 软件，原则上就可以进行文件传输入，不管计算机的地理位置、什么类型、如何连接，以及操作系统是否相同等。

要下载就必须先找到一个提供下载服务的网站。在因特网上有很多提供各种各样下载服务的站点，比如，专门提供游戏下载的游戏类站点、专门提供影音视频文件下载的影音类站点、专门提供网页制作素材的图库类站点、专门提供书籍下载的书库类站点、专门提供软件下载的下载站点等。

几乎所有的门户类站点都提供了软件下载功能。比如，263 的软件下载、网易的软件下载、新浪的下载中心、搜狐的下载频道等，而且还有大量的专门提供软件下载的站点，比如，中国下载、华军软件园、超级软件下载、无忧软件网、eNet 软件站点等。如果这些还是不能满足你的需要，还可以利用搜索引擎搜索更多的软件下载站点。

连接到一个软件下载站点后，下一步就是寻找自己需要的软件了。如果没有什么特定的目的，你可以按照软件的分类去寻找自己感兴趣的软件；如果想寻找特定的软件，也可以使用一般软件下载站点都会提供的站内搜索来寻找。发现了自己要找的软件后，首先要仔细阅读一下软件的有关介绍，看它运行所需要的计算机软硬件环境你是否满足，它的功能是否确实是你所要找的等。确定了这就是你要找的软件后，只要单击相关的下载链接，系统就会自动调用下载工具来进行下载。如果你的计算机没有自己安装任何软件下载工具，系统会调用一个 Windows 自带的下载程序。

以在"中国下载"上下载 FlashGet 为例，其具体操作步骤如下。

（1）打开一个 IE 浏览器，进入中国下载的主页面。

（2）通过站点提供的站内软件搜索，查找 FlashGet。

（3）在查出的软件列表中寻找合适的软件和版本，单击进入详细介绍页面。

（4）确认软件和版本没有错后，在右侧提供的几个下载服务器中任意选一个单击左键。

（5）此时弹出一个对话框，要你选择将进行的操作。选择"将该程序保存到磁盘"单选按钮，然后单击"确定"按钮，如图 6 - 21 所示。

（6）在弹出的文件另存为对话框中选择软件的保存位置，然后单击"保存"按钮。

（7）决定好保存位置后，就开始下载软件了，如图 6 - 22 所示。

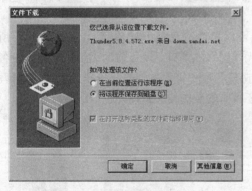

图 6 - 21　下载询问对话框

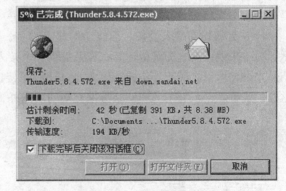

图 6 - 22　下载状态对话框

（8）当下载状态提示对话框中的下载进度条走到头的时候，这个文件就下载完毕了，接下来可以安装软件试用效果了。

6.4　无线网络介绍

6.4.1　无线网络设备

无线网络设备，包括无线网卡、无线网桥、无线 Hub、无线访问接入点（无线外接单元）。无线网络就是由这些设备及各自的天线把分布在不同位置的独立计算机连接成各种拓扑结构的无线局域网的。

图 6 - 23　无线网卡

（1）无线网卡（如图 6 - 23 所示）是无线网络中直接与个人计算机相互连接的设备，所以依据个人计算机不同的总线形式，也有 3 种接口卡，就是 ISA、PCI 和 PCMCIA 接口的无线网卡，ISA 和 PCI 是台式计算机常用的接口形式，ISA 无线网卡出现要比 PCI 接口的无线网卡早得多，但是由于 ISA 总线的效率低，所以后来都被 PCI 网卡所代替，现在市场上还可以见到不少的 ISA 接口的无线网卡，大都是国外早期淘汰的产品。由于无线网卡具有移动使用的优势，所以很早就被应用在了笔记本电脑上，而且现在比较多见的也是 PCMCIA 接口的笔记本专用的无线网卡。

不论哪种接口的无线网卡其基本组成是相似的，都由 3 部分组成：NIC（网卡）单元、扩频通信机和天线。其中，NIC 单元属于数据链路层，由它负责建立主机与网络数据物理层之间的连接，其功能有点类似于普通有线网卡；扩频通信机则是使得网络数据信息实现无线电信号的接收与发射，这里包括了对于无线信息的侦听、辨别，以及响应、发送等的功能。当然，天线也是网卡必不可少的一个部分，不同的无线网卡天线对应不同的使用距离，而且也影响到了两个设备之间的传输速率。一般来讲，无线网卡配套不同的天线，距离可以为 100m ~ 1km，甚至三四千米的范围，这样可以根据不同需要选择天线，适应室内，或者是室外的不同使用环境。

（2）无线网桥（如图 6 - 24 所示）和普通网桥的功能类似，可以将不同的 IP 子网连接，并将其方便地嵌入现有网络中。其主要特性有 IP 路由功能，无线网桥也符合 RFC 规程，具有 RIP1 功能，可以减少无线链路上的不必要通信；网桥协议过滤功能，可去除传输中的以太网协议冗余信息，提高信道传输效率；双重缓冲功能，由于 IEEE 802.11 系统间传输的帧间空隙较大，按照有线网的数据打包方式会增加开销，降低吞吐量，所以一般无线网桥都提供将较小数据包合并到所谓的"超帧"的功能，以减少链路开销、提高了小数据包的传输速率。另外，无线网桥也提供带宽管理，通过划分每个远程基站的带宽来提高运行效率。

（3）无线访问接入设备。无线访问接入设备，也可以称为"无线外接单元"，如图 6 - 25 所示，简单来说，就是为其他计算机设备提供一个接入无线网络的接口。就目前的无线访问接入设备产品来讲，可以把所有支持标准以太网 10 BaseT 接口或者是 RS—232 串口的设备接入无线局域网。这样的设备除了具有与无线网络数据交换的功能外，还具有安装简便、自动配置等的特性。

图 6 - 24　无线网桥

图 6 - 25　无线外接设备

目前，生产无线网络设备的公司还不是很多，市场上能够找到的无线设备主要是由朗讯科技公司、Cisco、RadioLAN 等国外厂家生产的，国内生产无线网络设备的厂家更少，为人所知的只有广东创智网络系统公司一家。也正是由于生产厂家比较少，推广的范围也很有限，所以无线网络产品的价格还很高，有些甚至高得离谱。

6.4.2　无线局域网的特点

无线局域网由于其本身的特性，使其在应用上更加灵活，其特性主要表现在以下几个地方。

（1）建网简便。相对于有线网络来讲，无线局域网的组建、配置和维护都较为容易。由电缆或光缆构成的有线局域网有固有的缺点：布线、改线不仅工程量大，而且有线线路不论是架空还是埋设地下都容易损坏，而且维修起来相当的困难，而且有线网络中的各站点一旦设立，就不好再移动了。而当把相距数公里到数十公里距离的远程站点接入网络时，这样的工程就非常的浩大了。无线网络在这个方面要简便的多，只要设定好站点、架设好天线就可以了。

（2）移动性高。无线网络还有一个优势就是其可移动性，拥有无线网卡的计算机可以在无线局域网覆盖的区域内自由使用，甚至在移动中都可以保持通畅的网络连接，这样的功能恐怕是有线网络望尘莫及的了。一般来讲，采用粗缆时两个站点的距离只有 500m 左右，即使采用单模光纤也只能达到 3km，而在无线局域网中，如果采用强大的天线，两个站点间的距离可达到 50km。像我们在引言中所讲的那样，在沙滩上享受阳光、海风的时候，也可以在网络上逍遥了。

（3）容量大。从无线网络标准 IEEE 802.11 知道，无线网络支持 2.4GHz 频带下 13 个子信道，每信道占有 22MHz 带宽，并可在 2.4GHz 频带下同时拥有 3 个完全独占的子信道，而在每个子信道内，依据 11 位随机码元对各基站用户进行编码分址，以实现多用户的频道复用。在这种模式下，有些无线网络可以容许最多 80 个用户的接入。而有线网络就要受到 Hub 接口数目，以及布线长度等众多限制了。

（4）抗干扰性强、保密性好。对于无线网络的抗干扰和保密工作，主要通过以下几个途径来解决。

- 采用无线扩频技术：现在的无线网卡大都采用了扩频通信技术，增加了抗干扰性、降低了误码率，同时也提高了抗多径干扰能力，能够在负信噪比的通信条件下工作。而且采用这样的技术以后，无线设备使用极低信号发射功率就可以正常工作，这样也可以让无线设备同频使用，不受外界信号的干扰。
- 使用不同工作频道：现在的无线设备都有几个完全独立的工作频道，通过特定软件可设置几十个部分重叠的频道，这样用户可以根据自己实际工作情况来选择不同的频道，从而避免了来自其他频道用户干扰，这样也大大降低了通信内容泄漏的可能。
- 严格的用户识别 ID：无线网络设备和有线网络产品一样，也有唯一的 ID 号，但是在网络连接中，对于 ID 号的识别和验证要严格得多。在无线局域网络里，所有接入该网络的合法用户设备的 ID 号码都记录在网管中心，而且只有记录在案的用户，才可以进入该网络。如果有人想非法侵入，即使是采用同样的设备，同样的工作频道，没有合法的 ID 号码是根本不能与网络连接的。

（5）造价昂贵。讲了这么多无线网络的优势，也要讲讲它的缺点，即造价昂贵。现在无线网络设备的价格相当昂贵，比如，笔记本用的高速无线网卡价格在 1 500 元～2 000 元之间，而那些无线网桥、无线接入设备的价格更要高达七八万元，昂贵的设备增加了组网的成本，这样的投入对于一般应用是难以承受的，所以这也限制了目前无线网络的发展速度。无线设备的成本价格主要还是由于应用比较少，生产没有达到规模使成本降不下来。另外，现在市场上大多是国外进口的产品，没有实现本地化，所以价格也偏高。

6.4.3　无线网络的前景

近年来随着网络技术的巨大发展，人们对于网络的依赖性也越来越强；随着现在“移动办公”的兴起，人们对于移动的需求也逐渐强烈，在这种情况下无线网络应用不再局限于原来跨地域两个或是多个局域网互联了，而是直接面向于广大个人用户的蜂窝服务模式，这也正是我们所追求的梦想——“任何人在任何时间，任何地点以任何方式与任何人通信”，这也对无线网络发展提出了新的要求。

　　当然，实现这一梦想还要克服许多存在的实际问题，首先如何建立一个蜂窝服务系统的问题，只有当无线网络的服务像手机那样普及以后，才能真正体现出无线的魅力。另外，无线网络产品价格过高的问题，不过这种状况很快就会有所改变，当前有不少大的厂家都参与到无线网络设备的研发、生产中来，产品的价格正逐渐下降，而且相应软件也逐渐成熟起来，这些都将促进无线网络的发展。

　　就目前的形势来看，无线局域网还只是有线网络的延伸和补充，还不能完全地脱离有线网络而独立存在，即使是在移动通信上也面临众多的竞争，比如，蓝牙、PDA、WAP等。

本 章 小 结

　　1. 计算机网络发展、组成和功能
- 计算机网络发展的4个阶段：以单个计算机为中心的远程联机系统，构成面向终端的计算机网络；多个主计算机通过线路互联的计算机网络；具有统一的网络体系结构、遵循国际标准化协议的计算机网络；千兆位网络。
- 计算机网络可划分为两种子网：资源子网和通信子网。
- 计算机网络的功能：硬件资源共享，软件资源共享，用户之间的信息交换。

　　2. 网络的协议与体系

开放系统互联参考模型简称为OSI。OSI参考模型中采用了7个层次的体系结构，可以分为高层、中层、低层。高层包括应用层、表示层和会话层；中层包括传输层和网络层；低层包括数据链路层和物理层。

TCP/IP是传输控制协议/互联网协议的缩写。包括4层：应用层、传输控制层（TCP/UDP）、网际层（IP）和网络接口层。

　　3. 网络的分类
- 按照规模大小和延伸范围来分类，把计算机网络划分为局域网（LAN）、城域网（MAN）和广域网（WAN）。
- 按照网络的拓扑结构来划分，计算机网络可以分为星形网、环形网、总线型网、树形网、混合型网、网形拓扑网。
- 按通信传输的介质来划分，计算机网络可以分为双绞线网、同轴电缆网、光纤网、无线网和卫星网等。
- 按信号频带占用方式来划分，计算机网络又可以分为基带网和宽带网。
- 按照网络的使用范围来划分，计算机网络又可分为公用网和专用网。公用网一般是国家邮电部门组建的网络，为全社会的人提供服务。例如，中国的ChinaNet、UNInet、Cmnet就是公用网，它们为公众开放。而专用网是为某部门的特殊业务工作需要而组建的网络，不向外单位的人提供服务，例如，军队、铁路等系统均为专用网。
- 按照网络的物理结构和传输入技术来划分，计算机网络又可分为点对点式网络和广播式网络。点对点式网络的拓扑结构又分为星形、环形、树形、完全互联网、相交环形和不规则型等。广播式网络又分为总线型、环形和卫星网等。

　　4. 计算机网络硬件

计算机网络硬件包括双绞线、光纤、计算机网络终端设备（网卡）、集线器、路由器、调制解调器等。

　　5. Internet客户机/服务器模式

　　6. Internet的接入方式

Internet的接入方式有专线接入Internet、通过局域网接入Internet、通过ISDN连接上Internet、宽带接入Internet等。

　　7. Internet的基本操作
- 使用调制解调器拨号上网的设置：安装拨号网络、设置拨号网络、网络的连接。
- 收发E-mail。

- 网页浏览与下载。
8. 无线网络的介绍
- 无线网络的设备。
- 无线网络的特点。
- 无线网络的前景。

练习题

一、选择题

1. 如果要在一个建筑物中的几个办公室进行联网,一般应采用(　　)的技术方案。
   A. 广域网　　　　　B. 局域网　　　　　C. 城域网　　　　　D. ATM 网

2. 目前,我们所使用的计算机网络是根据(　　)的观点来定义的。
   A. 用户透明　　　　B. 广义　　　　　　C. 资源共享　　　　D. 狭义

3. (　　)的特点是结构简单。传输延时确定,但系统维护工作复杂。
   A. 环形拓扑　　　　B. 树形拓扑　　　　C. 星形拓扑　　　　D. 网状拓扑

4. 在计算机网络中,共享的资源主要是指硬件、软件与(　　)。
   A. 主机　　　　　　B. 数据　　　　　　C. 通信信道　　　　D. 外设

5. 在计算机网络中,负责处理通信控制功能的计算机是(　　)。
   A. 主计算机　　　　　　　　　　　　B. 通信控制处理机
   C. 通信线路　　　　　　　　　　　　D. 终端

6. 在常用的传输介质中,宽带最宽、信号传输衰减最小、抗干扰能力最强的是(　　)。
   A. 同轴电缆　　　　B. 双绞线　　　　　C. 无线信道　　　　D. 光缆

7. (　　)是指将模拟信号转变成计算机可以识别的数字信号的过程。
   A. 调制　　　　　　B. 解调　　　　　　C. 采样　　　　　　D. 压缩

8. 数据传输速率的单位是(　　)。
   A. bps　　　　　　 B. MB　　　　　　 C. bit　　　　　　 D. byte

9. 数据通信的任务是传输(　　)代码比特序列。
   A. 十进制　　　　　B. 二进制　　　　　C. 八进制　　　　　D. 十六进制

10. Internet 主要由 4 个部分组成,包括路由器、主机、(　　)和信息资源。
    A. 交换机　　　　　B. 数据库　　　　　C. 通信线路　　　　D. 管理者

11. OSI 参考模型的 3 个要素概念是(　　)。
    A. 子网层次原语　　　　　　　　　　B. 广域网/城域网/局域网
    C. 结构模型交换　　　　　　　　　　D. 服务接口协议

12. OSI 参考模型中,(　　)是参考模型的最高层。
    A. 表示层　　　　　B. 应用层　　　　　C. 会话层　　　　　D. 传输层

13. 于 OSI 参考模型的描述中,下列说法中不正确的是(　　)。
    A. OSI 参考模型定义了开放系统的层次结构
    B. OSI 参考模型是一个在定制标准时使用的概念性的框架
    C. OSI 参考模型的每层可以使用上层提供的服务
    D. OSI 参考模型是开放系统互联参考模型

14. (　　)是指为网络数据交换而制定的规则、约定与标准。
    A. 网络协议　　　　B. 层次　　　　　　C. 体系结构　　　　D. 接口

15. TCP/IP 参考模型中,网络层的数据服务单元是(　　)。
    A. 比特序列　　　　B. 主机 – 网络层　C. 传输层　　　　　D. 互联层

二、简答题

1. 什么是计算机网络？计算机网络的功能如何？

2. 计算机网络的发展可分为哪几个阶段？

3. 计算机网络是如何进行分类的？

4. 简述什么是 OSI？什么是 TCP/IP？它们之间有什么区别与联系？

5. 网络是如何进行分类的？

6. 除上述计算机硬件设备外，请列举说明一些其他的计算机硬件设备。

7. 什么是 IP 地址？IP 地址划分为几类？

8. 域名系统有哪些具体规定？

9. Internet 有哪些接入方式？

10. 电子邮件地址中的@表示什么含义？

11. 什么是邮件主题？它有什么用处？

12. 如何发送一封具体的电子邮件？如何接收邮件？

13. 什么是邮件病毒？

第7章 常用工具软件

计算机中有很多常用工具软件，学会一些工具软件的使用，可以提高我们对计算机使用的效率，还可以便于我们对文件的处理与使用。本章详细地介绍了压缩工具、病毒查杀工具、多媒体播放工具、图像浏览及处理工具的安装与使用，使读者由浅入深地了解各软件的有关理论基础，并能举一反三地对同类软件的使用提供帮助。

【本章学习目标】

- 了解常用压缩软件，并能够使用压缩软件对文件进行压缩处理
- 了解瑞星杀毒软件的功能，以及防病毒的设置
- 了解 ACDSee 图像处理软件的功能与使用，并能够使用该软件编辑图像，对图像进行批处理操作
- 了解音乐播放软件和刻录软件的功能，并能够用音乐播放软件播放音频文件，应用刻录软件制作音频视频数据光盘
- 了解不同软件的下载方法，并能正解掌握软件的安装

7.1 压缩软件 WinRAR 的功能介绍

在网上下载或上传文件时，我们都会先将文件进行压缩处理，这样不仅可以将多个文件压缩成为一个文件，还可以将较大的文件压缩成较小的文件，用以减小文件的容量，减少文件的传输时间。

WinRAR 是目前网上非常流行和通用的压缩软件。它可以创建固定压缩、分卷压缩、自释放压缩等，可以选择不同的压缩比例，用于实现最大限度地减小占用体积。目前最新的版本是 WinRAR 3.62 官方简体中文版。

7.1.1 WinRAR 的下载和安装

WinRAR 软件可以从网上进行下载，有很多网站都支持它的下载。如 http：//www.onlinedown.net/soft/5.htm，这是华军软件园的 WinRAR 的下载地址，大家可自行下载。

安装 WinRAR 的方法十分简单，您只要双击下载后的压缩包，就会弹出如图 7-1 所示的安装界面，在这里设置安装的目标文件夹。

在图 7-1 中，通过单击"浏览"按钮并选择好安装路径后单击"安装"按钮，就可以开始安装了。然后会出现如图 7-2 所示的选项。

图 7-2 中分 3 个部分，在左边的"WinRAR 关联文件"中是让您将这些格式的文件创建联系，如果您决定经常使用 WinRAR，可以与所有格式的文件创建联系。如果您是偶尔使用 WinRAR，也可以酌情选择。右边的"界面"是用于选择 WinRAR 在 Windows 中的位置；"外壳整合设置"是在快捷菜单等处创建快捷方式。选择都做好后，单击"完成"按钮成功安装。

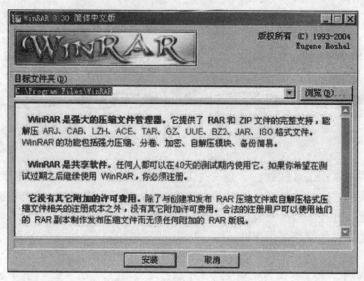

图 7－1　设置目标文件夹

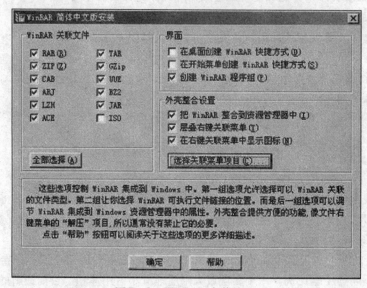

图 7－2　WinRAR 安装选项

7.1.2　使用 WinRAR 快速压缩和解压

WinRAR 支持在快捷菜单中快速压缩和解压文件，其操作十分简单。

1. 快速压缩

当在文件上用鼠标单击右键时，会看到图 7－3 中有压缩图标的部分，这就是 WinRAR 在快捷菜单中创建的快捷键。

要想压缩文件的时候，在文件上用鼠标单击右键并选择"添加到'常用工具软件 . rar'"（这里，我们要压缩的文件名为"常用工具软件"，如果对另一个文件进行压缩，则出现的就是另一个文件的名称），这样会弹出如图 7－4 所示的对话框。

在该对话框的最上部，您可以看见 6 个选项，这里是选择"常规"选项卡时弹出的界面。默认压缩文件名就是我们刚刚选择的"常用工具软件 . rar"，在一般情况下，"常规"选项卡的参数使用默认就可以了。单击"确定"按钮，就将对文件进行压缩了，如图 7－5 所示的压缩过程。

这样，在被压缩文件的原文件夹里会出现一个压缩文件，这个压缩文件的容量应比原文件要小，且所显示的图标是如图7-6所示的图标。

图7-3　快捷菜单

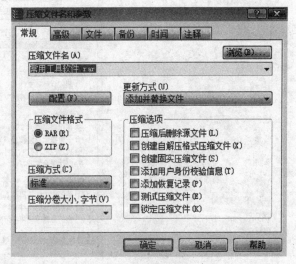

图7-4　压缩向导

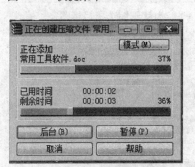

图7-5　压缩过程

图7-6　图标

2. 快速解压

当您在压缩文件上用鼠标单击右键后，会有如图7-7中所示的"解压到常用工具软件"命令出现。该命令的含义是将当前压缩文件释放到同一文件夹下，并创建默认名称为"常用工具软件"的文件夹，用来存放解压缩的文件。这里的"常用工具软件"是压缩文件的名称，对于每一个不同的压缩文件，所创建的文件夹的名称是不同的。

选择"解压到常用工具软件"命令后弹出如图7-8所示的对话框，在"目标路径"处选择解压缩后的文件将被安排到的路径和名称。没有什么问题，直接单击"确定"按钮就可以解压了。

3. WinRAR 的主界面

其实，对文件进行压缩和解压，快捷菜单中的功能就足以能够胜任，一般不用在 WinRAR 的主界面中进行操作，但是在主界面中又有一些额外的功能，所以我们有必要对它进行了解。

选择一个压缩文件，用鼠标左键双击这个压缩包，弹出 WinRAR 的主界面如图7-9所示。下面我们将对主界面中的每个按钮进行说明。

- "添加"按钮：即压缩按钮，当单击它的时候就会进行添加选项的操作（这里是指向该压缩文件中添加多个文件），再进行压缩，所生成的压缩文件仍然是原来的压缩文件，只是在原来的压缩文件中又多包含了其他选择的文件。

计算机应用基础（第 4 版）（Windows Vista ＋ Office 2007）

图 7－7　释放文件

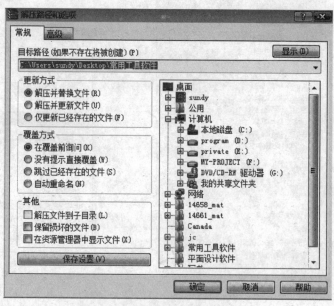

图 7－8　为解压缩选择目标路径

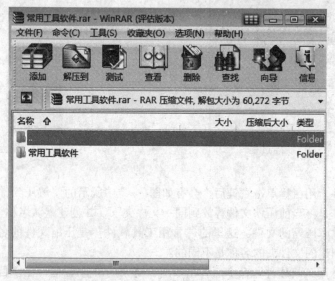

图 7－9　压缩包

- "删除"按钮：它的功能十分简单，即用于删除选定的文件。例如，在一个压缩文件包中，如果想从其中删除某个文件，可以在选定文件后直接单击"删除"按钮。
- "解压到"按钮：该按钮用于将文件解压缩，单击它后弹出的界面是当前压缩文件所在的路径，其含义为将该压缩文件解压到该目标文件夹中。
- "测试"按钮：它允许用户对选定的文件进行测试，并会告诉您是否有错误等的测试结果。

　　其中还有"自解压格式"按钮，用于将压缩文件转化为自解压可执行文件；"保护"按钮用于防止压缩包受到意外的损坏；"注释"按钮用于对压缩文件做一定的说明；"信息"按钮用于显示压缩文件的一些信息。

4. WinRAR 的卸载

只要在"控制面板"中打开"添加/删除程序"选项卡，选择"WinRAR 压缩文件管理器"，单击"更改/删除"按钮就可以了。

7.2　瑞星杀毒软件

瑞星杀毒软件是一款可以在线升级的查防病毒的软件，在抵御病毒入侵中可以有效的保护我们的计算机系统。下面我们就对它的使用做相应的介绍。

7.2.1　下载过程

在"瑞星在线"下载地址中，请单击"在线下载购买"。瑞星是一款有偿服务软件，购买正版的瑞星软件后可以在线对该软件进行升级，增强计算机的防毒能力。最新的瑞星 2008 下载及购买界面如图 7 - 10 所示，读者可自行下载购买。

图 7 - 10　在线下载

需注意的是，本书中的实例是以购买的瑞星产品为例。

7.2.2　安装过程

（1）双击运行安装包，在如图 7 - 11 所示的对话框中选择安装语言后，单击"确定"按钮。

（2）进入欢迎界面后单击"下一步"按钮，阅读最终用户许可协议，选择"我接受"单选按钮，单击"下一步"按钮，如图 7 - 12 所示。

（3）进入产品序列号输入界面，输入用户使用手册上的产品序列号及用户 ID 号，单击"下一步"按钮，如图 7 - 13 所示。

（4）安装前进行内存扫描，保证在干净的系统中安装，扫描完成后单击"下一步"按钮。选择安装方式，单击"下一步"按钮，如图 7 - 14 所示。

图 7 - 11　"选择安装语言"对话框

（5）选择安装路径，单击"下一步"按钮，如图 7 - 15 所示。

（6）安装结束，单击"完成"按钮，如图 7 - 16 所示。

（7）瑞星杀毒软件运行的主界面，如图 7 - 17 所示。

由于购买的时间不同，版本之间存在差异，安装过程中的选项可能略有区别。对于用户而言，一般情况下选择默认选项进行安装就可以满足需求了。

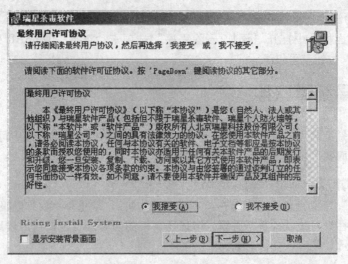

图 7－12　用户协议对话框

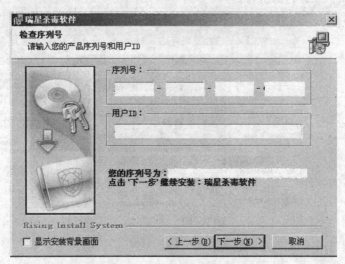

图 7－13　输入序列号和用户 ID

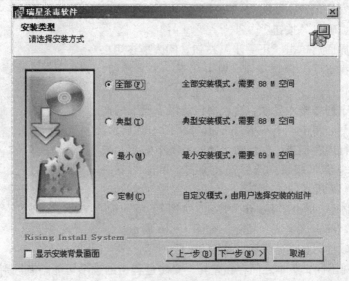

图 7－14　选择安装方式

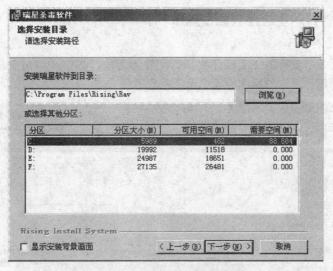

图 7-15　选择安装路径

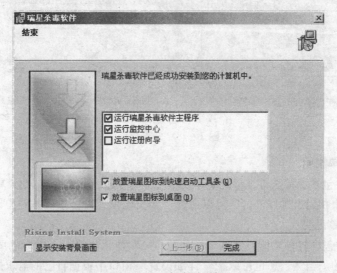

图 7-16　完成对话框

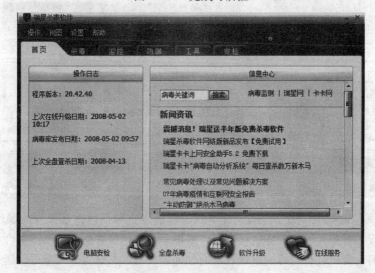

图 7-17　主界面

7.2.3 杀毒软件的主程序界面及菜单

1. 主程序界面说明

瑞星主程序界面是您使用的主要操作界面，此界面为用户提供了瑞星杀毒软件所有的控制选项。通常，简单、易用且友好的操作界面如图7－18所示。

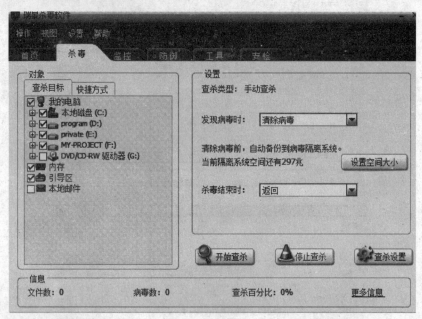

图7－18 杀毒界面

2. "操作"菜单说明

"操作"菜单中包含瑞星杀毒软件的基本操作命令（见图7－19），在此菜单中除了可以对查杀目标进行杀毒、停止和退出操作外，还可以通过"历史记录"命令查看并导出以往查杀毒的记录。

3. "设置"菜单说明

"设置"菜单中包含各种功能设置选项，如图7－20所示。第一次启动瑞星杀毒软件时，程序的功能设置是默认的。当然，您也可以在"详细设置"窗口中根据自己的需求进行相应的设置。

图7－19 "操作"菜单

图7－20 "设置"菜单

在"详细设置"窗口中，用于详细设置不同的查杀方式和不同查杀任务的操作，以及对计算机的防毒、查毒设置等都可以实现。也可以说，这里是个性化设置的一个操作平台。例如，我们可以设置什么时间对计算机进行查毒，发现病毒时如何操作等。在这里，大家可以通过选项设置来改变瑞星杀毒软件对计算机病毒的防御措施。

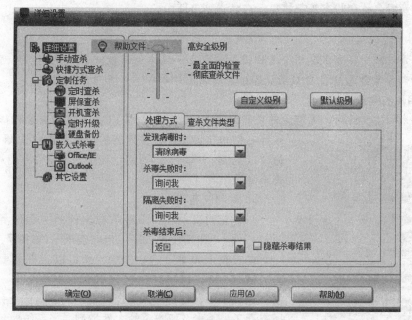

图 7-21 "详细设置"窗口

7.2.4 用瑞星杀毒软件杀毒

1. 在默认状态下快速查杀病毒

在综合考虑大多数普通用户的使用情况后，瑞星杀毒软件已预先进行了合理的默认设置。因此，在通常情况下，普通用户无须改动其他任何设置即可进行病毒查杀，具体操作步骤如下。

（1）启动瑞星杀毒软件。

（2）在"查杀目标"栏中列出了待查杀病毒的目标，默认状态下所有硬盘驱动器、内存、引导区和邮件都为选中状态，如图 7-22 所示。

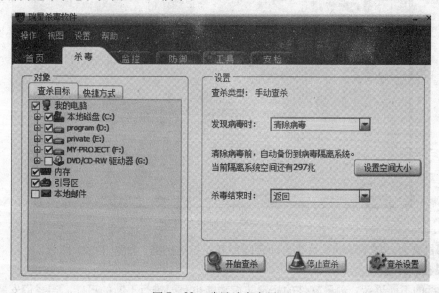

图 7-22 瑞星杀毒主界面

（3）单击"开始查杀"按钮即可开始扫描所选择的目标，当发现病毒时程序会提示用户如何处理。扫描过程中可随时单击"暂停查杀"按钮暂停当前操作，单击"继续查杀"按钮可继续当前操作，也可以单击"停止查杀"按钮停止当前操作。对扫描中发现的病毒，病毒文件的文件名、所在文件夹、病毒名称和状态等都将显示在病毒列表框中。

注意

在清除病毒过程中，若出现删除失败提示，即表示该文件可能正在被使用。您可以使用瑞星DOS杀毒工具制作软盘或USB盘启动计算机，用瑞星DOS杀毒工具清除该病毒。

2．快速启用右键查杀

当遇到外来陌生文件时，为避免外来病毒的入侵，您可以快速启用右键查杀功能。方法是用

图7-23　右键启动

鼠标右键单击该文件，在弹出的快捷菜单中选择"瑞星杀毒"命令（见图7-23），即可启动瑞星杀毒软件专门对此文件进行查杀毒操作。

3．定制任务

（1）定时查杀。在瑞星杀毒软件的主程序界面中，选择"设置"→"详细设置"→"定时查杀"，如图7-24所示。

在"查杀频率"选项卡中，您可以根据需要选择每天一次、每周一次、每小时一次等不同的查杀频率。在"检测对象"选项卡中，可指定需要定时查杀的磁盘或文件夹，并可选择查毒还是杀毒及要查杀的文件类型。当系统时钟到达所设置的时间时，瑞星杀毒软件会自动运行，并开始扫描预先指定的磁盘或文件夹。瑞星杀毒界面会自动弹出显示，用户可以随时查阅查毒的情况。在高级设置中，您可以设置定时扫描高级设置。

图7-24　定时查杀设置

（2）开机查杀。在Windows系统启动后随即开始扫描病毒，如图7-25所示。

4．瑞星在线升级

由于病毒的不断更新，瑞星软件的病毒防御功能也是要进行不断的更新。当我们安装了瑞星软件后，在网络连接正常的情况下，瑞星软件会自动在线进行更新查询与升级，如图7-26所示。当单击"立即升级"按钮后就可以在线对杀毒软件进行更新，从而保证软件处于最新状态，对计算机起到更好的保护作用。

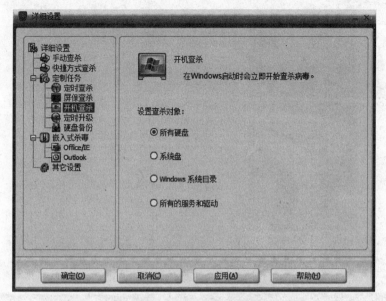

图 7-25　开机查杀设置对话框

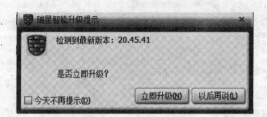

图 7-26　升级提示

7.3　ACDSee 图像浏览软件

ACDSee 是一款图像文件浏览软件，支持 TIFF、JPEG、BMP、GIF、PCX、TGA 等约 40 种常见图像和多媒体文件格式。ACDSee 打开图片的速度非常快，它提供缩略图观看方式，并能够为每个目录建立一个索引。此外，ACDSee 内还带有图像处理工具，支持图像格式转换、图像增强和编辑及修改文件等功能。

7.3.1　ACDSee 的下载与安装

不同版本的 ACDSee 的功能可能不相同，我们这里使用的是 ACDSee Pro 8.1.99，下载地址为 http：//www. newhua. com/soft/2554. htm。

双击 ACDSee 的 SetUp 安装文件，弹出的安装提示对话框如图 7-27 所示。单击 next 按钮，即可完成 ACDSee 安装的过程。

安装完成后，从网上下载一个名称为 ACDSee_ 8_ CHS. zip 的文件汉化包，解压缩后直接运行该汉化包，即可将刚安装好的 ACDSee 软件汉化为中文版。

单击桌面的快捷方式，或从"开始"程序中选择 ACDSee 软件，弹出该软件的主界面如图 7-28所示。

7.3.2　使用 ACDSee

在一张图片上单击鼠标右键，从弹出的快捷菜单中选择 ACDSee 命令，就可以用该软件打开这张图像了。效果如图 7-29 所示。

图7-27 安装提示对话框

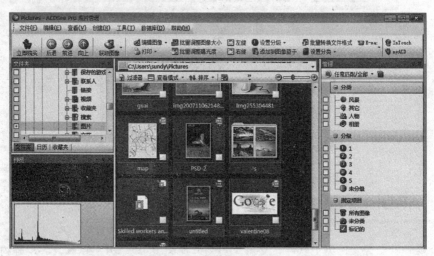

图7-28 ACDSee 主界面

图7-29 打开的图像

这时，该图像处于浏览模式下，并将图像的信息显示在窗口中。

在图 7－29 的最下方状态栏中的信息，分别表示图像共 46 张，当前图像处于第 42 张的位置；该图像的名称为"map.gif"，文件大小为 58.7KB，像素为 298×353，是 256 色的图像；修改日期为 2008 年 2 月 15 日，当前显示比例为 100%，打开该图像共用了 0.01s。

在上述图像的编辑查看模式下，窗口的最左侧是一些对照片进行修饰的工具（见图 7－30），分别是自动曝光、亮度、对比度、阴影/加亮、色偏、RGB、HSL、灰度和去红眼。通过这些工具可以对我们的照片进行加工和处理。

例如，对照片进行亮度处理，选中照片，单击"亮度"按钮，弹出如图 7－31 所示的面板。

图 7－30　修饰工具　　　　　　　　　　　　　　图 7－31　亮度面板

在该面板中，我们调整亮度、对比度、Gamma 参数，调整后单击"完成"按钮，即可将照片按照设置的参数进行调整。但这里仅限对照片的整体处理。

在浏览模式下的工具栏按钮如图 7－32 所示，分别表示打开浏览器、RAW 处理、对照片进行修饰、打开、保存、上一张、下一张、自动播放、拖动手柄、选框、缩放、左旋、右旋按钮等。

图 7－32　工具栏按钮

以上是对单一照片的处理与介绍，在主界面中，利用"工具"菜单如图 7－33 所示，我们可以完成对照片的批量化处理。选择"工具"菜单，其中 ACDSee 提供了很多批处理的命令。

1. 批量调整大小

"批量调整图像大小"命令位于主界面下的"工具"菜单（见图 7－33）中。这里我们介绍批量处理图像大小和批量处理转换图像格式。其他的批处理命令，我们可以根据需要自行调整学习。

（1）按住 Ctrl 键，选取多个要处理的图像，选择"工具"→"批量调整图像大小"命令。

（2）在"批量调整图像大小"对话框中，进行简单的设置如图 7－34 所示，主要是设置所需要的图片大小的参数（即宽度和高度），如果还需要更高级的设置，单击"选项"按钮。

（3）在"选项"对话框里有一些非常规的设置，如图 7－35 所示。

确认无误后，单击"确定"按钮，切换到第 2 步中，单击"开始调整大小"按钮，即可完成图像的调整。

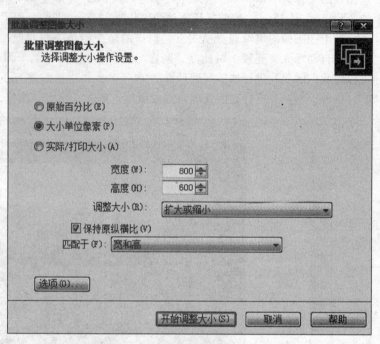

图 7－33　"工具"菜单　　　　　　　　　　图 7－34　"批量调整图像大小"对话框

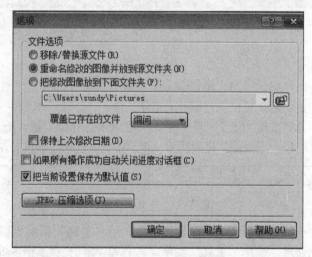

图 7－35　"选项"对话框

2. 批量重命名

用 ACDSee 打开要批量重命名的图像文件，然后选中要进行转换的图像，选择"工具"→"批量重命名"，弹出的对话框如图 7－36 所示。

在该对话框的"模板"中指定批量重命名的文件名格式，模板中"＊"代表原来的文件名，"＃"代表顺序排列的数字或字母。在"开始于"后面可以输入"＃"代表内容的起始值，例如，可以指定为数字"1"或字母"A"。设置好后，单击"确定"按钮。此时，这些重命名的文件已经按一定的顺序排列在对话框右侧了。

如图 7－36 所示的对话框的参数设置，表示当前右侧图像文件的文件名将按照 a1、a2、a3 命名。

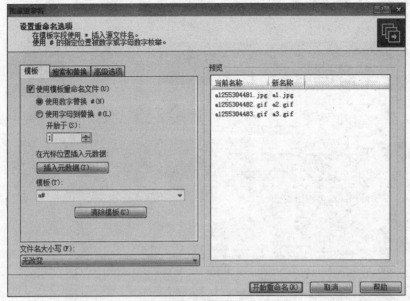

图 7－36 批量重命名

其实,"批量重命名"不仅仅适用于图像文件,或其他格式的文件,甚至对于文件夹一样可以在 ACDSee 中实现批量重命名。

3. 图像文件批量格式转换

说到图像文件格式的转换,你也许会想到 Photoshop 的另存为,或者是其他一些工具,其实我们常用的图像浏览工具 ACDSee 就具有这样的功能,而且还是批量的。

用 ACDSee 打开要批量转换格式的图像文件,然后选中要进行转换的图像,单击"工具"→"批量转换文件格式",弹出的对话框如图 7－37 所示。

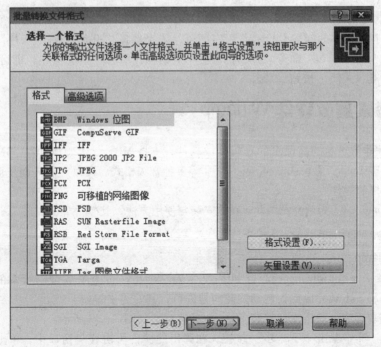

图 7－37 "批量转换文件格式"对话框(一)

在左侧选中目标图像将要转成的新格式文件的类型,单击"下一步"按钮,设置新的格式文件将要放置的位置，这里可以设置它的位置与源文件不在同一文件夹下。单击"下一步"按钮，如图 7 - 38 所示。

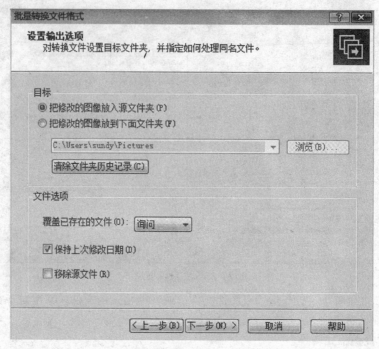

图 7 - 38　"批量转换文件格式"对话框（二）

单击"确定"按钮，即可完成图像文件格式的转换。ACDSee 的功能不仅如此，例如，它还可以进行图像文件的批量调整大小、批量旋转、创建压缩包、生成图册等。其方法都和这里所说的相类似，大家可以试一试。

7.3.3　卸载说明

直接使用它自身提供的卸载 UnInstall 程序即可，依次选择"开始"→"程序"→"ACD Systems"→"卸载 ACDSee Pro"命令，弹出卸载提示对话框，单击"是"按钮，即可开始卸载程序。完成卸载后，单击"关闭"按钮。

7.4　音乐播放软件 Winamp

Winamp 一款非常著名的高保真的音乐播放软件，支持 MP3、MP2、MOD、S3M、MTM、ULT、XM、IT、669、CD-Audio、Line-In、WAV、VOC 等多种音频格式。可以定制界面皮肤，支持增强音频视觉和音频效果的插件。

本节以 Winamp 5.53 为例介绍 Winamp 的安装与使用方法，其软件界面如图 7 - 39 所示。

7.4.1　安装和启动 Winamp

1. 安装 Winamp

从网站 http：//www. winamp. com 或 http：//www. skycn. com/上下载最新版本的安装程序，目前最新版本为 5.53。下载完成后，启动安装向导即可，其安装步骤如下。

（1）双击安装程序，弹出欢迎安装 Winamp 的窗口，如图 7 - 39 所示。

（2）在图 7 - 39 中单击"下一步"按钮，在弹出的"许可协议"窗口中，单击"我同意"按钮，如图 7 - 40 所示。

（3）在"在选择安装位置"窗口中选择安装位置，如图 7 - 41 所示。默认的安装位置为"C: \

Program Files \ Winamp"，可以在"目标文件夹"文本框中直接进行修改，也可以单击"浏览"按钮来选择安装位置，如图 7 - 42 所示。

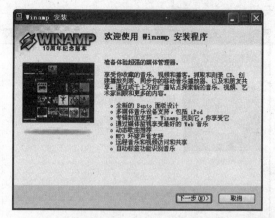

图 7 - 39　Winamp 欢迎界面

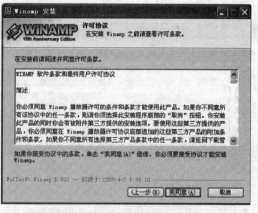

图 7 - 40　许可协议界面

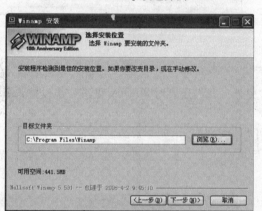

图 7 - 41　选择安装位置

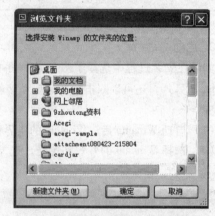

图 7 - 42　选择其他安装位置

（4）在"选择安装位置"窗口中单击"下一步"按钮，进入"选择组件"窗口，如图 7 - 43 所示。在该界面中选择要安装的组件，选择完成后单击"下一步"按钮，进入"选择开始选项"对话框。

（5）在"选择开始选项"窗口中，默认选择了 3 个复选框，如图 7 - 44 所示。用户可以根据需要进行选择。

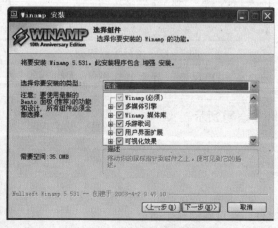

图 7 - 43　选择安装组件的界面

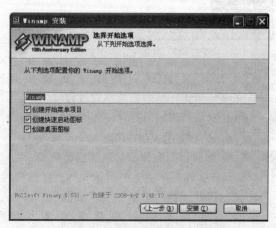

图 7 - 44　选择开始选项的界面

（6）单击"安装"按钮，弹出的"正在安装"对话框如图7－45所示。

（7）安装完成后，弹出的"安装完成"对话框如图7－46所示。

（8）单击"完成"按钮，即可完成 Winamp 的安装。

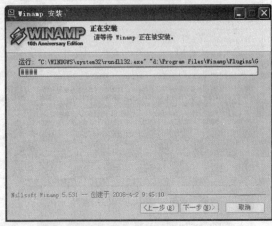

图7－45　正在安装界面

图7－46　安装完成界面

2. 启动 Winamp

如果在安装过程中选择了"安装程序关闭后运行 Winamp"复选框，则安装完成后自动启动 Winamp。另外，还可以双击 图标启动该软件。另外，我们还要对 Winamp 做进一步设置，具体步骤如下。

（1）启动 Winamp 后，Winamp 的主界面如图7－47所示。

（2）选择 Winamp 的外观和感受，选择完成后单击"下一步"按钮，进入"文件关联"界面，如图7－48所示。

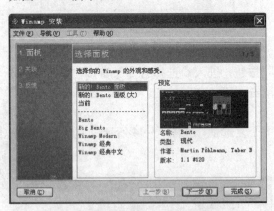

图7－47　Winamp 的主界面

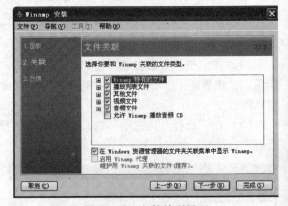

图7－48　文件关联界面

（3）在"文件关联"中单击"下一步"按钮，进入"用户反馈"界面，如图7－49所示。单击"完成"按钮，从而完成设置过程。

（4）安装完成后，打开"Winamp"主界面，如图7－50所示。

7.4.2　使用 Winamp

1. 添加曲目到媒体库并创建播放列表

如果需要播放本机上的媒体文件，操作步骤如下。

（1）打开"我的电脑"或"资源管理器"。

（2）找到与 Winamp 相关联的文件名，双击该文件，即可自动开始播放。

（3）也可以在 Winamp 界面中选择"文件"菜单中的"播放文件"命令（见图7－51），在打开的对话框中选择需要播放的文件。

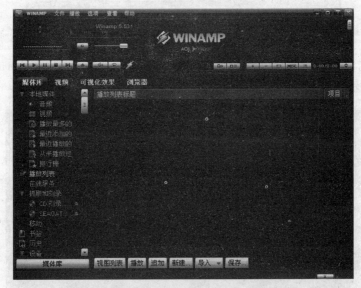

图 7-49 用户反馈界面

图 7-50 启动 Winamp 主界面

图 7-51 添加播放列表

（4）例如，选择"播放文件"命令，弹出"打开文件"对话框，如图 7－52 所示。

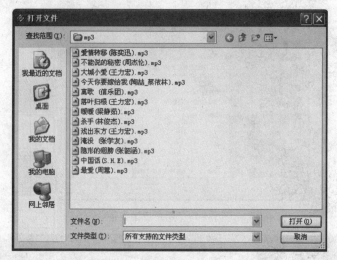

图 7－52 "打开文件"对话框

（5）在该对话框的文件列表框中选择要播放的文件，用于将文件添加到 Winamp 的文件列表框中，如图 7－53 的示。

图 7－53 文件添加到 Wimamp 文件列表

除了使用"文件"菜单中的命令添加文件外，还可以使用 Winamp 中的快捷按钮。这些快捷按钮如图 7－54 所示。

2. 播放网上媒体

如果已经知道网上媒体 URL，可以通过下面的方法播放。

（1）在 Winamp 界面中，单击"文件"菜单中的"播放 URL"命令。

（2）在"打开 URL"对话框中，输入 URL 地址，如图 7－55 所示。

（3）单击"打开"按钮。经过一段时间的缓冲，在播放器中即可看到或听到媒体信息。但在一般情况下，用户只需单击网上相应的媒体文件链接，即可自动启动播放器并开始播放文件内容。

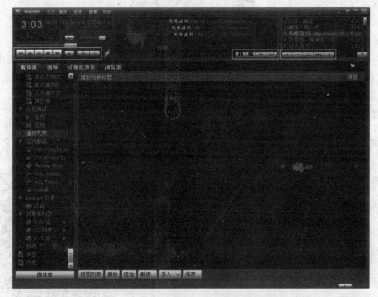

图 7-54　Winamp 中的快捷按钮

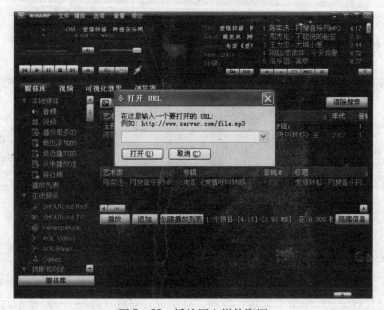

图 7-55　播放网上媒体资源

7.5　光盘刻录软件 Nero

需要大量使用多媒体，但是硬盘中东西太多、空间不够怎么办？或借到一张好光盘自己也想留一张时怎么办？越来越多的数据给用户带来许多存储上的麻烦，有了光盘记录机这些问题就迎刃而解。现在，刻录机已经成为了电脑的标准配置，如果能充分利用这些设备和相关软件，就可以将数据和文件轻松地刻录成光盘。

Nreo-Burning 是 AHEAD 公司出品的光盘刻录程序，它支持中文长文件名刻录，也支持 ATAPI（IDE）的光盘记录机。它的最大优点是对付"烂盘"的刻录；此外，它可以只用一个刻录机进行刻录，而无须另外一个光驱。

本节以 Nero-Burning 6.6.019b 为例介绍其安装与使用方法。

7.5.1　安装 Nero

安装 Nero 的具体操作步骤如下。

（1）打开 Nero 安装包，双击"setup. exe"进行安装，其安装程序运行界面如图 7-56 所示。

（2）单击"Nero 6"按钮，进入"Nero 6 更新向导"对话框，如图 7-57 所示。

图 7-56　安装程序界面　　　　　　　　　图 7-57　Nero 6 安装向导界面

（3）单击"下一步"按钮进入"许可证协议"界面，选择"我接收上述许可证协议的所有条款"单选按钮，如图 7-58 所示。

（4）单击"下一步"按钮，进入"客户信息"界面，如图 7-59 所示。

图 7-58　许可证协议界面　　　　　　　　　图 7-59　客户信息界面

（5）输入完基本信息后单击"安装"按钮，开始进行安装，如图 7-60 所示。

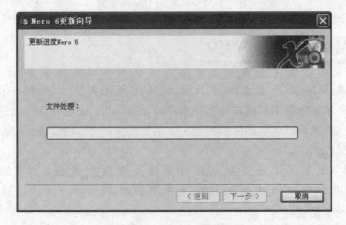

图 7-60　安装进度界面

（6）安装完成后，弹出的安装完成界面如图 7 – 61 所示。

图 7 – 61　安装完成界面

7.5.2　使用 Nero 刻录光盘

1. 刻录数据光盘

在 Windows 系统下选择"开始"→"程序"→ Nero → Nero OEM → Nero Express 命令，如图 7 – 62 所示。启动后，具体操作步骤如下。

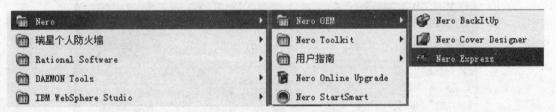

图 7 – 62　打开 Nero Express

（1）打开的 Nero Express 界面如图 7 – 63 所示。

图 7 – 63　Nero Express 6 界面

（2）从主界面中选择"数据光盘"→"数据光盘"命令，如图7-64所示。

图7-64　选择要制的光盘类型

（3）在弹出的这个窗口（见图7-65）中，您可以准备开始给光盘添加数据，以便刻录到光盘。

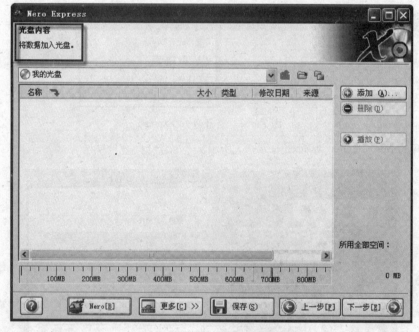

图7-65　给光盘加入数据

（4）向窗口添加数据有以下3种非常简单的方法，从而使此操作过程变得轻松快捷。

● 单击 添加(A)... 按钮，选择要刻录的文件。屏幕上会弹出一个外观与"Windows 资源管理器"非常相似的窗口，您可以在其中选择要刻录和保存到光盘的文件。选择完文件后，单击"添加"按钮。如图7-66所示，添加完成后单击"已完成"按钮。

● 使用"Windows 资源管理器"添加数据的方法是选择"开始"→"程序"→"附件"→"Windows 资源管理器"。当打开"Windows 资源管理器"后，您可以将要刻录的数据拖入 Nero Express 6 中。

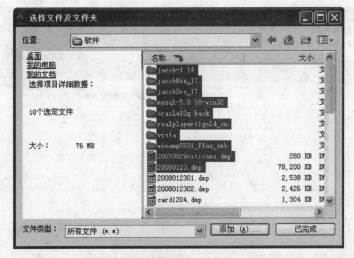

图 7 - 66　选择文件及文件夹界面

- 使用"我的电脑"添加数据的方法是双击 图标。从打开的窗口中，您可以将文件拖放到 Nero Express 6 中。

（5）此外，单击"更多"按钮还可以为光盘设置时间和日期，如图 7 - 67 所示。

图 7 - 67　设置高级选项

（6）添加完所有文件后，请单击"下一步"按钮，并准备好要刻录的光盘。最后，弹出的窗口如图 7 - 68 所示。

对图 7 - 68 中的选项说明如下。

- 当前刻录机：您会看到与 PC 连接的受支持的刻录机。
- 光盘名称：用于为光盘的标题命令。

图 7－68　最终刻录设置

- 写入速度：用于选择所需要的刻录速度。
- 刻录份数：用于选择要刻录的份数。

（7）准备好开始刻录时，请单击"最终刻录设置"窗口中的"更多"按钮，该窗口上将会展开另外一个窗口，如图 7－69 所示。

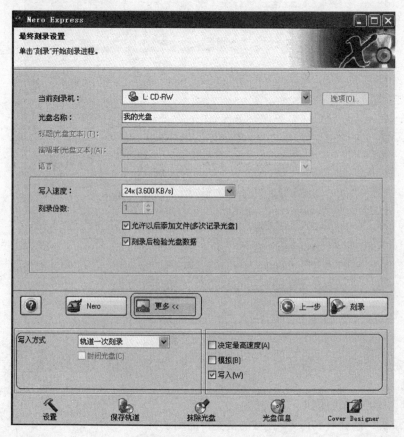

图 7－69　最终设置窗口

对图 7 - 69 中的"写入方式"参数说明如下。

● 轨道一次刻录：使用此方法，每条轨道都会被单独写入到光盘。写入每条轨道后，写入操作都会短暂中断。这就意味着可以像写入任何标准磁盘一样写入 CD - R 或 CD - RW。

● 光盘一次刻录：在这种模式下，所有轨道一次刻录到光盘，其间激光不关闭。

（8）最终刻录设置完成后，单击"刻录"按钮，即可开始进行刻录，如图 7 - 70 所示。

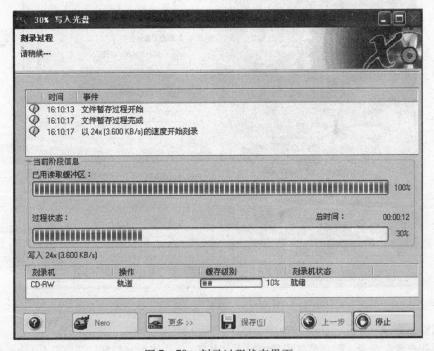

图 7 - 70　刻录过程状态界面

（9）刻录过程完成后，系统会提示您刻录过程已成功完成，如图 7 - 71 所示。

图 7 - 71　提示刻录完成界面

（10）如果您在刻录完成后单击"确定"按钮，会返回到刻录窗口。请单击"下一步"按钮，进入到如图 7 - 72 所示的窗口。如果您要再次刻录同一项目、开始另一项目、制作标签，或向当前光盘添加其他数据，均可以在此窗口中完成。

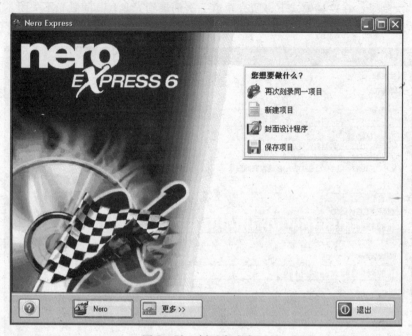

图 7 - 72　刻录完成窗口

2. 复制整张光盘

"复制整张光盘"命令，即将整张光盘中的所有内容一点一点地复制到一张空白 CD 上。如果您要备份光盘或制作副本供您个人使用，可使用此功能来制作一份完全一样的副本。具体操作操作如下。

（1）从项目列表框中选择"复制整个光盘"命令，如图 7 - 73 所示。

（2）在弹出的这个窗口（见图 7 - 74）中，准备开始从光盘复制到光盘的参数设置。

图 7 - 73　选择"复制整张光盘"命令

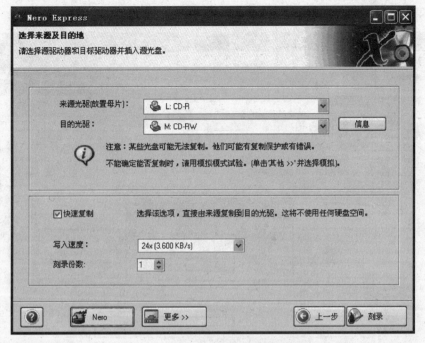

图 7 – 74　选择源驱动器和目的驱动器

对图 7 – 74 中的参数说明如下。

- 来源光驱（放置母片）：这是要被复制的光盘所在的驱动器。
- 目的光驱：这是要被刻录的空白光盘所在的驱动器。
- 快速复制：如果您要从源驱动器直接复制到目标驱动器，可选择此选项。这样将不使用您的硬盘空间。

（3）单击"刻录"按钮，光盘刻录就开始了。此时，将会先分析源盘，以检查光盘上的版权和错误。在刻录进行时会看到刻录过程的状态窗口，如图 7 – 75 所示。

图 7 – 75　刻录过程

（4）刻录完成时，系统会提示您刻录过程已成功完成，如图 7 – 76 所示。

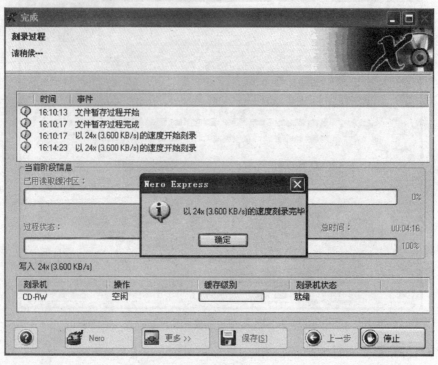

图 7 – 76　提示刻录完成界面

（5）刻录成功后，请单击"确定"按钮，返回刻录窗口。单击"下一步"按钮，进入到如图 7 – 77 所示的窗口。

图 7 – 77　刻录完成界面

3. 制作 MP3 光盘

我们可以使用 Nero 将自己喜欢的音乐制作成音乐光盘，在此我们使用另一种界面形式，即 Nero StartSmart 界面，它是 Nero Express 的一个引导界面。下面介绍如何使用 Nero StartSmart 制作 MP3

光盘。

（1）选择"开始"→"程序" Nero → Nero StartSmart 命令，打开如图 7 - 78 所示的界面。

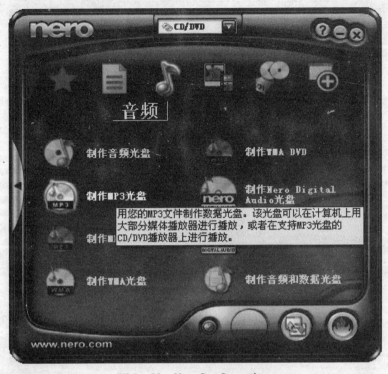

图 7 - 78　Nero StartSmart 窗口

（2）选择"制作 MP3 光盘"，进入"我的 MP3 光盘"窗口，如图 7 - 79 所示。

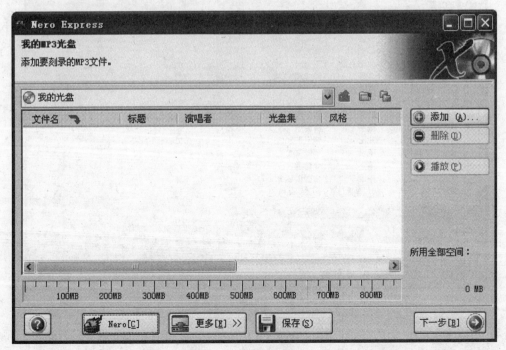

图 7 - 79　"我的 MP3 光盘"窗口

（3）单击"　⊕ 添加 (A)...　"按钮，打开"选择文件及文件夹"窗口，如图 7 - 80 所示。

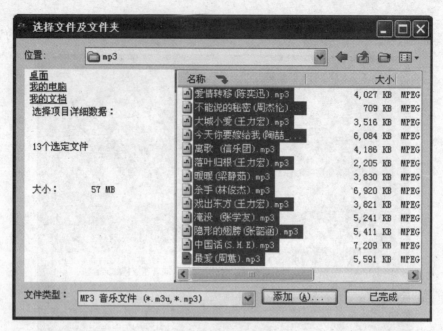

图 7-80　添加文件（MP3）

（4）单击"已完成"按钮，将文件添加至 Nero Express 窗口中，如图 7-81 所示。

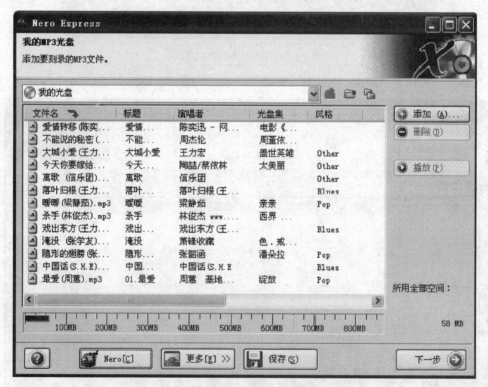

图 7-81　添加的刻录内容

（5）可以多次单击"添加"按钮添加刻录 MP3 的内容，并可对添加的内容进行删除、重命名操作。

（6）添加完成后，单击"下一步"按钮，进入"最终刻录设置"窗口，如图 7-82 所示。

（7）单击"刻录"按钮进行刻录，直至刻录完成为止。其他和制作数据光盘相似，这里不再赘述。

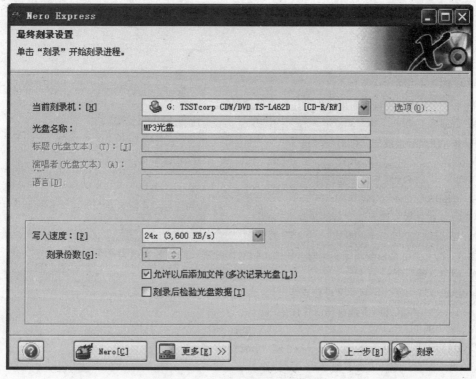

图 7 – 82　"最终刻录设置"窗口

本 章 小 结

1. 压缩软件的简介
- 安装与卸载 WinRAR。
- 使用该软件压缩与解压文件。
2. ACDSee 看图软件
- 安装与卸载 ACDSee。
- ACDSee 的功能简介。
- 使用 ACDSee 对图像文件进行批处理操作。
3. 瑞星杀毒软件
- 安装与卸载瑞星软件。
- 瑞星软件的功能简介。
- 使用瑞星软件进行查杀毒操作。
- 瑞星软件的个性化设置。
4. Winamp 软件
- 安装音频播放软件 Winamp。
- 添加曲目到媒体库并创建播放列表。
5. 光盘刻录软件 Nero
- 安装 Nero。
- 使用 Nero 刻录光盘。
- 使用 Nero 复制光盘。
- 使用 Nero 制作 MP3 光盘。

练习题

一、选择

1. 下列（　　）软件可以帮助我们对压缩文件进行解压缩。

　　A. FlashGet　　　　　B. WinZip　　　　　C. IE　　　　　D. Foxmail

2. WinZip 压缩后生成的文件后缀名是（　　）。

　　A. ZIP　　　　　　　B. RAR　　　　　　C. ACE　　　　　D. BAK

3. 下列（　　）软件不是压缩软件。

　　A. WinRAR　　　　　B. PQMagic　　　　C. WinZip

4. Winamp 媒体播放器不能支持的音频格式为（　　）。

　　A. MP3　　　　　　　B. MP2　　　　　　C. XM　　　　　D. RM 12

5. 用 ACDSee 浏览和修改图像实例时，用户可以对图片进行修改的类型为（　　）。

　　A. 颜色、透明度　　　　　　　　　B. 颜色、形状及文件格式

　　C. 颜色、透明度、形状及文件格式　　D. 透明度、形状及文件格式

6. 下列（　　）软件属于光盘刻录软件。

　　A. Nero-Buring Room　　　　　　B. Virtual CD

　　C. DAEMON Tools　　　　　　　D. Iparmor

7. ACDSee 不能对图片进行下列（　　）操作。

　　A. 浏览和编辑　　　B. 图片格式转换　　C. 抓取图片　　D. 设置墙纸和幻灯片放映

二、操作题

1. 请设置瑞星杀毒软件每天定时查杀病毒。

2. 请设置手动查杀可执行文件。

3. 下载 ACDSee 软件，并进行安装。

4. ACDSee 软件可以完成哪些批量处理？

5. 请将素材中的 3 个 mp3 文件添加到 Winamp 的播放列表中。